Günter Laube

Return of God
I. Im Anfang

Roman

BoD – Books on Demand

Bibliografische Information der Deutschen Nationalbibliothek:
Die Deutsche Nationalbibliothek verzeichnet diese Publikation in der Deutschen Nationalbibliografie, detaillierte bibliografische Daten sind im Internet über http://www.dnb.de abrufbar.

Return of God

Return of God - I. Im Anfang

1. & 2. Auflage 2004 Machtwortverlag, Dessau
eBook: neobooks.com, München 2012
3. Auflage:
Herstellung und Verlag:
BoD - Books on Demand, Norderstedt 2019

ISBN: 978-3-73865806-4

Inhaltsverzeichnis

I. Im Anfang

»Wenn das Jahrtausend beginnt, das nach dem Jahrtausend kommt,
wird jeder wissen, was an allen Enden dieser Erde ist,
wird man Kinder sehen, deren Knochen die Haut durchstoßen,
und solche, deren Augen von Fliegen bedeckt sind,
und solche, die gejagt werden wie Ratten.
Doch der Mensch, der dies sieht,
wird sein Gesicht abwenden,
denn er kümmert sich nur um sich selbst.
Er wird ihnen eine Handvoll Korn als Almosen geben,
während er auf vollen Säcken schläft,
und was er mit der einen Hand gibt,
wird er mit der anderen wieder nehmen.«
Johannes von Jerusalem

Das Sonnensystem, in dem der Blaue Planet – die Erde – beheimatet ist, wird von einem Zentralgestirn dominiert, das fast neunundneunzig Komma neun Prozent der Gesamtmasse des Systems in sich vereinigt. Dieser Stern ist mit einem Durchmesser von annähernd eins Komma vier Millionen Kilometern fast zehnmal so groß wie der größte Planet des Sonnensystems, der Jupiter. Er ist ein Stern von durchschnittlicher Größe und stellt die Energiequelle für jegliches Leben im Sonnensystem dar.

Die Sonne wird von insgesamt neun Planeten umkreist, die sich in zwei Kategorien einteilen lassen. Merkur, Venus, Erde und Mars gehören zur Klasse der inneren Planeten, da sie ihre Bahn diesseits des Asteroidengürtels ziehen. Die jenseitigen zählen zur Klasse der äußeren Planeten. Die vier großen Planeten Jupiter, Saturn, Uranus und Neptun bilden dabei hinsichtlich Größe und Masse eine eigene Gruppe und werden den großen Körpern des Sonnensystems zugerechnet. Die kleinen Planeten Merkur, Venus, Erde, Mars und der sonnenfernste Planet Pluto zählen mit den Planetoiden, den Kometen und den Meteoriten zu den Kleinkörpern des Sonnensystems.

Alle in der Antike bekannten Planeten erhielten ihre Namen durch die römischen Bezeichnungen von Göttern der griechischen Mythologie. Diese wiederum basiert auf den Anschauungen der Chaldäer, die bereits sieben Planeten kannten und sie ebenfalls mit Göttern identifizierten. Die erst im neunzehnten und zwanzigsten Jahrhundert entdeckten Neptun, Uranus und Pluto wurden ebenfalls mit griechischen Namen und entsprechenden Eigenschaften der Mythologie ausgestattet.

Bereits bei den Babyloniern und Ägyptern, aber auch später bei den Griechen und Römern wurden die Wochentage nach Namen der – damals sichtbaren – Planeten bezeichnet. Hierbei wurden sowohl die Sonne als auch der Mond mitgezählt und gleichsam als Planet betrachtet. Der Sonne wurde dabei der erste Tag der Woche zugerechnet, der Sonntag. Erst im Laufe des zwanzigsten Jahrhunderts übernahm der Montag den Wochenbeginn.

Der sonnennächste Planet ist der Merkur, der ihm zugeordnete Wochentag ist der Mittwoch, der Tag, der die Woche als vierter Tag ursprünglich teilte. Er ist auf Grund seiner geringen Distanz zur Sonne ein äußerst karger Planet, seine Oberflächentemperatur beträgt zum Teil weit über dreihundert Grad Celsius. Die ehemals im Südwesten Amerikas lebenden Anasazi-Indianer - die Vorfahren der so genannten Pueblo-Indianer - gaben ihm den Beinamen 'Der spirituelle Vater', während er bei den alten Griechen Hermes, der Götterbote, genannt wurde. Dieser galt als ein Wanderer zwischen den Welten, zwischen der Götterwelt und der Menschenwelt sowie dem Totenreich. Er selbst konnte jedoch keiner dieser Welten eindeutig zugeordnet werden. Die alten Ägypter wiederum identifizierten ihn als Thoth, der als einer der gelehrtesten und weisesten Götter und als rechte Hand des Sonnengottes Ra galt. So wurde ihm die Erfindung des Kalenders, der Rechen- und Schreibkunst und der Zeitrechnung nachgesagt.

Der zweitnächste Planet der Sonne ist die – oft als Zwillingsschwester der Erde bezeichnete - Venus. Sie ähnelt der Erde in Bezug auf Masse, Dichte und Größe, hat sich jedoch auf Grund eines gigantischen Treibhauseffekts – verursacht durch eine Atmosphäre, die zu über sechsundneunzig Prozent aus Kohlendioxid besteht - zum heißesten Planeten des Sonnensystems entwickelt, auf dessen Oberfläche Temperaturen von bis zu vierhundertachtzig Grad Celsius herrschen. Bei den alten Griechen wurde der Planet mit Aphrodite, der Göttin der Liebe in Verbindung gebracht. Die Venus ist der einzige der neun Planeten, der sich von Osten nach Westen dreht, alle anderen Planeten rotieren entgegen dem Uhrzeigersinn um ihre eigene Achse. Dabei dauert ein Venus-Tag zweihundertdreiundvierzig Erden-Tage, ein Venus-Jahr hingegen nur zweihundertfünfundzwanzig Erden-Tage. Ein Tag dauert auf dem Planeten somit länger als ein Jahr. Der der Venus zugeordnete Tag ist Freitag, was im Deutschen von dem Namen der germanischen Göttin Frija abgeleitet wurde, während im Französischen und Spanischen der Name 'Venus' in 'Vendredi' beziehungsweise 'Viernes' erhalten blieb. Genau wie der Sonntag zur Erinnerung an die Wiederauferstehung Jesu Christi bei vielen christlichen Völkern geheiligt wird, wird der Freitag im Andenken an seine Kreuzigung am Karfreitag in Ehren gehalten.

Die Erde ist der dritte Planet des Sonnensystems und wird auf Grund ihrer Oberfläche, die zu über siebzig Prozent aus flüssigem Wasser besteht, auch 'Der Blaue Planet' genannt. Sie wird umkreist von einem Mond, der auf der Erde für die Gezeiten verantwortlich ist und mit dem als eigenständigem Himmelskörper der Montag in Verbindung gebracht wurde. Die Neigung der Erdachse um gut dreiundzwanzig Grad lässt die vier Jahreszeiten entstehen und verhindert, dass überall auf der Welt immer das gleiche Klima herrscht. In der Mythologie der Völker wird die Erde als weibliche, mütterliche Gottheit dargestellt, die Leben in Form von Pflanzen, Tieren und Menschen hervorbringt und es wieder in sich aufnimmt.

Der andere Nachbarplanet der Erde ist der Mars. Er ist zwar nur halb so groß wie jene und besitzt auch nur zehn Prozent von deren Masse, ist aber der erdähnlichste aller Planeten, was schon seit Generationen Wissenschaftler anspornt, bemannte Expeditionen auf den Mars zu entsenden oder dort sogar Raumstationen zu errichten. Seine Bezeichnung 'Der rote Planet' rührt von dem Staub her, mit dem die Oberfläche bedeckt ist. Der Mars besitzt keine schützende Ozonschicht, noch heute lassen sich allerdings Spuren von Wasser nachweisen. In der Atmosphäre muss es also einst eine Ozonschicht gegeben haben, die das Wasser vor den schädlichen ultravioletten Strahlen der Sonne schützte, doch fragen sich die Wissenschaftler bis zum heutigen Tage, warum diese nicht mehr vorhanden ist. Ein Tag auf dem Mars dauert nur eine knappe dreiviertel Stunde länger als auf der Erde, und er besitzt den größten – allerdings erloschenen – Vulkan des Sonnensystems, den Olympus Mons. Im antiken Rom diente das Marsfeld als Exerzierplatz für die römische Armee. Nicht nur die Römer, sondern auch die alten Griechen assoziierten mit dem Planeten den Gott des Krieges, dort lautete sein Name Ares. Homer unterstellte ihm sogar die schiere Lust am Töten, den Kampf um des Kampfes Willen. Der dem Planeten zugeordnete Wochentag ist der Dienstag, im Französischen 'Mardi', im Spanischen 'Marte' genannt. Die ihn umkreisenden zwei Monde – Phobos und Deimos, was übersetzt 'Grauen' und 'Schrecken' bedeutet – sind vermutlich eingefangene kleinere Asteroiden.

Etliche Wissenschaftler sind der Ansicht, dass der Asteroidengürtel zwischen dem letzten erdähnlichen Planeten, Mars, und dem ersten der gasförmigen Planeten, Jupiter, durch die Überreste eines ehemaligen Planeten hervorgerufen wurde. Diese Annahme würde auch das Vorhandensein der den Asteroiden ähnlichen Trabanten einiger großer Planeten erklären, die jene nach der Zerstörung eines einstigen Planeten eingefangen haben könnten. Dabei handelt es sich um eine große Gruppe von planetenähnlichen Kleinkörpern, von denen über eine Million einen Durchmesser von einem Kilometer oder mehr aufweist. Der größte dieser Asteroiden ist Ceres, dessen Durchmesser etwa eintausend Kilometer beträgt, und der damit in etwa zehn Prozent kleiner ist als Charon, der Mond des Planeten Pluto. Das weltweite Aussterben der Dinosaurier auf der Erde wird von den meisten Wissenschaftlern dem Einschlag eines solchen Planetoiden zugeschrieben. In der griechischen Mythologie weist die Sage von Phaeton auf eine Katastrophe am Firmament hin, der bei seinem Untergang einen sehr großen Schaden anrichtete, bis er von Zeus schließlich in einen Fluss, den Eridanos am Rande der Welt, gestürzt wurde. Hier wurde er von seinen Schwestern bestattet und betrauert, und ihre Tränen sollen zu Bernstein erstarrt sein.

Der fünfte und größte Planet des Sonnensystems ist der Jupiter, bei den Griechen Zeus genannt. Er ist mit einem Radius von über siebzigtausend Kilometern mehr als elfmal so groß wie die Erde und über dreihundertmal so schwer, womit er ungefähr zwei Drittel der Gesamtmasse aller Planeten des Sonnensystems in sich vereinigt. In seiner Atmosphäre herrschen orkanartige Stürme und Gewitter vor. Auch der berühmte 'rote Fleck' des Planeten ist ein tornadoähnlicher Sturm, der sich gegen den Uhrzeigersinn dreht. Die den Jupiter umkreisenden achtundvierzig Trabanten weisen überwiegend große Ähnlichkeit mit Asteroiden hinsichtlich Größe und Gewicht auf, ihre Radien differieren zwischen acht und bis zu über zweitausendsechshundert Kilometern. Io, der mit gut eintausendachthundert Kilometern Radius drittgrößte Mond, wurde neben drei weiteren Monden – Europa, Ganymed und Callisto – im Jahre 1610 von Galileo Galilei entdeckt.

Der doppelt so weit von der Sonne entfernt kreisende Saturn ist der sechste Planet und ebenso ein Gasriese. Er ist zwar etwas kleiner als Jupiter, seine aus kleinen Staubteilchen und Steinen bestehenden sieben Ringgruppen verleihen ihm jedoch eine weitaus größere Erscheinung. Auch auf ihm toben gewaltige Stürme und Gewitter, und er verfügt über den zweitgrößten Mond des Sonnensystems, den Titan. Der dem Saturn zugeordnete Tag ist der Sonnabend, Englisch 'Saturday' genannt, die Griechen assoziierten mit ihm Kronos, wovon sich Begriffe wie 'Chronometer' und 'chronologisch' herleiten.

Uranos ist der dritte der großen Planeten und der insgesamt siebte von der Sonne aus gesehen. Seine blaugrüne Färbung wird durch gefrorenes Wasser und Methan hervorgerufen, die Temperaturen auf seiner Oberfläche liegen bei zweihundert Grad unter dem Gefrierpunkt. Der Planet wird von fünfzehn Monden umkreist und nimmt in der Hierarchie der Planeten eine einzigartige Stellung ein. Da seine Polachse um annähernd einhundert Grad gegen seine Bahnebene geneigt ist – er also gleichsam auf der Seite liegt

-, zeigt er innerhalb eines Jahres – bei einem Umlauf um die Sonne – einmal mit dem Nordpol und einmal mit dem Südpol in Richtung Zentralgestirn.

Sein Nachbar, der Neptun, der bei den Griechen Poseidon genannt wurde, ähnelt ihm hinsichtlich Umfang, Farbe und Gestalt. Er ist ebenso wenig mit bloßem Auge von der Erde zu erkennen wie jener und wurde ebenfalls erst entdeckt, als das Fernrohr erfunden war. Sein durchschnittlicher Abstand zur Sonne beträgt viereinhalb Milliarden Kilometer, was mit einhundertfünfundsechzig Komma fünf Erdenjahren eine erheblich längere Umlaufzeit des Planeten zur Folge hat. Er ist nur geringfügig kleiner als Uranus und verfügt über acht Monde, deren größter, Triton, auf Grund seiner rückläufigen Bewegung eindeutig als ein eingefangener Körper gilt. Auf ihm wurden geologische Prozesse in Form von geysirähnlichen Erscheinungen wahrgenommen.

Der mit einem Abstand von durchschnittlich etwa sechs Milliarden Kilometern sonnenfernste Planet ist der Pluto, dessen Oberfläche gefroren ist und genau wie die der Gasriesen Uranus und Neptun eine Temperatur von zweihundert Grad Celsius unter dem Gefrierpunkt aufweist. Auf seiner Oberfläche hat sich eine beachtliche Eisschicht gebildet, die das wenige einfallende Sonnenlicht reflektiert. Er umkreist die Sonne auf einer stark elliptischen Bahn, wozu er fast zweihundertfünfzig Erdenjahre benötigt. Er wurde erst im Jahre 1930 nach gezielter Suche und auf Grund mathematischer Berechnungen entdeckt.

*

Es war ein wundervoller Juni-Morgen, als die Erde einige tausend Kilometer südwestlich von der Inselgruppe Hawaii die ersten Sonnenstrahlen auf den dunkelblauen Wassern des an dieser Stelle fast sechstausend Meter tiefen Pazifischen Ozeans spürte, und es schien fast, als ob sie die Sonne begrüßte: »Guten Morgen!«

Und die Sonne schien zu erwidern: »Guten Morgen!«

Die Erde drehte sich wie jeden Morgen weiter in Richtung Osten, und nach und nach wurde jeder weiter westwärts liegende Teil von den Sonnenstrahlen erfasst, und es begann ein neuer Tag auf dieser Welt.

An diesem Tag jedoch schien alles ein wenig anders zu sein, denn das Verhalten der Menschen und auch der Tiere unterschied sich überall auf der Welt schon auf den ersten Blick von dem an anderen, gewöhnlicheren Tagen.

*

Der im Südwesten der Vereinigten Staaten von Amerika gelegene Bundesstaat Arizona verfügt mit einer Einwohnerzahl von ungefähr vier Millionen Menschen nur über die Hälfte der Bevölkerungszahl von New York - der größten nordamerikanischen Stadt - ist allerdings mit einer Fläche von knapp dreihunderttausend Quadratkilometern in etwa so groß wie Italien. Dieser Staat, der im Jahre 1912 als achtundvierzigster Bundesstaat in die USA aufgenommen wurde, ist bekannt durch den über zweihundert Meter hohen Hoover-Staudamm im Nordwesten – an der Grenze zu Nevada, dreißig Meilen südöstlich von Las Vegas gelegen - und das Coloradoplateau mit dem über vierhundertfünfzig Kilometer langen und bis zu dreißig Kilometer breiten Grand Canyon im Norden. Dieser wohl bekannteste Canyon der Welt verdankt seine Existenz dem in den Rocky Mountains entspringenden und in den Golf von Kalifornien mündenden Colorado River, der am Hoover-Damm zum beinahe einhundertachtzig Kilometer langen Lake Mead und weiter südlich am Davis-Damm zum Mohave Lake gestaut wird.

Zu einem Viertel gehört das Land seinen Ureinwohnern, den Indianern. Jeder siebte Uramerikaner lebt in diesem Bundesstaat, der somit für mehr als zweihunderttausend Ureinwohner Amerikas, verteilt auf vierzehn Stämme, die Heimat ist. Im Nordosten des Landes liegt ein großes Indianer-Reservat, in dem neben anderen die Stämme der Navajo und der Hopi beheimatet sind.

In diesem Reservat gingen am folgenden Tag ein alter Indianer, dessen bis weit auf die Schultern herabfallendes graues Haar, auf viele erlebte Sommer und Winter schließen ließ, und ein Mädchen, dem man seine indianische Herkunft nicht absprechen konnte und das allmählich zu einer Frau heranreifte, in einer Entfernung von wenigen Gehminuten außerhalb eines Dorfes spazieren.

Jodie Nelson, eine langjährige Bewohnerin des Dorfes, kam mit einem leeren Korb in der Hand auf einen vor der Hütte des alten Indianers wartenden Weißen zu: »Hey, Sam!«, rief sie ihm schon von weitem entgegen. »Wo steckt denn unser Häuptling? Ich brauche ein paar Heilkräuter!«

Der Gefragte winkte ihr zu und antwortete: »Da wirst du dich wohl noch ein bisschen gedulden müssen. Er hat gerade erst vor wenigen Minuten das Haus verlassen, und es schien so, als ob er nicht so bald zurückkehren werde.«

»Wo ist er denn hin? Spricht er wieder mit seinen Tieren und Pflanzen?«, fragte sie.

»Nein, er hat Besuch von Jane, seiner Enkelin, und ist mit ihr fortgegangen. Es sah mir stark nach ein paar Lektionen in Sachen Leben aus!«, lautete die Antwort.

Und als die beiden einige Schritte weiter von dem Haus weggingen, konnten sie den alten Indianer und seine Enkelin auf einer grasgrünen Wiese vor dem nahegelegenen, dunklen Wald sehen. Sie diskutierten lebhaft und blickten dabei immer wieder gen Himmel – in Richtung Sonne.

*

Und tatsächlich, dieser Tag sollte anders verlaufen als diejenigen vor ihm und auch als die, die ihm einstweilen nach folgten. Denn an diesem Tage zog ein schwarzer Schatten, nicht verursacht durch den Mond, sondern durch einen Planeten des Sonnensystems, die Venus, vor der Sonne vorbei, und sorgte überall auf der Welt für Aufregung, obwohl die jeweiligen Regierungen und Nachrichtenagenturen für eine natürliche Erklärung des Phänomens gesorgt und auch entsprechende Pressemitteilungen herausgegeben hatten.

Der neununddreißigjährige Sprecher Richard White des amerikanischen Nachrichtensenders CNN moderierte dazu: »Überall auf der Welt beobachten Menschen an diesem schönen Juni-Tag des Jahres 2004 den Himmel. Anlass ist unser Nachbarplanet Venus, der sich genau heute in einer unteren Konjunktion zur Erde befindet, das heißt die Sonne, die Venus und die Erde liegen technisch gesehen auf einer Geraden. Da die Venus – genau wie der Merkur - zu den beiden so genannten unteren Planeten zählt, sich ihre Umlaufbahn also zwischen Erde und Sonne befindet, erscheint sie uns als schwarzer Fleck vor der Sonne, von den Wissenschaftlern auch Schwarzer Tropfen genannt. Dieses Ereignis fand zuletzt vor über einhundert Jahren statt, nämlich 1882, das nächste folgt bereits in acht Jahren. Danach werden aber erst die Menschen des zweiundzwanzigsten Jahrhunderts wieder einen solchen Durchgang zu Gesicht bekommen. Nicht jeder Mensch erlebt also so einen

Venus-Durchgang«, wandte er sich nun zu seiner neben ihm sitzenden Kollegin, »nicht wahr, Kim?«

Seine Kollegin Kim Williams war eine aparte, schlanke Endzwanzigerin mit langen, gelockten braunen Haaren und einem herzgewinnenden Lächeln. Sie antwortete: »Sehr richtig, Richard, auch für uns beide ist es also eine Premiere, und Sie, verehrte Zuschauer, laden wir herzlich ein zu unserem Live-Chat im Internet mit Professor Charles Watkins, ehemaliger Mitarbeiter der NASA und Professor Frederick Taylor, Professor an der University of Detroit.«

Während die Kamera kurz herumschwenkte und die beiden angesprochenen Professoren in einem kleinen Nebenraum einfing, vor dem eine große Glasscheibe den Blick auf die beiden Sitzenden ermöglichte, fuhr sie fort: »Unsere zugehörige Internet-Adresse sehen Sie unten eingeblendet. Und selbstverständlich erhalten Sie auf unserer Homepage weitere und ausführlichere Informationen zu unserem aktuellen Thema, so wie Sie es von uns bereits gewohnt sind.«

Nach einer kurzen rhetorischen Pause, die dem Folgenden mehr Gewicht verleihen sollte, fuhr sie fort: »Des Weiteren noch eine Meldung der Polizei, die besagt, dass die Medien die Öffentlichkeit nachdrücklich darauf hinzuweisen haben, dass dies nicht das Anzeichen für den Jüngsten Tag oder den Weltuntergang ist, sondern ein ganz natürlicher Prozess, der von jedem Wissenschaftler auf der Welt erklärt werden kann und in jedem Lexikon nachzulesen ist. Es besteht also kein Grund zur Beunruhigung oder in Panik zu verfallen!«

Und ihr Kollege fiel ergänzend ein: »Im Übrigen wird ausdrücklich davor gewarnt, ohne geeigneten Augenschutz in die Sonne zu blicken, da das unter Umständen irreparable Schäden hervorrufen kann! Personen, die sich den Schwarzen Tropfen unbedingt im Freien ansehen wollen, wird dringend geraten, dies nicht ohne ausreichenden Sichtschutz zu tun und dabei auf gar keinen Fall direkt in die Sonne zu schauen! Am besten verfolgen Sie den Vorgang aber bei uns, denn unsere Kameras sind extra für diesen Fall mit speziellen Filtern ausgerüstet!«

Dennoch riefen an diesem Tag trotz umfangreicher Medienkampagnen und Regierungserklärungen in aller Welt etliche verstörte Menschen bei Polizei-, Radio- und Fernsehstationen an, um sich zu erkundigen, was sich da am Himmel abspielte, oder ob das nicht sogar das Ende der Welt sei.

Aber die offiziellen Stellen konnten alle Anrufer beruhigen, genau wie der alte Indianer, der zu seiner Enkelin sagte: »Siehst du, Jane, der Große Geist hat uns ein Zeichen geschickt! Jeder Mensch, ja, jedes Lebewesen auf diesem Planeten sollte spätestens jetzt sein Herz und seinen Geist öffnen und sich an die wahren Werte im Leben erinnern! Denn die Ausbeutung und Misshandlung unserer Mutter Erde und vieler Bewohner, die nun schon seit viel zu langer Zeit andauern, wird er nicht mehr lange dulden!«

Jane blickte ihren Großvater mit großen Augen an: »Wer duldet das nicht länger?«

»Der Große Geist..., oder Gott, wie ihn die Weißen nennen. Denn er liebt zwar alle seine Geschöpfe, aber wenn so viele so lange leiden...«

Jane unterbrach ihren Großvater: »Aber was will er denn machen? Er kann die Menschen doch nicht so einfach ändern? Und außerdem, wie kommst du darauf, dass das ein Zeichen von ihm sein soll? Das glaube ich nicht!«

»Das weiß nur er selber, aber dieses Zeichen ist unserem Volk bereits seit einer sehr langen Zeit bekannt gewesen, und nun ist es soweit.«

»Aber Großvater, du weißt, ich studiere jetzt bereits seit einem Jahr Astronomie. Ich habe dir doch gesagt, dass das ein ganz natürlicher Vorgang ist! Die Venus dreht sich schneller um die Sonne als die Erde, und infolgedessen überholt sie uns hin und wieder, und dann ergibt sich halt ein solches Naturschauspiel! Die Wissenschaftler haben das doch schon überall erklärt, und auch in den Nachrichtensendungen und im Internet kann man sich dazu informieren«, entgegnete sie, »das ist kein spezielles Zeichen!«

Ihr Großvater neigte seinen Kopf leicht zu ihr hinunter und antwortete ruhig: »Ja, das ist das Blut von deinem Vater, der immer alles im Griff haben musste und für jede Sache auf dieser Welt mindestens eine logische Erklärung hatte, weil er sie haben wollte! Aber überlege, wer die Planeten erschaffen hat, und die Lebewesen, die auf ihnen wohnen! Hast du denn die alten Erzählungen von deinen Ahnen vergessen? Sogar die Bleichgesichter haben ein Buch, in dem sehr viele Geschichten verzeichnet sind, und auch da ist von dem Großen Geist die Rede, der Alles erschaffen hat!«

Er blickte ihr sehr ernst in die dunklen Augen. Sie kniff trotzig die Lippen zusammen, doch er fuhr ruhig fort: »Du selbst hast mir letztes Jahr gesagt, dass es noch nie so viele Naturkatastrophen gegeben hat wie in den letzten Jahren, dass jeder Kontinent mittlerweile davon betroffen ist, und dass manche Länder dieser Erde nur noch mit Hilfe von anderen Ländern ihre vielen Bewohner ernähren und überhaupt am Leben erhalten können! Und nun stell dir vor, dass diese Länder selber mit sich zu tun haben werden, den anderen nicht mehr helfen können, weißt du, was dann für ein Leid auf dieser Welt herrschen wird? Und das alles nur wegen einiger Machtversessener, die Alles auf dieser Welt ausbeuten und mit anderen Lebewesen umgehen, als wären sie ihr Eigentum!«

Jane brauchte ein paar Augenblicke, um über das Gesagte und das von ihrem Großvater besonders betonte 'Alles' nachzudenken. Er hatte sehr lange gesprochen und sich beim letzten Satz sogar doch etwas erregt, das war sonst gar nicht seine Art.

Nach reiflicher Überlegung meinte sie schließlich: »Also, dass einige Menschen andere unterdrücken und ausnutzen, das stimmt..., aber das war schon immer so, und die müssen es sich ja nicht gefallen lassen! Aber dass diese Planetenkonstellation ausgerechnet heute ein Zeichen sein soll, das glaube ich nicht, immerhin zieht der Planet ungefähr alle hundert Jahre so an der Erde vorbei! Warum soll es nicht erst im nächsten Jahrhundert oder Jahrtausend sein, dass der Große Geist das Elend nicht mehr ertragen kann?«, blickte sie ihn trotzig an und stemmte ihre Hände in die Hüften.

Er sagte lange Zeit nichts, dann holte er tief Atem und sah ihr wiederum fest in die Augen: »Weil dieses Zeichen heute eines der letzten in einer langen Kette von möglichen Ereignissen darstellt..., und weil der Kalender unserer Ur-Ahnen in Kürze zu Ende geht, und mit ihm dieses Zeitalter.«

Jane erkannte auf einmal die Zusammenhänge zwischen den Mythen der alten Völker und den Erkenntnissen der modernen Wissenschaft und wurde nachdenklich. Ihr Blick wanderte zwischen dem Himmel und ihrem Großvater hin und her, und sie wurde merklich unsicher. »Geht die Welt denn unter?«, fragte sie dann zögerlich.

Fast schien es, als ob ihr Großvater nichts entgegnen wolle, doch dann sagte er: »Nein, die Welt geht nicht unter, im Gegenteil! Denn es gibt neben uns noch andere Wesen im

Universum, die unsere gesamte Entwicklung beobachten und teilweise auch beeinflussen.«

Sie blickte wieder abwechselnd in den Himmel und auf ihren Großvater, und obwohl sie es nur zu gut wusste, fragte sie schließlich: »Wer waren unsere Ur-Ahnen, die das alles berechnet haben?«

»Die Maya«, antwortete ihr Großvater und blickte ebenfalls in den Himmel, wo sich die Venus dem Rand der Sonnenscheibe schon stark genähert hatte.

II. Gelehrtenstreit

»Ich bin das Alpha und das Omega, spricht Gott, der Herr, der ist und der war und der kommt, der Herrscher über die ganze Schöpfung.«
Offenbarung des Johannes 1, 8

Sieben Jahre und sieben Monate später

»Guten Abend meine Damen und Herren! Es ist Sonntag, der achte Januar 2012. Mein Name ist Richard White, und mit mir im Studio befindet sich Kim Williams«, begrüßte der Nachrichtensprecher des Fernsehsenders CNN seine Zuschauer.

Richard White, der die Zuschauer schon über Jahre durch das Nachrichtenprogramm führte und insofern einen hohen Bekanntheitsgrad hatte, war in den letzten Jahren sichtlich gealtert. Sein ehemals gänzlich schwarzes Haar schien an manchen Stellen verräterisch grau, und seine Gestalt hielt er nicht mehr so aufrecht wie früher.

Den stärksten Hinweis auf seinen Alterungsprozess gaben indes seine Augen, die von einer traurigen Melancholie umspielt waren. Er fuhr fort: »Wie in den vergangenen Sendungen berichten wir auch heute wieder von den Krisenherden auf diesem Planeten, der uns die letzten Jahre so übel mitspielt. Die Zahl der Opfer geht Schätzungen der UNO zufolge mittlerweile in die Millionen, aber diese Zahl genau zu ermitteln wird sicherlich niemals möglich sein. Zunächst liefern wir Ihnen aber eine chronologische Zusammenfassung der Ereignisse des letzten Monats, die viele von uns in ihrem tiefsten Innern erschütterten. Anschließend schalten wir nach New York, wo heute unter der

Schirmherrschaft der Vereinten Nationen eine Diskussionsrunde mit namhaften Wissenschaftlern aus Amerika und Europa stattfindet, die über das weitere...«

Er unterbrach irritiert und lauschte stillschweigend für einige Sekunden, dann entschuldigte er sich, wieder frei in die Kamera blickend: »Verzeihen Sie die Unterbrechung, aber ich erfahre gerade, dass wir schon in Kürze nach New York gehen, die Sitzung fängt offenbar früher an als uns ursprünglich mitgeteilt wurde.«

Nun übernahm seine Kollegin Kim Williams, der man es ebenfalls ansah, dass sie älter geworden und mittlerweile Mitte dreißig war. Ihre großen, dunklen Augen machten einen traurigen Eindruck, ihr immer noch volles Haar trug sie hochgesteckt, was ihr ein fast strenges Aussehen verlieh.

Sie begrüßte die Zuschauer mit einem unsicher wirkenden Lächeln bevor sie sagte: »Bevor wir hinüberschalten darf ich Ihnen die Damen und Herren der Diskussionsrunde noch ganz kurz vorstellen! Wir erwarten die Professoren Frederick Taylor, ehemals University of Detroit, Jonathan Buttler von der Yale-University, Claudia Freeman von der University of Michigan, Jeremy Matthew Dixon, ehemaliger Angehöriger der Regierung als Generalsekretär für die Nationale Sicherheit mit Schwerpunkt Umwelttechnologien, Walter James Green, Mitbegründer der International Geographic Foundation und vordem tätig an der Harvard University, William O'Donnell von der University of Cambridge, Shannon Riggs von der Oxford-University, Herrn Professor Doktor Eduard Wagner vom Max-Planck-Institut für Meteorologie in Hamburg und Frau Doktor Renate Schumann vom geologischen Forschungszentrum in Potsdam, die Eheleute Sarah und Derek Newman, die in Ost-Asien viel praktische Erfahrung gesammelt, aber natürlich auch entsprechende Arbeit geleistet haben, sowie Commander Hughes William Phillips von der Navy, ehemaliger Technischer Offizier auf dem Flugzeugträger USS George Washington und jetzt beschäftigt im Weißen Haus in unmittelbarer Nähe des Stabschefs. Von ihm erhoffen wir uns natürlich auch Aussagen bezüglich der weiteren Maßnahmen seitens der Regierung. Eine Zusammenfassung am Ende der Sendung wird die Ergebnisse nochmals genau analysieren. Zu diesem Zweck steht uns unser stellvertretender Redaktionschef nachher zur Verfügung, mit dem wir...«

Da wurde sie von ihrem Kollegen unterbrochen, der plötzlich einwarf: »Entschuldige, Kim, aber jetzt ist es soweit, wir schalten hinüber nach New York, ins Quartier der Vereinten Nationen.«

Die Zuschauer sahen noch für einen kurzen Augenblick das verlegene Lächeln des sympathischen Reporters, dann erschien für Sekunden ein schwarzes Bild. Schließlich wurde die Flagge der Vereinten Nationen sichtbar, und danach erschien das Symbol für eine globale Sendung.

*

In den ansonsten eher ruhigen Gängen des UNO-Gebäudes mit seiner äußerst gediegenen Atmosphäre herrschte eine fast schon spürbare Anspannung. Nicht nur die Zuschauer an den Fernsehschirmen, sondern auch die im Gebäude und im Saal Anwesenden warteten gespannt auf die Geschehnisse. Und obgleich die Ostküste und also auch New York an diesem Tag mit einem extremen Schneechaos zu kämpfen hatte, waren alle Konferenzteilnehmer, Journalisten und UN-Verantwortliche rechtzeitig erschienen.

Das nächste Bild zeigte einen mittelgroßen Saal im UNO-

Hauptgebäude, in dem ungefähr einhundertfünfzig Zuschauer anwesend waren.

Sie alle richteten ihren Blick auf ein etwas erhöhtes Podium, in dessen Mitte die genannten Personen um einen großen kreisförmigen Tisch herum saßen. Vor jedem Teilnehmer der Diskussionsrunde befand sich ein Schild mit seinem Namen und seiner aktuellen oder zuletzt ausgeübten Tätigkeit, daneben war auf jedem Platz das unvermeidliche Glas Wasser nebst Flasche aufgestellt. Jeder Platz verfügte über mehrere in den Tisch eingearbeitete Sensoren, die es den Beteiligten ermöglichten, bestimmte Daten auf eine riesige, sechsunddreißig Quadratmeter große Leinwand zu projizieren, die von einem Computer auf Abruf bereit gehalten wurden. Sie war an der den Zuschauern gegenüberliegenden Seite des Raumes angebracht und diente darüber hinaus als Fernsehschirm, auf dem momentan noch die Sitzordnung der Experten angezeigt wurde. Etwaige weitere Darstellungen konnten jederzeit von den UNO-Mitarbeitern im Hintergrund des Geschehens eingebracht werden. Ein Computer im Nebenraum war zuvor mit Unmengen von Daten und Informationsmaterial von Seiten der Wissenschaftler und der Mitarbeiter gefüttert worden, um es dann im Bedarfsfalle für alle Teilnehmer und Zuschauer sichtbar machen zu können.

Hinter den verglasten Scheiben der Pressekabinen, die auf den drei weiteren Seiten des Raumes lagen und bis auf den letzten Platz belegt waren, harrten Hunderte von Reportern und Journalisten ungeduldig auf den Beginn der Konferenz, um sie in jeden Winkel der Erde zu übertragen.

Als Einziger saß Professor Frederick Taylor auf einer etwas herausgehobenen Sitzposition - in der Mitte des Tisches unmittelbar vor der Leinwand - und ermöglichte somit allen Zuschauern direkten Sichtkontakt. Er war ein

Mittsechziger, mit größtenteils grauem Haar, das allerdings ausgezeichnet zu ihm passte.

Er machte einen sehr intelligenten, seriösen und gebildeten Eindruck und war mit Sicherheit nicht umsonst von allen anderen zum Sprecher bestimmt worden. Denn obwohl prinzipiell eine gesunde Portion Selbstbewusstsein zum Beruf eines derartigen Experten gehört, waren sich alle einig, dass ihm der inoffizielle Vorsitz gebührte. Das mochte allerdings auch daran liegen, dass er der älteste aller Anwesenden war. Wie die meisten trug er einen unauffälligen grauen Anzug, der den seriösen Eindruck noch verstärkte.

Es ertönte ein Gong als Zeichen, dass nun alle Fernsehstationen zugeschaltet waren und die Diskussion beginnen konnte. Ein erwünschter Nebeneffekt war das sofortige Verstummen der Zuschauer, die nun ihre volle Aufmerksamkeit auf das Podium richteten. Professor Taylor räusperte sich vernehmlich bevor er begann: »Guten Abend, meine Damen und Herren, verehrte Zuschauer am Fernsehgerät, liebe Gäste, - er blickte die am Tisch Sitzenden der Reihe nach an – Kolleginnen und Kollegen!«

Und wieder in die Kamera blickend fuhr er fort: »Ich darf Sie zu dieser eher ungewöhnlichen Sendung im Namen aller hier Anwesenden begrüßen. Da von Seiten des Veranstalters auf einen zusätzlichen Moderator verzichtet wurde, da man der Meinung war, hier genug Fachidioten vorzufinden - er lächelte leicht und seine Kollegen verzogen ebenfalls pflichtschuldigst ihre Mundwinkel - wurde ich gebeten, Sie durch die Sendung zu führen. Auf eine Vorstellung der so genannten Experten, wie man uns zuweilen nennt, kann ich verzichten, da wir alle schon von Ihren jeweiligen Fernsehsendern vorgestellt worden sind. Daher nur noch eine kurze Sache, bevor wir dann beginnen wollen: Sie hören, sofern Sie nicht den Originalton in englischer Sprache verfolgen, die Stimme eines Dolmetschers der Vereinten Nationen. Diese Sendung wird in insgesamt über einhundert Länder übertragen, und neben der englischsprachigen Originalversion ist sie unter anderen in Chinesisch, Arabisch, Französisch, Portugiesisch, Japanisch, Russisch, Spanisch, Italienisch, Türkisch, Holländisch, Deutsch, Polnisch, Bulgarisch, Rumänisch, Kroatisch, Hebräisch und Griechisch zu hören. Für die entsprechende Audio-Übertragung sind die nationalen Fernsehstationen zuständig. Obwohl das Gespräch simultan übersetzt wird, kommt es natürlich zu einer geringfügig verzögerten Übertragung, insofern werden wir uns bemühen, nicht zu hektisch zu verfahren und vor allem den anderen aussprechen zu lassen«, wandte er sich an seine Kollegen, »und nicht zu unterbrechen. - Ich danke Ihnen!«

Die Zuschauer im Saal spendeten Applaus, und nachdem die anderen Professoren die Zuschauer ebenfalls mit einem leichten Kopfnicken begrüßt hatten, ergriff Professor Buttler, ein kleiner und übergewichtiger Mann, der nicht nur bei seinen Kollegen, sondern auch bei Studenten und in seinem Bekanntenkreis als ein cholerischer und äußerst temperamentvoller Professor bekannt war, sogleich das Wort: »Also, um mal gleich auf den Punkt zu kommen! Diese Diskussion wird letztendlich doch zu nichts führen, denn Sachen, die geschehen sind, können nicht mehr rückgängig gemacht werden, und ich glaube auch nicht, dass die Zukunft so viel besser aussehen wird! Jedenfalls nicht als Folge der heutigen Versammlung oder Diskussionsrunde und dieses Gesprächs!«

Jonathan Buttler war ohne Zweifel die auffälligste Persönlichkeit im Kreis der Experten. Zu schwarzer Hose und schwarzem Hemd trug er ein flammend rotes Jackett, dessen Farbe seine Gesichtszüge stets anzunehmen pflegten, wenn er sehr erregt war. Doch noch behielt sein Teint die normale Farbe.

Der zu seiner Linken im Rollstuhl sitzende Walter James Green fiel ein: »Müssen Sie denn schon wieder alles so negativ sehen? Dieser Kreis ist meiner Meinung nach sehr wohl dazu imstande, geeignete Lösungsmöglichkeiten auszuarbeiten - und auch zu verwirklichen!«

Buttlers Gegenüber, Professor William O'Donnell, ein ruhiger Brite Anfang sechzig, stimmte Green zu: »Der Meinung bin ich allerdings auch. Über eine unzureichende Qualifikation braucht sich in dieser Runde mit Sicherheit niemand Gedanken zu machen!«

Commander Phillips versuchte die Gemüter zu beruhigen: »Aber meine Herren! Ich versichere Ihnen, dass niemand Ihre Qualifikation in Frage stellt. Wir wollen in dieser Runde doch das Fachwissen von Ihnen vermittelt bekommen. Und zwar einmal für den Zuschauer, damit der eine ungefähre Vorstellung bekommt, wie es weitergehen könnte, und zum anderen für den Präsidenten, dem ich morgen hoffentlich ein Ergebnis aus dieser Runde präsentieren kann.«

Der Commander wirkte auf Grund seines dunklen Vollbartes und der angegrauten Schläfen älter als er eigentlich war. Seine Augen verrieten jedoch eine Vitalität, die fast noch als jugendlich zu bezeichnen war. Nicht nur dadurch unterschied er sich von den Professoren, sondern auch in der Wahl seiner Kleidung. Zu einem marineblauen Pullover trug er eine weiße Hose, was immerhin Rückschlüsse auf sein Ressort zuließ. Er war wie Green ebenfalls fünfzig Jahre alt und von großer, hochgewachsener Statur, was sich durchaus mit seiner Stimme vereinbarte, die wohltönend und kräftig war.

Bei der Engländerin Shannon Riggs schien er jedoch keine besondere Wirkung zu erzielen, denn sie fragte sarkastisch: »Warum? Sitzt er denn nicht auch vor seinem Fernseher?«

Sie war eine kleine schlanke Frau Anfang vierzig und musste auf den ersten Blick in jedem Mann den Beschützerinstinkt wecken. Doch da hatte sich schon so manch einer verrechnet. Sie besaß nämlich einen eisernen Willen und konnte ihren hübschen Kopf durchaus auf stur schalten. Sie war bekennende und praktizierende Ökologin, benutzte nur Bahn und Fahrrad als Transportmittel und wohnte in einem großen Anwesen auf dem Land. Ihre Unterrichtsstätte war Oxford, wo sie von Dienstags bis Donnerstags unterrichtete, und sich in geringer Entfernung zur Universität eine kleine Wohnung gemietet hatte. Donnerstags fuhr sie dann allerdings wieder nach Hause, in den Südwesten Englands. Drei Tage verpestete Luft reichten ihr jede Woche, wie sie meinte.

Phillips, dessen Zivilkleidung die Konferenzteilnehmer entsprechend zu würdigen wussten, denn immerhin war das ein Zeichen dafür, dass er sie nicht mit der gewohnten Arroganz, die einige Offiziere gegenüber Zivilisten hervorzubringen pflegen, betrachtete, blickte sie eisern an: »Nein, dazu hat er keine Zeit«, ließ er seinen Blick nun weiter in die Runde schweifen, »denn wie vielleicht auch Sie schon mitbekommen haben, versuchen wir den anderen Nationen nach wie vor zu helfen, obwohl unser Land seit einigen Jahren ebenfalls zu den stark betroffenen Ländern dieser äußerst katastrophalen Zustände zählt.«

Nun versuchte Claudia Freeman, eine attraktive Mittvierzigerin mit langen, dunklen Haaren, die Spannung zu entschärfen: »Sie meinen Florida und natürlich die Unwetter, die dem Süden und dem Südosten so übel mitspielten.«

Commander Phillips nickte: »Ja, Florida vor zweieinhalb

Jahren, und wenig später die Südküste. Und obwohl dort Zehntausende von Opfern zu beklagen waren und Schäden in hundertfacher Milliardenhöhe entstanden, und wir die Spuren noch immer nicht hundertprozentig beseitigt haben, unterstützt unsere Nation immer noch nach Kräften solche Länder, die es aus eigener Kraft einfach nicht schaffen.«

An diesem Punkt stellte Walter Green nüchtern fest: »Damit spielen Sie auf Japan an, wo die Navy vor wenigen Jahren den größten Einsatz ihrer Geschichte erlebt hat.«

Professor William O'Donnell bemerkte schnell: »Ja, so etwas habe ich noch nicht gesehen. Es muss damals ja fast die gesamte Flotte...«

Commander Phillips unterbrach ihn: »Nein, nein, das Kontingent, das sich im Japanischen Meer und im Pazifik vor Japan im Einsatz befand, stellte ungefähr die Hälfte unserer Seestreitkräfte dar.«

Da lehnte sich Professor Jeremy Dixon wohlgefällig in seinen Stuhl zurück und bemerkte ironisch: »Ja, und ein Viertel davon befindet sich noch immer in der Werkstatt!«

Er war nach Professor Taylor und Professor Wagner mit dreiundsechzig Jahren der drittälteste in dieser Runde, sah mit seinem dichten, schon ins Graue schimmernden Vollbart und dem tief zerfurchten Gesicht sogar noch etwas älter aus, und verfügte seinem Blick zufolge über mehr Lebenserfahrung als alle Anwesenden zusammen. Sein schwarzer Anzug verstärkte diesen Eindruck um ein Vielfaches, und er war den Kollegen kein Unbekannter, doch auf Grund seiner ehemaligen Tätigkeit im Weißen Haus weder besonders bekannt noch beliebt. Er spielte nämlich sehr gern mit seiner außergewöhnlichen Position und Autorität, die er schon damals zu jeder Gelegenheit hervorzuheben wusste, und an die er sich und andere auch in der

Gegenwart zu erinnern pflegte.

Phillips blickte ihn stirnrunzelnd an, sagte aber nichts.

Nun trat Frederick Taylor auf den Plan: »Meine Damen und Herren! Wie Sie sehen und auch hören konnten, sind wir schneller zum Thema gekommen als gedacht, was allerdings auch nicht weiter verwunderlich ist, da es kein Drehbuch für diese Sitzung gibt!«

Einige Leute im Publikum lachten, die aufgeheizte Stimmung unter den Anwesenden flaute merklich ab.

Taylor fuhr fort: »Um Ihnen allen jedoch zunächst einmal die Chance zu geben, eine einheitliche Gesprächsbasis zu erreichen, haben wir – er blickte seine Kollegen der Reihe nach an -, etliche Fernsehsender weltweit und einige UNO-Mitarbeiter in den vergangenen beiden Tagen einen kurzen Film zusammengestellt, der jetzt zunächst einmal den Stand der allgemeinen Entwicklung auf der Welt wiedergeben soll. Er dauert sechseinhalb Minuten und enthält Sequenzen aus verschiedensten Nachrichtensendungen aus aller Welt, die unmittelbar hintereinander geschnitten sind und deren Kommentare durch entsprechende Nachbearbeitung jetzt hier in Englisch zu hören sind.«

Er drückte an seinem Platz zwei Knöpfe und gleich darauf einen dritten und schlagartig wurde das Licht im Sitzungssaal gedämpft, und auf der großen Leinwand erschien ein Bild.

»Ich darf um Ruhe bitten, Herrschaften«, war Taylors sonore Stimme noch einmal zu vernehmen, »denn einige der Sequenzen verfügen wie gesagt über Ton!«

Dann war Stille und alle – auch die Professoren, die den Film ja bereits kannten – schauten gebannt zu dem riesigen Bildschirm hinauf. Die ersten Bilder zeigten Aufnahmen von der Westküste Südamerikas, wo El Niño mit einer unvergleichlichen Wucht zahlreiche Dörfer dem Erdboden gleichmachte. Andere Bilder zeigten Satellitenaufnahmen von Hurrikans und Tornados, die über die Karibik, Mittelamerika und die Vereinigten Staaten zogen und noch schlimmere Verwüstungen anrichteten. Nun wurden Filmsequenzen mit Ton eingespielt, und Stimmen von verschiedenen Reportern waren zu vernehmen: »... den Treibhauseffekt gibt es doch nur in den Gehirnen von Politikern und Anhängern alternativer Energien! Es würde auch noch schlimmer werden, wenn wir alle nicht mehr Auto fahren würden und sämtliche Kraftwerke außer Betrieb...« – »... wurden bei Rettungs- und Löscharbeiten zehn Feuerwehrleute getötet und fünfunddreißig verletzt. Die Brände dauern mit unverminderter Wucht an und sind von den Behörden...« – »... wurde die Evakuierung mehrerer Ölbohrplattformen im Golf von Mexiko gerade noch rechtzeitig abgeschlossen...« – »... nach sintflutartigen Regengüssen hat die Feuerwehr in der Hansestadt vor einer Stunde den Ausnahmezustand ausgerufen. Die Temperaturen fielen innerhalb einer halben Stunde von dreiunddreißig auf siebzehn Grad Celsius...« - »... haben Böen in den Alpen Geschwindigkeiten von bis zu zweihundertneunzig Kilometern pro Stunde erreicht. Dabei wurden zahlreiche Autofahrer von umstürzenden Bäumen in ihren Autos eingequetscht...« – »... fielen seit vergangenem Freitag über dreihundertfünfzig Liter Regen pro Quadratmeter - die Stadt stand somit bereits zum dritten Mal innerhalb von nur sieben Monaten komplett unter Wasser...« - »... sind in den letzten Tagen im mittleren Westen der USA dreiundfünfzig Menschen durch mehrere Tornados ums Leben gekommen...« - »... ist der Pacific Coast Highway nach tagelangem Regen völlig überschwemmt und nicht mehr passierbar...« - »... flüchten die Menschen hier in Japan ins Landesinnere - Kumano Bay und Ise Bay wurden durch Tsunamis verwüstet, seit Wochen strömen die Menschen in Richtung Kyoto, das für viele die letzte Hoffnung zu sein scheint - seit heute sind wohl auch die hartnäckigsten Optimisten zur Flucht entschlossen - lassen ihr Hab und Gut zurück und retten oftmals nur das nackte Leben...« – »... stehe ich vor den Trümmern des Mitsubishi Bank-Gebäudes!«

Die Reporterin deutete mit der freien rechten Hand auf die hinter und neben ihr liegenden Gebäudeüberreste: »In weitem Umkreis wurden die Gebäude, die in Fachkreisen als erdbebensicher galten, durch Erdbeben nachhaltig zerstört – wie Sie sich selbst überzeugen können. Und noch immer gehen leichte Nachbeben durch die Stadt und das Land und versetzen die Menschen in eine Panik, die...«

Ein dumpfes Grollen schnitt ihr die restlichen Worte ab, und eine männliche Stimme schrie: »Los komm! Wir müssen hier weg! Zum Hubschrauber zurück!«

Die Kamera zeigte einige verschwommene, nur undeutliche Aufnahmen bis das Bild schließlich kippte, und einen schwarzen Bildschirm hinterließ.

Nach einem kurzen Störsignal erschien ein neuer Beitrag, der eine andere Reporterin zeigte, die mit wehenden Haaren in einem Hubschrauber saß und die Geschehnisse und Bilder unter ihr kommentierte: »... befinde ich mich über der Bucht von Tokio! Der Tsunami, der sich in der Sagami Bay aufgebaut hatte und mit unwiderstehlicher Gewalt die Stadt Kamakura vollständig zerstört hat, hinterließ hier ein schreckliches Bild der Verwüstung! Er drang zwar auch in die Bucht von Tokio ein und gelangte bis Tokio, doch richtete er bei weitem nicht soviel Schaden an wie die Erdbeben, die die Stadt in ein Trümmerfeld verwandelten...« - »... haben die Unwetter und Katastrophen in Südostasien Zehntausende Opfer gefordert, vereinzelt war von Flüchtlingen zu hören, dass sie sich bestraft fühlten, aber doch nichts Schlimmes getan hätten! Die Verhältnisse an Chinas Küsten sind nicht besser, Hongkong wurde ebenso von Flutwellen verwüstet, alle Schiffe, die im bisher als äußerst sicher geltenden Hafen lagen, wurden zerstört, der Tsunami wälzte sich durch die engen Gassen und richtete in der Stadt größte Schäden an!«

Die Reporterin konnte nicht verhehlen, dass ihr die Geschehnisse zu schaffen machten. Ihre Augen waren leicht verquollen und mit einer raschen Handbewegung wischte sie eine Träne weg. Der Leitsatz der Journalisten, nur Fakten und Nachrichten zu präsentieren, aber keine Emotionen zu zeigen oder zu kommentieren, war ob der katastrophalen Zustände eine echte Herausforderung, der nicht jeder gewachsen war. Sie konnte ihre Emotionen, die klar zeigten, dass sie das Geschehen nicht unbeteiligt ließ, jedenfalls kaum mehr unterdrücken und schluchzte leise, während sie die Ereignisse des Tages in gewohnt knapper und präziser Form wiederzugeben suchte. Doch merkte sie offenbar, dass ihr ihre emotionale Lage trotz allem anzusehen war, und mit einem unsicheren Lächeln blickte sie in die Kamera: »Entschuldigen Sie..., meine sehr verehrten Damen und Herren..., aber diese Ereignisse..., die kann ich nicht... – Eine Kollegin von mir war nach einem Vulkanausbruch vor einigen Jahren im Kongo und hat die Stimmung dort wohl sehr zutreffend beschrieben als sie sagte: Das ist kein normaler Krieg. Das ist der Krieg Gottes. – Ich denke diese Aussage kann man auch auf diese Geschehnisse und die heutige Zeit beziehen!«

Das nächste Bild zeigte eine Flotte von Kriegsschiffen, japanische und einige koreanische, aber auch sehr viele amerikanische und europäische, die im Pazifik, im Japanischen und im Ostchinesischen Meer lagen, und die Tausende von Flüchtlingen an Bord nahmen.

»Danke, das war's«, ließ sich nun wieder Professor Taylors sonore Stimme vernehmen. Der Bildschirm wurde dunkel, und das Licht im Saal wurde wieder eingeschaltet, doch es verging eine geraume Zeit, bevor Professor Wagner einen Kommentar abgab: »Mein Gott! Obwohl ich den Film ja bereits kannte, lief es mir jetzt erneut eiskalt den Rücken hinunter!«

Er hatte einen Platz an der Sonne erwischt, wie er schon beim Betreten des Podiums bemerkt hatte, denn er wurde von zwei bezaubernden Damen eingerahmt. Beide hätten in Bezug auf den Altersunterschied allerdings durchaus seine Tochter sein können, und sie bekundeten Beifall zu seiner Rede indem sie ungewöhnlich heftig nickten.

Die zu seiner Linken sitzende Renate Schumann überragte ihren anderen Nachbarn, Jonathan Buttler, deutlich. Sie war neben ihm die Einzige, die ein wenig Farbe in diese Runde brachte, denn sie trug ein blaues Kostüm, dass jedoch gegen das schreiende Rot von Buttler keine Chance auf einen Aufmerksamkeitspreis hatte. Sie war Anfang vierzig, hatte kurzes rotblondes Haar und bei Professor Wagner promoviert. Während er jedoch dem in Hamburg ansässigen Max-Planck-Institut für Meteorologie treu blieb, ging sie anschließend zum geologischen Forschungszentrum nach Potsdam.

Die zweite bezaubernde Dame neben dem Deutschen war Sarah Newman, die ebenfalls großgewachsen war und halblange blonde Haare trug. Damit hörten die Gemeinsamkeiten mit Renate Schumann aber auch schon auf, denn im Gegensatz zu ihr besaß sie keinen Doktortitel oder sonstige Auszeichnungen. Sie hatte mit ihrem neben ihr sitzenden Mann fast fünfzehn Jahre in Südostasien gelebt und war Ende vierzig.

Ihr Mann, Derek Newman, war fünf Jahre älter als sie. Er

hatte ähnlich graue Haare wie Professor Taylor, doch sein Gesicht verriet die gleiche Vitalität wie dasjenige von Commander Phillips. Er übte durch seine äußerst charismatische Art eine fast magische Anziehungskraft auf seine Gesprächspartner aus und war in der Newman'schen Ehe eindeutig der ruhige Pol. Doch jetzt war er es, der zunächst das Wort ergriff: »Ja, das geht mir auch so, schon schockierend!«

»Und wie es scheint, hat man für das Militär endlich mal eine gute Beschäftigung gefunden!«, spottete Shannon Riggs.

»Das ist nicht fair!«, schüttelte Phillips den Kopf. »In Ihrer Vorstellung existieren Soldaten ja nur als potentielle Mörder und Kriegsteilnehmer!«

»Ja, aber wie man sehen kann, gibt es auch durchaus sinnvolle Tätigkeiten!« Die Ökologin legte gleich zu Beginn Zeugnis ihrer Halsstarrigkeit ab.

»Und ich möchte an dieser Stelle nur kurz erwähnen, dass unsere Soldaten schon gegen die Naturgewalten gekämpft haben, als die Amerikaner noch nicht einmal davon träumten, Militär in diesem Ausmaß für so etwas einzusetzen! Aber als die Maschinerie einmal im Gang war, wurde es natürlich im Rahmen der Selbstdarstellung und Propaganda in aller Ausführlichkeit und äußerst eindrucksvoll dargestellt«, warf Professor Wagner ein.

»Und Sie haben ja wohl bei diesen Operationen auch einige Rückschläge erlitten«, meinte Shannon Riggs, »ich erinnere mich nur an diesen Flugzeugträgerverband, der damals mitten im Ozean verschwand und...«

»Die Truman!«, rief Professor Buttler dazwischen. »Genau! Die ist doch damals mit Mann und Maus im Pazifik abgesoffen – warum eigentlich, Commander? Das Pentagon hat auch später nie eine vollständige Erklärung über den Vorfall abgegeben!«

Phillips' Gesicht verhärtete sich: »Wir sprechen nicht gern darüber.«

»Aber es ist ja wohl eine Tatsache, dass die Truman damals mit dem Ziel der Ostküste Japans von San Diego auslief und der Kontakt zu ihr irgendwo nördlich von Hawaii abriss, oder wollen Sie das leugnen?«

Der Commander blickte ihn eisern an: »Ich leugne gar nichts. Aber ich bin nicht befugt, über diesen Vorfall zu sprechen.«

»Das kann ich mir denken«, mischte sich nun Claudia Freeman ein, »immerhin war es kein Bravourstück, einen riesigen Flugzeugträger mit Begleitschiffen zu verlieren! Wenn ich es nicht besser wüsste, würde ich sagen, dass sich das irgendwo vor der Ostküste der Vereinigten Staaten im Bermuda-Dreieck abgespielt hat, aber ich habe die Truman damals ja mit meinen eigenen Augen von San Diego auslaufen sehen!«

»Stimmt genau«, nahm Buttler dankbar den Ball auf, den ihm seine Kollegin zugeworfen hatte. »Man könnte sogar sagen, dass es ausgesprochen peinlich war! Aber der Gipfel waren die Statements, die eine Flutwelle für die Katastrophe verantwortlich machten – so ein Unsinn!«

»Keineswegs«, widersprach jedoch Professor Wagner, »solche Flutwellen sind nicht nur in Küstennähe aufgetreten, sondern auch schon auf offener See! Bei uns in Deutschland bezeichnet man sie als 'Monsterwellen'. Es wurden schon Wellen beobachtet, die fünfunddreißig Meter hoch waren – und das sind die gewesen, die von Überlebenden gesichtet wurden. Ich möchte nicht wissen, wie hoch solche Wellen sind, von denen keine Überlebenden mehr berichten können...«

Für Sekunden herrschte absolute Stille. Jeder versuchte

sich vorzustellen, was eine etwa vierzig Meter hohe Wand aus Wasser auf offener See für Kräfte entwickeln konnte, und Einigen in der Runde – und auch im Publikum - konnte man problemlos an den Gesichtern ablesen, dass sie durchaus die Fantasie dazu aufbrachten. Wagner fuhr fort: »Die deutschen Seeleute nennen so eine Welle 'Kaventsmann', aber sie treten Gott sei Dank nicht allzu häufig auf. Aber wenn...«

Er beendete den Satz nicht, sondern verstummte und lehnte sich wieder in seinen Stuhl zurück. Ein schneller Blick in Phillips' Gesicht hatte ihm gezeigt, dass er mit seiner Vermutung richtig lag.

»Gott sei Dank?« Buttlers Stimme hatte etwas widerlich Zynisches. »Was hat denn Gott damit zu tun? Ich glaube nun wirklich nicht, dass Gott in Zusammenhang mit irgendwelchen Naturkatastrophen steht!«

»Das ist sicherlich richtig«, mischte sich Professor Jeremy Dixon ein, »dafür gibt es ganz andere Erklärungen!«

»Aber Gott ist doch mit allem verbunden, wie soll er dann nicht an etwas beteiligt sein?«, fragte Derek Newman.

Dixon blickte ihn scharf an: »Ach ja? Wo war denn Ihr Gott, als Florida verwüstet wurde? Als Houston zerstört wurde? Als New Orleans überflutet wurde? Als das stärkste Erdbeben, das jemals in den Staaten gemessen wurde, die Region von Miami bis Havanna erschütterte? Auf Kuba herrschten Epidemien wie zur Zeiten der Pest in Europa!«

Jonathan Buttler nahm seine Lesebrille von der Nase und hielt sie wie eine Pistole auf seinen Gegenüber gerichtet: »Nicht zu vergessen die Flutwellen, die über Neuseeland und Australien eingebrochen sind, wo es zwar nicht so viele Tote gab, aber die Natur spielt doch überall verrückt! Wenn ich Gott wäre, würde ich so etwas nicht zulassen!«

Da stellte Derek Newman ganz sachlich fest: »Wenn Sie

Gott wären, würde es diese Welt doch wohl kaum geben!«

»Das ist ja wohl eine Frechheit!«, entgegnete Buttler. Mit vor Hohn triefender Stimme fuhr er fort: »Ich habe mich auf diese Sitzung natürlich auch ein bisschen vorbereitet und mir ein paar Unterlagen zusammengestellt..., erlauben Sie«, kramte er in seiner Tasche und brachte schließlich einen schmalen Ordner hervor. »Hier ist eine Aufstellung der größten Schäden der letzten fünfundzwanzig Jahre! Ich denke, wir alle sind uns einig, dass die Zeit seit Ende der Achtziger als die schlimmste in der gesamten Geschichte der Menschheit angesehen werden dürfte«, blickte er in die Runde.

Und nachdem ihm niemand widersprach, schlug er siegesgewiss den Ordner auf. Gleichzeitig betätigte er zwei Knöpfe an seinem Platz, und auf der Leinwand erschien eine Übersicht. Er las vor: »1988 Armenien – fünfundzwanzigtausend Todesopfer nach einem Erdbeben, 1990 wieder ein Erdbeben, diesmal im Iran – vierzigtausend Todesopfer, 1991 Bangladesch – eine halbe Million Tote nach einem Wirbelsturm, was lange Zeit als die Naturkatastrophe mit der zweitgrößten Anzahl an Todesopfern galt, gleich nach dem Tangshan-Erdbeben 1976 in China, wo es offiziell eine Viertelmillion, aber anderweitigen Schätzungen zufolge mehr als siebenhunderttausend Tote gegeben hat!«

Er hob kurz seinen Kopf, um sich zu vergewissern, dass ihm die ungeteilte Aufmerksamkeit aller gewiss war, dann widmete er sich wieder seiner Liste: »1995 ein Erdbeben in Kobe, Japan, mit über fünftausendfünfhundert Toten und achtmal soviel Verletzten! Dieses Jahr galt unter Wissenschaftlern als das schlimmste Katastrophenjahr in der Geschichte der Menschheit – allerdings nur für vier Jahre. Denn bereits 1999 wurde es übertroffen, durch gewaltige Erdbeben in Südamerika, in Südosteuropa, in Asien und anderen Gebieten. Hinzu kommen Überschwemmungen, Waldbrände, Wirbelstürme, Tornados und Dürren! Allein in den USA wurden über hunderttausend Hektar Wald durch Brände vernichtet!«

»Aber Sie vernachlässigen dabei, dass es jedes Jahr zu solchen Katastrophen kommt«, unterbrach Jeremy Dixon seinen eifrigen Kollegen. »So kam es ein Jahr zuvor, im Juli 1998, nach einem Seebeben zu katastrophalen Zuständen auf Papua-Neuguinea! Durch einen Tsunami wurden ganze Dörfer zerstört, und es gab über siebentausend Todesopfer!«

Buttler schien der Einwand in sein Konzept zu passen. Wider Erwarten blieb er trotz der Unterbrechung ruhig und nickte sogar zustimmend. Als Dixon seinen Einwurf beendet hatte, gab er jedoch zurück: »Ja! Ich bestreite ja auch gar nicht, dass es jedes Jahr zu solchen Katastrophen kommt, aber in einigen Jahren treten sie nun mal verstärkt auf! Das werden Sie sicherlich nicht bestreiten, denn das Jahr mit den schlimmsten Katastrophen liegt doch so lange noch gar nicht zurück. Vor drei Jahren erfolgten das Tangshan-Beben, das mit einer Stärke von neun Komma acht das Beben von 1976 bei weitem übertraf und dafür sorgte, dass Peking jetzt am Meer liegt, sowie das große Tokai-Beben bei Tokio, das man seit 1980 erwartete, und das somit regelrecht überfällig war...! Und obwohl es die am besten überwachte Erdbebenregion der Welt ist, wurden viele Gebiete in Mitleidenschaft gezogen – wie wir eben im Film gesehen haben. Und sogar die höchste Brücke der Welt, die Akashi-Kaikyo-Brücke, deren Fundamente siebzig Meter unter dem Meeresgrund verankert sind, und die bis zu einer Stärke von acht Komma fünf als erdbebensicher galt, fiel in Nullkommanix in sich zusammen! Einhundert Jahre hielt Chile den Rekord für das schwerste Erdbeben – jetzt halten ihn Japan und China. Das ist der Lauf der Zeit!« Buttler blickte von seinem Zettel hoch, vergewisserte sich, dass die Grafik – für alle Zuschauer sichtbar - nach wie vor auf der Leinwand dargestellt wurde, lehnte sich in seinen Sitz zurück und warf einen herausfordernden, stechenden Blick in die Runde.

Zunächst schien niemand etwas entgegnen zu wollen, doch dann schaute ihn Derek Newman an: »Zahlen!«, meinte er lakonisch.

»Wie, Zahlen? – Das sind Fakten!«, erregte sich Buttler.

»Ja, so muss man das wohl bezeichnen«, entgegnete Newman, »aber hinter jeder Zahl steht letztendlich immer noch ein Mensch, und hinter jedem Menschen ein Schicksal.«

Und seine Frau führte weiter aus: »Zahlen, die in die Tausende oder Zehntausende gehen, sind doch nur Statistik! Da können Sie sich doch gar kein Bild von machen, geschweige denn irgendein Politiker oder die Presse! Aber wenn es um Einen oder einige Wenige geht, dann sehen Sie sofort ein Schicksal dahinter, da kann man dann Punkte sammeln, und die Quoten im Fernsehen schnellen in die Höhe, wenn ein Opfer nach Tagen lebendig geborgen wird! So etwas nennt man dann identifizieren mit der Opferrolle! Die Leute können sich mit wenigen Opfern viel eher identifizieren als mit einer großen Menge. Hunderte oder Tausende sind schnell vergessen und werden dann nur noch statistisch erfasst!«

»Ganz zu schweigen von Zehn- oder Hunderttausenden«, stimmte ihr Mann bei.

»Und welche Konsequenzen werden daraus gezogen?«, wandte sie sich mit fragendem, fast schon anklagendem Blick in die Runde. »Offenbar keine! 1970 gab es in Bangladesch schon eine ähnlich verheerende Sturmflut, die noch mehr Todesopfer forderte, nämlich dreihunderttausend! Und was ist seitdem geschehen...? – Gar nichts! Die größten Verluste an Menschenleben verzeichnen wir nach wie vor in den so genannten armen Ländern, denn diese besitzen ganz einfach nicht die technischen Möglichkeiten, um sich dagegen wappnen zu können, ganz zu schweigen von einer möglichen Früherkennung oder Vorwarnzeit!«

»Aber Sie müssen doch zugeben, dass wir zum Glück über solche Systeme verfügen!«, zeigte sich Buttler noch immer sehr erregt. »Ich möchte nicht wissen, wie viele Todesopfer es gegeben hätte, wenn nicht alle Wissenschaftler weltweit an einem Strang gezogen und die Politiker so schnell von der nahenden Katastrophe unterrichtet hätten! Solche Frühwarnsysteme haben in den vergangenen Jahrzehnten mehr Menschenleben gerettet als so manches Krankenhaus in einer Weltmetropole! Denken Sie nur an den heftigen Ausbruch des Pinatubo auf den Philippinen 1991, von dem weite Teile Südostasiens betroffen waren, es aber in Relation zur Heftigkeit des Ausbruchs sehr wenig Opfer zu beklagen gab!«

»Es ist eben nie ausreichend, nur ein gutes System zu besitzen«, murmelte Sarah Newman.

»Was meinen Sie?«

»Ich sagte, dass es nicht allein auf das System ankommt, sondern auch auf die Menschen, die dahinterstehen«, wiederholte sie.

»Na, das ist doch klar«, verkündete Buttler im Brustton der Überzeugung, »das versteht sich ja wohl von selbst!«

»Für einige offenbar nicht«, ergriff Derek Newman Partei für seine Frau, »denn es gab immer schon Politiker, die die Wissenschaftler in der Ausübung ihrer Tätigkeit dermaßen behindert haben, dass man sich fragen muss, ob die noch ganz zurechnungsfähig sind!«

»Das ist richtig«, stimmte Buttler ihm zu, doch dann musterte er ihn mit scharfem Blick: »Aber Sie werden mir jetzt ja wohl auch zustimmen, dass Gott, sofern es ihn überhaupt gibt, mit solchen Ereignissen nichts zu tun hat, oder?«

Newman sah den Choleriker nachdenklich an, blieb jedoch still. Dafür ergriff seine Frau das Wort: »Sofern es ihn überhaupt gibt? Was wollen Sie denn damit sagen?«

»Na ja, es weiß schließlich niemand, ob es einen Gott gibt, oder was auch immer man sich unter dem Begriff vorzustellen hat«, erwiderte Buttler.

»Natürlich gibt es ihn. Wen sonst machen Sie denn für die Erschaffung der Welt verantwortlich?« Sarah Newman schaute ihn kopfschüttelnd an. »Und Sie dürfen Ihre persönlichen Schicksalsschläge und Probleme unter gar keinen Umständen auf die Allgemeinheit loslassen und mit ihren dienstlichen Belangen vermengen!«

»Was meinen Sie damit ?«

»Gott kann nichts dafür, dass Sie alles und jeden dafür verantwortlich machen, dass Ihr Sohn letztes Jahr in Florida umgekommen ist...«

»Waas? Das ist ja wohl eine Unverschämtheit! Das muss ich mir nicht gefallen lassen!«, brüllte Buttler.

»Aber bitte, wollen wir wieder zu den reinen Tatsachen zurückkommen«, mischte sich Professor Green ein, »private Auseinandersetzungen haben in dieser Runde nun wirklich nichts verloren! Und über Gott zu lästern, bringt uns auch nicht weiter! Auch ich beschwere mich nicht über den Hurrikan, der mir zu meinem Stuhl verholfen hat!«

Sein sachlicher Tonfall und seine ruhige Ausstrahlung trugen maßgeblich dazu bei, dass sich die beiden Streithähne schnell wieder beruhigten, und er wechselte mit rhetorischem Geschick das Thema: »Ich denke, dass wir uns auf einen ersten gemeinsamen Punkt einigen können, nämlich dass man vorrangig langfristig denken muss. Also unter Umständen für unsere Kinder und Enkelkinder, da das gesamte Klimasystem ausgesprochen träge reagiert. Der zweite Punkt wäre das Forcieren der Entwicklung alternativer Energien, wie sie seit Jahrzehnten in aller Munde sind, sich aber bis zum heutigen Tage noch immer nicht richtig durchgesetzt haben. Des Weiteren bin ich der Meinung, dass es bestimmt nicht schaden kann, wenn wir den Menschen bewusster vor Augen führen, was für Auswirkungen ihre Handlungen haben. Denn die Umwelt wird nicht nur durch das materielle, sprich den Körper geprägt, sondern auch durch den Geist!«

Auch ein Erstklässler hätte den Sarkasmus in Professor Buttlers Stimme nicht überhören können: »Wollen Sie damit etwa sagen, dass die Menschen durch ihre Gefühle oder Gedanken oder was weiß ich ihre Umwelt oder sogar das Wetter beeinflussen können?«

Green nickte nur, doch Derek Newman antwortete an seiner Stelle: »In der Tat, denn jede Tat in der materiellen Welt bedingt zuvor eine Idee in der geistigen. Diese Welt ist zwar mit unseren physischen Sinnen nicht erfassbar, aber wenn man in die geistige Welt schauen könnte, dann würde man die Ursachen unserer Taten sehen und...«

Jonathan Buttler platzte ihm in die Rede: »Ach, das ist ja wohl lächerlich! So eine Behauptung von einem Wissenschaftler! Ich muss mich ja geradezu von Ihnen distanzieren, sonst werde ich noch mit Ihnen in einen Topf geworfen, und mein guter Ruf ist ruiniert!«

Da fiel Professor Wagner mit nüchterner Stimme ein: »Ich kann dem Kollegen Newman da aber durchaus zustimmen.«

Nun richtete sich die gesamte Aufmerksamkeit auf ihn:

»Ich habe so etwas sogar schon selbst erlebt, vor fünf oder sechs Jahren war ich auf dem Münchener Oktoberfest, überall in Deutschland und Österreich, bis hinüber zur Schweiz und zur Tschechei war es bewölkt oder hat sogar geregnet, nur über München zeigte sich nicht eine Wolke. Dieses ganze Wochenende wies auch im Münchener Polizeibericht eine bis dahin einzigartige Harmonie aus, denn es wurden an diesem Wochenende die geringsten Krawalle, Überfälle und Diebstähle registriert. Und zwar in der gesamten Geschichte des Oktoberfestes!«, stellte er nachdrücklich fest.

»Ich danke Ihnen«, nickte Newman ihm zu, »nicht jeder Wissenschaftler bringt den Mut auf, auch mal über seinen Horizont zu blicken und sich vorzustellen, dass wir trotz allem, was wir heute erreicht haben, noch längst nicht alles wissen. Schon gar nicht in der nichtmateriellen Welt!«

Seine Frau stimmte ihm zu: »Ja, und das dann noch in der Öffentlichkeit zu vertreten, das ist der nächste Schritt, den allerdings noch viele scheuen!«

Und ihr Mann pflichtete nun ihr bei: »Genau, ein guter Wissenschaftler sollte immer überlegen, ob die bestehenden Normen nicht einer Überarbeitung bedürfen. – Aber für viele spielt die Angst eine große Rolle! Die Angst, ihren gut bezahlten Job zu verlieren oder sich lächerlich zu machen. Viele Kollegen haben auch Angst vor Veränderungen, die ihre ganze schöne Ordnung über den Haufen werfen könnten, und für die sie jahrelang eingetreten sind. Niemand sägt den Ast ab, auf dem er sitzt. Vielleicht haben sie aber auch einfach nur Angst davor, ihre bisherigen Überzeugungen aufgeben zu müssen. Schließlich ist es einfacher, etwas Bestehendes zu übernehmen, zumal wenn es von hochrangigen Kollegen und Wissenschaftlern in der Vergangenheit bestätigt worden ist, als dagegen anzukämpfen und etwas Neues zu versuchen, nicht wahr?«

Er blickte in die Runde und sah stetige Verwunderung in den Augen. »Das gilt natürlich auch für die weiblichen Kollegen, manchmal sogar ganz besonders!«.

Nun meldete sich Professor Wagner zu Wort: »Da muss ich Ihnen beipflichten. Aber Sie dürfen das den Kollegen nicht übel nehmen, immerhin kann nicht jeder so wie Sie beide seinen Lebensunterhalt als freischaffender Wissenschaftler mit Vorträgen verdienen.« Er schaute Newman mit einem leichten Lächeln an.

Seine Frau erwiderte das Lächeln, doch Buttler rang sichtlich mit seiner Fassung: »Das glaube ich alles nicht! Für so einen Unsinn bin ich nicht hierher gekommen!«

»Unsinn?«, fragte Newman mit schneidender Stimme. »Was zählt bei Ihnen denn in die Kategorie 'Annehmbares'? Wahrscheinlich nur Fakten, die möglichst schriftlich niedergelegt und mit Stempel und Unterschrift von irgendeinem Experten versehen sind!«

»Wenn Sie es so ausdrücken wollen, bitte sehr! Ich habe nichts dagegen. Dieses Modell hat die Wissenschaft im Laufe der Jahre doch überhaupt nur vorangebracht, sonst säßen wir noch heute auf den Bäumen!«

Er erntete Gelächter aus den Reihen der Zuschauer.

Dadurch ermutigt fuhr er fort: »Ja, so ist es doch! Wenn wir nach Ihren Theorien gehen würden, dann hätten wir doch nichts Greifbares, Reelles in der Hand!«

Derek Newman schüttelte leise den Kopf. »Der Mensch stammt nicht vom Affen ab! Gott erschuf ihn nach seinem Ebenbild! Ein Affe kann nie ein Mensch werden.«

Doch seine Bemerkung ging in dem Gejohle der Zuschauer unter.

»Etwas Greifbares!«, stöhnte nun seine Frau. »Als ob man als Wissenschaftler nur so denken sollte! Gerade dieser

Personenkreis sollte sich dadurch auszeichnen, dass er in bestimmten Bereichen über ein größeres Wissen verfügt als der überwiegende Teil der Menschen, aber Sie scheinen nicht dazu zu gehören. Vermutlich wissen Sie auch nicht, was ein 'Platonisches Jahr' ist!«

Buttler guckte verwirrt. »Platonisches Jahr? – Platonische Liebe kenne ich«, grinste er sich ins Publikum wendend. Verschiedene Zwischenrufe ertönten, und wieder lachten einige, andere klatschten sogar Beifall.

Doch Sarah Newman ließ sich nicht irritieren: »Sie wissen ja gar nichts! Und so etwas schimpft sich dann Wissenschaftler! Mit welchem Recht eigentlich?«

»Oho!«, mischte sich Professor Dixon ein. »Jetzt wollen wir mal nicht beleidigend werden, ja? Auch ich habe von diesem Platonischen Jahr noch nichts gehört!«

»Tja«, blickte sie ihn mit einem ernsten Lächeln an, »dann haben Sie genauso wenig Ahnung wie...«

»Das ist ja wohl die Höhe!«, empörte sich Dixon, »von so einer jungen...« Er verschluckte die restlichen Worte als ihm Derek Newman einen scharfen Blick zuwarf.

Erneut war es Commander Phillips, der schlichtend einfiel: »Also, ich bin ja kein Wissenschaftler, und ich muss es somit wohl auch nicht wissen! – Aber was genau ist denn nun ein 'Platonisches Jahr'?«

Sarah Newman holte tief Luft und erwiderte: »Es ist ein anderer Begriff für ein 'siderisches Jahr', in dem wir einmal komplett die zwölf Tierkreiszeichen durchlaufen. Die Erde dreht sich – oder besser gesagt 'taumelt' - bekanntlich in einem Jahr um die Sonne, in dessen Verlauf verschiedene Jahreszeiten auftreten. Diese werden durch die Präzession verursacht, denn die Erde rotiert ja in einem speziellen Winkel von gut dreiundzwanzig Grad um ihre Achse und nicht...«

»Ja ja, das ist uns hinreichend bekannt«, unterbrach Buttler sie mit einer wegwerfenden Geste und guckte siegessicher ins Publikum, »aber was hat das nun mit Ihrem platonischen Liebes-Jahr zu tun?« Er griff nach seinem Glas Wasser.

Einige Leute lachten, doch andere pfiffen und die meisten blieben ruhig. Seine Pointe hatte sich abgenutzt.

So konnte Sarah Newman problemlos fortfahren: »Da sich die Erde durch diese Präzession wie ein Kreisel verhält, der sich auf einem Kegelmantel um den Pol der Ekliptik bewegt, und zudem noch gewissen Kräften und Einflüssen der Sonne, des Mondes und der anderen Planeten ausgesetzt ist, verschiebt sich das Frühlings-Äquinoktium jährlich um zwölf Minuten, so dass es einen längeren Zeitraum in Anspruch nimmt bis der gleiche Punkt wieder an seinem Ausgangspunkt ist. Insgesamt dauert so ein platonisches Jahr ungefähr fünfundzwanzigtausendneunhundertzwanzig Jahre, je nach Einfluss der Planeten, des Mondes und der Sonne.«

»Und was bringt mir das?«, fragte Dixon höhnisch.

»Ein ganz spezielles platonisches Jahr geht dieses Jahr zu Ende«, blickte Sarah Newman ihn durchdringend an, »es wird auch das 'Wassermannzeitalter' genannt, das sich an das Zeitalter der Fische anschließt, welches wir verlassen.«

»Um jedes Tierkreiszeichen zu durchlaufen brauchen wir ungefähr zweitausendeinhundertsechzig Jahre«, fügte ihr Mann hinzu, »und die Veränderungen, die wir in den letzten Jahren erlebt haben, waren nichts anderes als die ersten Ankündigungen dieses neuen Zeitalters.«

»Dann ist also das Aufkommen eines neuen Zeitalters der Grund für all die Katastrophen, ja?«, fragte Buttler.

»Sie machen sich das aber sehr einfach«, wandte Sarah Newman kopfschüttelnd ein. »Die Menschen haben doch den freien Willen! Die können im Prinzip machen was sie wollen.«

»Man muss keinen Jahreswechsel mit Blut oder Zerstörung begehen«, stimmte ihr Mann ihr zu, »und ebenso wenig den Wechsel eines Zeitalters!«

»Ich glaube, Sie beide waren zu lange in Asien! Glauben Sie etwa auch an die Wiedergeburt?« Buttler griff nach seinem Glas.

»Selbstverständlich«, gab Newman ruhig zurück.

»So ein Schwachsinn!«, ereiferte sich der Choleriker uns stellte das Glas mit einem lauten Knall hart auf den Tisch zurück.

»Warum Schwachsinn?«, fragte Sarah Newman. »Vor hundert Jahren dachten die Menschen, dass man stirbt, wenn man schneller als fünfzig Kilometer pro Stunde fährt. Vor fünfhundert Jahren dachten sie noch, die Welt ist eine Scheibe, von deren Rand man hinunterfallen könne, und dass sich die Sonne um die Erde dreht!«

»Der Mensch besteht nicht nur aus dem Körper oder dem Fleisch«, wandte seine Frau ein und sah Buttler direkt in die Augen, »sondern auch aus Geist und Seele.«

»Was Sie nicht sagen«, spottete Buttler und hielt ihren Blick ruhig aus, »das ist ja nun keine neue Erkenntnis!«

»Ach, das wissen Sie also?«, hielt seine Gegenüber den Blick noch immer auf ihn gerichtet. »Dann sollten Sie aber auch wissen, dass es diese beiden sind, die im Verlauf ihrer Entwicklung lernen müssen, und dass es nicht der Körper ist, denn dieser ist vergänglich und dient dem Menschen nur als ein Instrument! – Darum die fünf Sinne!«

Buttler senkte den Blick. Es schien als ob er nachdenken würde. Sie fuhr fort: »Die Wiedergeburt gehört zum Leben, zur Evolution, denn man wird wiedergeboren, um sich weiter zu entwickeln. Jeder Mensch muss sich entwickeln, und während seiner Entwicklung lernen. Denn nicht für die Schule, sondern für das Leben lernen wir! Oder meinen Sie, dass die Entwicklung mit einem einzigen Menschenleben abgeschlossen ist, und die Seele dann ihren Weg zu Gott zurückfindet? Dann tun Sie mir aber leid!« Es war kein Spott und auch kein Mitleid, das in ihrer Stimme mitschwang, nur aufrichtiges Bedauern.

Nun trat ihr Mann wieder auf den Plan: »Darum gibt es nämlich auch so genannte Wunderkinder, die im Alter von sechs Jahren bereits Dinge vollbringen, die mancher Erwachsene nicht zustande bringt, geschweige denn, dass die Eltern ihrem Kind entsprechende Gene vererbt haben können! Und dabei ist es ganz egal, ob es sich nun um Sprachen, musische Talente oder das Schachspiel handelt. Gerade in Indien, wo wir beide – er bedachte seine Frau mit einem liebevollen Blick – lange Jahre unseres Lebens verbracht haben, gibt es manche Kinder, die sich an Einzelheiten ihres vergangenen Lebens erinnern. Das ist sogar mehrfach wissenschaftlich untersucht und bestätigt worden.«

»Ach, das mögen ja ein paar Zufälle sein!«, tat Buttler das jedoch mit einer herrischen Handbewegung ab.

»Es gibt keine Zufälle!«, widersprach Newman, »es gibt nur die Unterscheidung zwischen bewusst und unbewusst durchgeführten Aktionen! Erstere bezeichnet man dann als geplant, letztere ereignen sich, ohne dass wir die Aktion steuern. Und es müsste gerade Ihnen als Wissenschaftler klar sein, dass die Seele und der Geist irgendwo bleiben müssen, wenn ein Mensch stirbt. Denn der Energieerhaltungssatz, wonach Energie nicht verschwinden, sondern nur in eine andere Form umgewandelt werden kann, dürfte Ihnen nicht unbekannt sein! Und auch Seele und Geist bestehen schließlich aus einer Form von Energie.«

»Buttler sah ihn verwirrt an. Doch wie viele Choleriker

war auch er überaus reizbar und streitsüchtig: »Keine Zufälle! Nachher erzählen Sie mir noch, dass die Titanic nicht zufällig vor hundert Jahren gesunken ist, sondern dass das eine kleine Warnung für dieses Jahr war, und uns eine ähnliche Katastrophe bevorsteht!«

»Bitte meine Herren, das Gespräch artet noch in einen Privatkrieg aus«, fiel jetzt Frederick Taylor ein, »denken Sie an die Zuschauer an den Fernsehschirmen!«

»Ja, denken Sie an diese!«, ereiferte sich jetzt Shannon Riggs, »die sitzen doch nur vor ihren Kisten, um mal wieder ein paar schlechte Nachrichten zu sehen!«

Nun schauten ihre Kollegen sie verwirrt an.

»Mit guten Nachrichten locken Sie heutzutage doch keinen Menschen mehr hinter'm Ofen hervor!«, bekräftigte sie.

»Genau!«, stimmte ihr Claudia Freeman zu. »Die Leute wollen schlechte News, um mitzittern zu können, um dabei zu sein, um es mitzuerleben...«

»...und um zu sehen, dass es Leute gibt, denen es noch schlechter geht als ihnen!«, ergänzte Shannon Riggs und warf einen streitsüchtigen Blick in die Runde.

»Was genau meinen Sie denn damit?«, fragte Taylor irritiert. Er fühlte sich ob der Aggressivität der Britin leicht unbehaglich in seiner Rolle als Moderator und nahm nun erstmal einen großen Schluck aus seinem Glas.

»Ich meine, dass Überschwemmungen und Erdbeben höchstwahrscheinlich die medienwirksamsten und vielleicht auch verheerendsten Naturkatastrophen repräsentieren..., aber dass wir darüber eines nicht vergessen sollten, nämlich die Brände!«, erläuterte die Britin.

»Brände?« Taylor stellte sein Glas auf den Tisch zurück.

»Ja«, nickte sie, »Waldbrände, riesige Flächenbrände, wie sie in den Staaten bisher jedes Jahr auftreten, aber auch zum Beispiel in Australien. Dort war im Outback vor zehn Jahren bereits eine Fläche verbrannt, die so groß wie England ist! – Ganz zu schweigen von den Folgeschäden!«

»Das stimmt«, gab ihr Claudia Freeman Recht, »ich kenne mich auf dem Gebiet zwar nicht so gut aus, aber...«

»Ich dafür um so besser«, fiel die Engländerin eifrig ein, »allein in den USA ist nämlich in den letzten zehn Jahren eine Waldfläche von über siebenhundertfünfzigtausend Quadratkilometern verbrannt. Und jedes Mal reichert sich mehr schädliches Kohlendioxid in der Atmosphäre an!«

»Leider«, seufzte Sarah Newman, »und noch immer gibt es Politiker und Wissenschaftler, die hartnäckig bestreiten, dass es dadurch zur Erderwärmung kommt. Ja, einige sehen noch nicht einmal das!«

»Wieso denn auch«, meinte Dixon, »das Wenige, was durch Menschen verursacht wird, das können Sie doch unmöglich für alle Katastrophen verantwortlich machen!«

»Doch, das ist bedauerlicherweise so«, entgegnete sie ruhig, »die Balance des Kohlenstoff-Kreislaufs ist sehr sensibel, das ist wie mit dem Alkohol im Blut. Ein paar Promille zuviel, und Sie sind nicht mehr zurechnungsfähig.«

»Also, wenn das eine Anspielung sein soll...«, beugte sich Dixon drohend nach vorn.

»Die meisten Naturkatastrophen sind doch ein Resultat der Eingriffe der Menschen, ob nun direkt oder indirekt«, versuchte Derek Newman die Situation zu entschärfen.

Es gelang ihm aber nur teilweise, Dixon schaute noch immer recht aggressiv zu seiner Frau herüber, doch nun ergriff Professor Wagner das Wort: »Also Fakt ist, dass von einer Zunahme des Kohlendioxidgehalts die Poren der Bäume betroffen sind, und dass in Folge dessen das von deren Wurzeln aufgenommene Wasser langsamer verdunstet. Die Auswirkungen spüren wir, wenn es stark regnet, und der Boden nicht mehr so viel Wasser aufnehmen kann, denn dann kommt es sehr schnell zu Hochwasser und Überflutungen. Meine Landsleute und auch die Bewohner der Nachbarländer kennen dieses Phänomen recht genau, es ist in den vergangenen Jahren wiederholt aufgetreten. Verstärkt wird dieser Effekt noch durch Eindeichung, denn dadurch gehen natürliche Überschwemmungsgebiete verloren, wodurch die Flusspegel steigen.«

»Wir brauchen hier doch nicht über ungelegte Eier zu diskutieren! Fest steht, dass durch einen anhaltenden und erhöhten Kohlendioxid-Ausstoß durch photochemische Prozesse Ozon gebildet wird, was seinerseits zur erhöhten Absorption langwelliger Erdstrahlung führt. Und das trägt wiederum zum globalen Treibhauseffekt bei«, mischte sich plötzlich Renate Schumann ein, »das lernt heutzutage jedes Kind in der Schule! Und es ist auch kein Geheimnis, dass in den letzten zweihundert Jahren der Kohlendioxidgehalt um knapp vierzig Prozent und der Meeresspiegel um über zwanzig Zentimeter pro Jahrhundert angestiegen ist, was sich durch eine Erhöhung der Temperatur der Atmosphäre noch verstärken wird! So manche verträumt gelegene Insel in der Südsee wird im nächsten Jahrhundert nur noch eine Sandbank sein! Und wenn die Gletscher in den Alpen weiter so schmelzen, dann wird der Rhein eines Tages kein Wasser mehr führen. Und dieser Tag liegt in gar nicht allzu weiter Ferne!«

Für Momente herrschte Stille in der Runde. Die Deutsche hatte bisher kaum etwas zur Diskussion beigetragen, und jetzt überfiel sie die Runde mit derartigen Argumenten, dass es ihren Kollegen regelrecht die Sprache verschlug.

Professor O'Donnell war es, der zuerst seine Fassung zurück gewann: »Da möchte ich der Kollegin beipflichten, manchmal kommt es mir tatsächlich so vor, als ob wir uns mit unserer Diskussion im Kreis bewegen. Und ich darf hinzufügen, dass ich ebenso der Ansicht bin, dass die Menschen an vielen Naturkatastrophen selbst Schuld sind.«

»Stimmt genau«, pflichtete ihm Sarah Newman bei, »denken Sie nur an die Tankerunglücke, die Millionen und Abermillionen Tonnen Rohöl in die Meere ergossen! Die Havarie der Exxon Valdez im Prince William Sound im März 1989, durch die zweieinhalbtausend Kilometer Küste verseucht und die schlimmsten Alpträume eines jeden Umweltschützers Wirklichkeit wurden. Oder an den Untergang des Öltankers vor Galicien zur Weihnachtszeit 2002, wovon die gesamte nordspanische Küste bis nach Frankreich und Portugal betroffen war! Das gesamte Ökosystem dieser Region brauchte Jahre, um sich davon zu erholen!«

»Ganz zu schweigen von den Folgeschäden!«, meldete sich Shannon Riggs wieder zu Wort. »Da Schweröl sehr viele krebserregende Stoffe enthält, die wir durch die Fische in uns aufnehmen. Und was damals einige Kollegen – sie betonte das Wort 'Kollegen' als ob es sich dabei um ihre persönlichen Todfeinde handelte – von sich gegeben haben, dass sich die Region vielleicht schon wieder nach einigen Monaten oder spätestens einem Jahr erholt habe..., das kann ich nur als unverantwortliche Politik bezeichnen!«

»Sie sollten über Ihre Kollegen nicht so schlecht sprechen«, unterbrach Dixon die aufgebrachte Britin und sah ihr starr in die Augen, »ich...«

»Haben Sie denn schon mal einen Vogel mit ölverseuchtem Gefieder gesehen?«, keifte Shannon Riggs und unterbrach ihn nun ihrerseits. »Ich möchte fast behaupten: Nein!«

Dixon brach den Blickkontakt ab, es herrschte wieder einmal Stille. Doch im Publikum kam erneut Unruhe auf. Die Zuschauer merkten, dass die Ansichten der Professoren nicht zu einem Konsens führen würden, der das eigentliche Ziel dieser Runde war, sondern dass die so genannten Experten eine Art Privatkrieg führten. Sie kamen jedoch bald wieder zur Ruhe. Einmal mehr war es Professor Buttler, der das Schweigen als Erster brach: »Und wo war da Ihr Gott?«, fragte er das Ehepaar Newman und hob dabei den Finger als säßen die beiden auf der Anklagebank und er wäre Geschworener, Anwalt und Richter zugleich.

»Unser Gott?«, fragte Derek Newman erbost.

»Warum nur unser Gott?«, fragte auch seine Frau, doch sie blieb bedeutend ruhiger. »Gott ist für alle Lebewesen da, nicht nur für einige Wenige, und auch nicht nur für die, die vielleicht an ihn glauben!«

»Ach ja?«, keifte Buttler, »und warum tut er dann nichts gegen diese Katastrophen? – Wie ich das sehe, müsste er doch nur sagen 'es werde' und das Öl wäre verschwunden, oder wie sehen Sie das?«

Die beiden Newmans schüttelten den Kopf, erwiderten aber nichts. Sie blieben die Ruhe selbst. Aber Professor O'Donnell starrte den Choleriker an und schluckte zweimal. Er schien ihm eine scharfe Zurechtweisung geben zu wollen.

Doch da ergriff Professor Wagner mit ruhiger Stimme das Wort: »Ich kenne mich auf dem Gebiet zwar nicht so aus wie unsere beiden Kollegen, aber ich denke, dass die Erde so etwas wie ein Spielplatz oder Erprobungsterritorium ist. Die Menschen können so ziemlich alles machen, was sie wollen, nur müssen sie später mit den Ergebnissen leben. Und wenn sie ihre Umwelt nun mal zerstören und so achtlos mit ihr umgehen, dann äußert sich das so, wie wir das vorhin im Filmbeitrag gesehen haben!«

»Und wie wir und unsere Kinder in Zukunft auch noch feststellen werden«, warf Sarah Newman ihm einen warmen, dankbaren Blick zu.

»Sie können doch nicht im Ernst annehmen, dass Gott die ganzen hirnlosen Aktionen, die wir veranstalten, ausbadet!«, konnte sich O'Donnell nun nicht mehr länger beherrschen und schaute Buttler zornig an. »Das fällt alles auf die Menschen selbst zurück!«

Buttler blieb - sehr zur Verwunderung der Teilnehmer und auch der Zuschauer - ganz ruhig ob der ungewohnten Attacken, und nun mischte sich Derek Newman wieder ein: »Gott hat bei der Schaffung der Welt mehrere universale Gesetze erlassen, denen sich alles unterzuordnen hat, so das Gesetz von der Liebe und dann das von Ursache und Wirkung, auf die alle großen Religionsverkünder wiederholt hingewiesen haben. Denn sie sind natürlich nicht auf eine einzige Religion beschränkt, sondern vielmehr Bestandteil aller großen Religionen dieser Welt.«

Und seine Frau fügte hinzu: »In gewissen Kreisen nennt man Ihn deshalb auch den 'Einen', den 'Einen Schöpfer' oder 'Alles was ist'. Neben der Bibel taucht er natürlich auch im Koran auf, hier wird er Al-Dschabbar genannt, das bedeutet 'Der Absolute'. Aber Er besitzt dort mehrere Namen, die letzten Endes Attribute von Ihm sind. Neben Al-Khaliq – 'Der Schöpfer' und Al-Wahid – 'Der Eine' ist sicherlich Al-'Afuw, das bedeutet 'Der Vergebende' von offensichtlicher Bedeutung.«

Und nun ergänzte ihr Mann sie: »Das letzte Attribut, das ihm der Koran zuschreibt, heißt übrigens As-Sabur. Das bedeutet 'Der Geduldige'.« Und er sah in die Runde: »Zufall oder Schicksal?«

Auch Sarah Newman warf nun einen fragenden Blick in die Runde, doch niemand schien das Gesagte kommentieren zu wollen, für Sekunden herrschte gespannte Stille.

Schließlich meldete sich Professor Buttler wieder zu

Wort. Er verfiel wiederum in Sarkasmus. »Wenn Sie meinen, dann wird es wohl so sein. Aber wie steht es denn mit dem kommenden Reich Gottes? Viele Leute Ihres Schlages sind doch der Ansicht, dass in der jetzigen Zeit – wie Sie vorhin sagten – ein neues Zeitalter anbrechen soll. Aber meinen Sie, dass er in dieser zerstörten Welt sein Reich errichten will?«

»Das kommende Reich Gottes wird aus Frieden, Liebe, Gerechtigkeit und dem Gebet bestehen..., und wenn er ruft, dann kommen alle«, erwiderte Sarah Newman ohne den Spott ihres Kontrahenten zu beachten. »Und das Schicksal ist schließlich nicht unabwendbar. Wenn die Menschheit ihr Bewusstsein ändert, kann sie ihre Bestimmung ändern.«

Auch jetzt äußerte sich niemand, nur Jonathan Buttler schüttelte noch immer verständnislos den Kopf. Er blickte Sarah Newman an: »Also, ich...«

Doch es erfuhr niemand mehr, was er sagen wollte, denn in diesem Moment stieß Renate Schumann einen unartikulierten Ruf aus, der ihr die Aufmerksamkeit aller garantierte. Sie blickte entsetzt in die Runde und dann wortlos zu dem Bildschirm hoch. Auf diesem war das Gesicht eines Reporters zu sehen, der sehr schnell und sehr erregt zu sprechen schien. Eine unter seinem Kopf laufende Einblendung informierte die Zuschauer, dass sein Name Eddy Spencer war, doch es gab kaum jemanden, den das wirklich interessierte. Da nämlich zunächst noch kein Ton zu hören war, konzentrierten sich alle Zuschauer auf die Bildlaufleiste, wo zu lesen war, dass sich ein ungewöhnlich starkes Seebeben im Japanischen Meer fünfundfünfzig Kilometer vor der russischen Küste ereignet habe, und dass von den Behörden die ersten Auswirkungen bereits festgestellt und bekannt gegeben seien.

Jetzt wurde auch der Ton zugeschaltet und nun konnten

es alle hören: »... von ausgehen. Wie der zuständige Leiter des Pacific Tsunami Warning Center in Honolulu, Hawaii mitteilte, sind erste Auswirkungen auf dem russischen Festland bereits zu registrieren. Da sich das Beben so knapp vor der Küste ereignete, erreichte eine relativ kleine Welle die Küste bevor eine Warnung ausgegeben werden konnte. Die Vorwarnzeit betrug nur etwa zehn Minuten. Größere Schäden sind allerdings nicht entstanden.«

Der Reporter war sich der Wichtigkeit seiner Person offenbar bewusst, denn er kommentierte das Ereignis wie ein Sport-Event. Seine gehetzte, atemlose Stimme glich mehr und mehr der eines Formel Eins-Reporters, der die Spannung kurz vor dem Start noch zusätzlich steigern will: »Aber ausgehend vom Epizentrum pflanzt sie sich auch in andere Richtungen fort, und zwar mit einer mittlerweile von mehreren Messstationen bestätigten Geschwindigkeit von fast achthundert Stundenkilometern. Ersten Berechnungen zufolge wird der Tsunami in etwa zweiundzwanzig Minuten Hokkaido erreichen. Die Höhe der Welle, die dann auf die japanische Insel trifft, wird mit ungefähr achtundvierzig bis einundfünfzig Metern angegeben. Einige Experten schätzen sie sogar noch höher ein. In diesen Minuten wird in Sapporo Katastrophenalarm gegeben und die Bevölkerung der Küstenregionen wird evakuiert. Die japanische Regierung hat bereits...«

An dieser Stelle wurde der Ton wieder abgeschaltet, und die Aufmerksamkeit der Zuschauer richtete sich wieder auf die Professoren, die der Übertragung ebenfalls atemlos gelauscht hatten. Diesmal ergriff Derek Newman als Erster das Wort: »Als ob es in der Region noch nicht reichen würde«, brummte er leise vor sich hin, doch in Anbetracht der Stille wurde er von jedem klar verstanden.

»Was für Schäden kann die Welle denn anrichten?«, fragte Commander Phillips.

»Nun ja«, gab Professor Green Auskunft, »ein Tsunami dieser Größe kann mehrere hundert Meter bis ins Landesinnere vordringen. Stellen Sie sich eine fünfzig Meter hohe Wand aus Wasser vor, die sich in Küstennähe noch immer mit der Geschwindigkeit eines Radfahrers fortbewegt. Dann können Sie sich ungefähr ausrechnen, was diese bewirken können...«

»Oh mein Gott«, stieß der Commander hervor. Offenbar war ihm jetzt erst bewusst geworden, was ein Tsunami für die Betroffenen bedeutete. Es wurde still im Saal. Auch die Zuschauer konnten sich die Auswirkungen so einer Welle vorstellen. Den übrigen Teilnehmern sah man die Betroffenheit ebenfalls in den Gesichtern an. Niemand wagte eine Prognose oder einen Kommentar abzugeben.

Schließlich meinte Frederick Taylor: »Ich denke, das war's dann! Die Aktualität der Ereignisse hat unsere Diskussion überholt, und ich denke, wir alle warten jetzt auf aktuelle Bilder aus Japan. Daher schlage ich vor, die Konferenz für beendet zu erklären und das laufende Nachrichtenprogramm zu verfolgen!«

Sein Vorschlag wurde einstimmig angenommen, und als Eddy Spencer wieder im Bild erschien, schauten ihm alle Anwesenden des UNO-Konferenzsaales zu. Er begann mit einem Räuspern, das eine leichte Verlegenheit nicht verbergen konnte, und fragte dann: »Sind wir schon auf Sendung?«

Offensichtlich wurde ihm von der Regie eine positive Antwort gegeben, denn er straffte sich und begrüßte die Zuschauer: »Wir sind zurück, meine Damen und Herren, zurück um über die Entwicklung vor der japanischen Küste live zu berichten. Die Welle steht unter ständiger Beobachtung und ist nur noch wenige Kilometer von der...«

Er brach ab, lauschte kurz in seinen Ohrhörer, dann entfuhr ihm ein: »Seid ihr verrückt? – Wie soll das denn...« Doch da erinnerte er sich offenbar wieder seiner Zuschauer, und mit einem Achselzucken sprach er wieder gerade in die Kamera blickend: »Entschuldigen Sie, meine sehr verehrten Zuschauer, aber ich erfahre gerade etwas Unglaubliches! Der Tsunami soll sich aufgelöst,... ja, soll sich aufgelöst haben! So unglaublich das klingt, aber ich brauche eine Bestätigung von... - hallo, hört ihr mich? Entschuldigen Sie, aber das muss hier doch...«

Das Bild wurde schwarz, dann erschien die Sendezentrale des Nachrichtensenders, wo der Sprecher George Fredericks verkündete: »Soviel von unserem Korrespondeten live aus Hawaii...! Wir unterbrechen seinen Bericht für eine erste Stellungnahme der Regierung. Die Senatoren Maxwell und Newton haben sich gegenüber unserer Mitarbeiterin Nancy Morgan zu einer ersten Stellungnahme bereit erklärt - wir schalten jetzt live nach Washington.«

Wieder entstand eine Pause, dann wurde das Weiße Haus im Hintergrund sichtbar.

Im Vordergrund wurden zwei etwa siebzigjährige Senatoren von der Reporterin interviewt: »Senator Maxwell, was sagen Sie zu dem Vorgang, der sich vor wenigen Minuten im Japanischen Meer abgespielt hat?«

»Ich kann nur wiederholen, was ich schon seit Jahren behaupte«, ließ sich dieser vernehmen, »ich bin nämlich der Ansicht, dass diese Welt den lange befürchteten Atom-Krieg nicht mehr erleben wird, weil die Natur den Menschen ihre Grenzen aufzeigen wird! Ich wurde mein ganzes Leben von Kriegen begleitet. Gleich nach meiner Geburt gab es den 'totalen Krieg', und als ich zehn Jahre alt war, kämpften die Vereinigten Staaten in Korea unter UN-Flagge. Als ich zwanzig war, sprach alle Welt vom Dritten

Weltkrieg, weil die Russen einige hundert Meilen vor Florida Atomraketen in Stellung brachten. Von Vietnam will ich gar nicht erst reden, das haben schon andere zur Genüge getan, und 'Desert Storm' habe ich als Fünfzigjähriger erlebt! Als ich sechzig war, wurden die Twin-Towers in Schutt und Asche gelegt, und der Krieg im Nahen Osten, in Afghanistan und anderthalb Jahre später im Irak, begann. - Sehen Sie, worauf ich hinaus will?«

»Noch nicht so ganz, was hat das alles mit...«

»Ich komme direkt dazu«, fiel Maxwell der Reporterin jedoch ins Wort, »was ich meine, ist, dass man anhand der von Menschen veranstalteten Kriege eine Chronologie erstellen kann«, erklärte er, »man kann es aber auch anhand der Naturkatastrophen, und zwar problemlos! – Nehmen Sie zum Beispiel Bangladesch oder Peru 1970, China sechsundsiebzig, Europa und die USA in den Neunzigern und im letzten Jahrzehnt schließlich alle Kontinente! – Überall spielt die Natur verrückt und fordert mehr Menschenleben als Vietnam!«

Die Reporterin wirkte etwas gereizt. Offenbar hatte sie mit einer anderen Antwort gerechnet und sie sagte: »Vielen Dank, Senator, für diese prägnante Analyse der Verhältnisse.« Sie wandte sich nun ihrem zweiten Gesprächspartner zu: »Wir haben noch eine zweite Stellungnahme zu erwarten – Senator Newton, was sagen Sie zu diesem Ereignis?«

»Ich bin der Meinung, dass die Entwicklung der Presse eine Zumutung für den Zuschauer darstellt! Und dieses Ereignis heute halte ich für ein vortreffliches Beispiel, dass diese immer viel zu vorschnell reagiert!«

Nancy Morgan wurde durch diese Stellungnahme sichtlich auf dem falschen Fuß erwischt. Verwirrt fragte sie: »Ähh, wie meinen Sie das? Die Presse hat doch wohl ein Recht...«

»Ja«, fiel ihr der Senator ins Wort, »das Recht, das Presserecht, das Sie berechtigt, jeden Unsinn zu verzapfen, der Ihnen gerade in den Sinn kommt! Und wenn Sie sich geirrt haben sollten, dann wird die Sache später in einem Kurzbeitrag wieder richtig gestellt. Aber dieser klarstellende Beitrag wird doch von kaum einem Zuschauer so richtig wahrgenommen. Denn die sind schon längst zum nächsten Punkt der Tagesordnung übergegangen und beschäftigen sich mit ganz anderen ...«

»Das können Sie aber nicht verallgemeinern«, unterbrach die Reporterin nun ihrerseits den Senator.

»Das tue ich auch gar nicht, ich sage nur, dass die Aktion heute das beste Beispiel für die Schnellschusspolitik der Presse ist. Es ist schließlich nicht das erste Mal, dass Sie die Öffentlichkeit mit...«

An dieser Stelle blendete der UNO-Verantwortliche aus und der Bildschirm wurde schwarz und dann abgeschaltet.

»Was ist da passiert?« Buttler zuckte ratlos die Schultern.

»Ein Tsunami kann doch wohl nicht einfach im Meer verschwinden, da müssen die echt einen Blödsinn berichtet haben!«, erregte sich auch Professor Dixon.

»Wer weiß«, schmunzelte Sarah Newman, »bei Gott ist alles möglich.«

»Ach!«, machte Buttler verächtlich. »Sie immer mit Ihrem Gott! Das Thema hatten wir ja nun wirklich schon zur Genüge. Das kann doch einfach nicht Ihr Ernst sein!«

»Auch dafür wird sich früher oder später eine vernünftige wissenschaftliche Erklärung finden lassen«, pflichtete ihm Dixon bei, »vielleicht hat sich die Welle von allein abgeschwächt...«

»Genau«, stimmte Buttler zu, »und ich schlage vor, wir lösen die Runde nun endgültig auf. Die Konzentration ist dahin, und es wird ohnehin jeder an den Fernseher wollen!

Ich für meinen Teil will die Angelegenheit jedenfalls noch einmal prüfen.«

Einige Rufe aus dem Publikum, das in den vergangenen Minuten merklich unruhiger geworden war, wurden hörbar. Die Zuschauer waren - zumindest teilweise - anderer Meinung. Offenbar verlangten sie eine Aufklärung seitens der Wissenschaftler ob des beobachteten Phänomens. Die Experten gingen jedoch nicht auf sie ein, und einige UN-Mitarbeiter mischten sich gebärdenreich unter die Zuschauer und sorgten so schnell wieder für eine ruhige Atmosphäre im Publikum.

»Ja, genau«, spottete Shannon Riggs, »da man den Vorgang nicht mit herkömmlichen Mitteln erklären kann, werden sich die Wissenschaftler jetzt wieder in ihre Gemächer zurückziehen und so lange suchen, bis sie eine Erklärung haben, die ihnen passt! Aber ich denke auch, dass wir keine neuen Erkenntnisse mehr gewinnen können!«, schloss sie mit den Schultern zuckend.

»Und auch wenn man das Phänomen nicht sogleich erklären kann, brauchen Sie uns mit Ihrem Gott nun wirklich nicht noch einmal zu kommen! Ich denke nicht, dass man gleich auf etwas Übernatürliches schließen muss, sobald ein solcher Vorgang nicht sofort klar erkennbar und erklärbar ist. So etwas braucht schließlich Zeit.«

Seine Kollegen sahen Jeremy Dixon verwundert an. Er schien eine schon unvorstellbare Abneigung gegen alles zu haben, was auch nur ein bisschen in Richtung Spiritualität und der nicht-materiellen Welt ging.

Nur Jonathan Buttler nickte eifrig und erklärte: »Sehr richtig! Wie schon erwähnt, wissen wir ja nicht einmal, ob es Gott gibt, ich bin im Gegenteil überzeugt davon, dass es ihn nicht gibt. Und ich für meinen Teil brauche auch keinen!«

Derek Newman schüttelte leise und nachsichtig mit dem Kopf. Professor O'Donnell konnte sich jedoch nicht so beherrschen, sondern rief brüsk: »Ach ja? Sie brauchen also keinen Gott? Was war denn Ihrer Meinung nach vor dem Urknall? – Nichts oder nur ein winzig-kleines Kügelchen?«

Buttler spürte den Spott seines Kollegen deutlich. Seine Züge verfärbten sich, und heiser erwiderte er: »Ein anderer Urknall! Das ist doch ganz offensichtlich! Das Universum expandiert und zieht sich dann wieder zusammen. Und so geht es bis in alle Ewigkeit. Nur ob sich jedes mal Leben auf die Art entwickelt, wie wir es kennen, das bleibt die Frage, die sicher niemals geklärt werden kann.«

»Und was ist mit den Überlieferungen, den Religionen und Mythen, die seit Jahrtausenden die Entwicklung der Menschheit begleiten?«, fragte Sarah Newman.

»Was soll mit denen sein?«, hielt Buttler höhnisch dagegen. »An irgendetwas mussten sich die Menschen halt orientieren, und da wurden dann Erzählungen verfasst. Aber die sind mit wissenschaftlichen und modernen Anschauungen natürlich nicht vereinbar.«

»So ist es«, bemerkte Dixon. »Das ist so, als wenn sie heutzutage ihren Kindern Märchen oder andere Geschichten erzählen.«

»Der Meinung bin ich aber nicht«, widersprach Professor Wagner entschieden. »Und wenn Sie sich mal die Mühe machen würden, solche Geschichten und Märchen zu hinterfragen, dann würden Sie merken, dass sich dahinter meist eine wahre Geschichte verbirgt.«

Buttler stierte ihn mit unverhohlener Fassungslosigkeit an: »Ja, denken Sie das denn im Ernst?«

»Natürlich.«

»Ich glaube, ich bin hier falsch!«, platzte Jeremy Dixon heraus. »Das darf ja wohl nicht wahr sein!«

Auch Buttler schien an den Kenntnissen und Fertigkeiten seines Kollegen zu zweifeln, seine Mimik drückte Verachtung aus. »Das ist ja eine feine Runde! Die einen glauben an Märchen und Kindergeschichten, und die anderen sind religiöse Spinner, die in der falschen Zeit leben, und sich nicht mit den modernen Erkenntnissen auseinandersetzen wollen! Da frage ich mich doch, was ich hier eigentlich mache!«

»Dass Sie nicht an Gott glauben, bedeutet nicht, dass es ihn nicht gibt. Und es gibt Ihnen auch nicht das Recht, die anderen Kollegen zu beleidigen«, wies Frederick Taylor ihn scharf zurecht.

»Sind Sie etwa auch deren Ansicht? Dann frage ich mich, wer Sie zum Wissenschaftler ernannt hat!«, wandte sich Buttler nun auch noch gegen ihn. »Das es keinen Gott gibt, sehen Sie doch schon allein daran, dass er ansonsten kaum die furchtbaren Katastrophen und Kriege zulassen würde!«

»Ich halte es da so ähnlich wie die Kollegen, ohne gleich als religiöser Spinner abgestempelt zu werden«, hielt Taylor ihm entgegen. »Auch ich bin der Ansicht, dass die Menschen nur die Auswirkungen ihrer wie auch immer gearteten Lebensweise zu spüren bekommen.«

»Das sehe ich genauso«, erklärte Sarah Newman, und ihr Mann nickte zustimmend. »Auch wenn einige uns als Spinner bezeichnen, aber das ist doch nur ein Ausdruck ihrer eigenen Angst.«

Buttler wurde rot im Gesicht: »Angst? Wovor soll ich denn bitte Angst haben? Die Erkenntnisse basieren alle auf wissenschaftlich ausgearbeiteten Daten und...«

»Ich denke, das reicht«, unterbrach einmal mehr Professor Wagner den Choleriker. »Wir sollten diese Sitzung nicht in einem Chaos und Privatkrieg enden lassen, immerhin haben wir Verpflichtungen gegenüber den Zuschauern.«

»Einverstanden«, erklärte Professor Taylor nach einem kurzen Blick in die Gesichter der übrigen Teilnehmer der Diskussionsrunde. »Die vorgesehene Sendezeit ist zwar noch nicht ganz erschöpft, aber in den noch verbleibenden Minuten werden wir sicherlich keine gravierenden neuen Erkenntnisse mehr sammeln, sondern uns nur noch weiter anfeinden. Daher erkläre ich die Sendung für beendet. - Meine Damen, meine Herren, Commander Phillips, ich danke Ihnen und denke, dass wir uns schon bald wieder in dieser Runde zusammenfinden werden. Der nächste Termin wird...«

An dieser Stelle wurde vom Sender ausgeblendet und Kim Williams begrüßte ihre Zuschauer wieder zurück: »Wir berichteten live aus New York von der so genannten Krisenkonferenz unter der Schirmherrschaft der UNO. Auch wir schließen uns den aktuellen Gegebenheiten an und beenden die jetzige Sendung mit dem Hinweis auf heute Abend. Um acht Uhr erhalten Sie wie immer eine Zusammenfassung der Geschehnisse in aller Welt.«

Und ihr Kollege Richard White beendete die Sendung mit den Worten: »Meine Damen und Herren, ich danke Ihnen für Ihre Aufmerksamkeit! Das Geschehene wird uns die nächsten Wochen und Monate sicherlich noch beschäftigen, und ich darf Sie, verehrte Zuschauer, schon heute auf die nächste Sendung mit diesen Experten hinweisen, über die wir Sie natürlich rechtzeitig informieren werden. Ich verabschiede mich für heute von Ihnen. Bis zum nächsten Mal!«

Und seine Kollegin Kim Williams verabschiedete sich ebenso von den Zuschauern: »Good bye!«

III. Fremde Welten

»Jemand, der Mich überall sieht und alles in Mir sieht, ist niemals von Mir getrennt, und Ich bin niemals von ihm getrennt.«
Bhagavad-Gita, 6.30

Nur wenige Gehminuten von Kairo - der Hauptstadt Ägyptens - entfernt, liegt in südwestlicher Richtung das Gizeh-Plateau, auf dem die Pyramiden, das letzte erhalten gebliebene der sieben Weltwunder, nach wie vor jeden Besucher in ihren Bann ziehen.

Diese Pyramiden sind nach gängiger Meinung einzigartig, und in gewisser Weise sind sie das auch. Könnte jedoch ein Mensch über eine Entfernung von einigen Lichtjahren durch das Weltall blicken, so würde ihm dort ein Stern auffallen, der das Zentrum eines Planetensystems bildet.

Dieses Planetensystem ähnelt dem unseren in auffallender Weise. So werden vier der acht Planeten ebenfalls von einem oder mehreren Monden umkreist, und alle verfügen über eine Atmosphäre, die der der Erde weitestgehend entspricht. Der überwiegende Teil der Planeten besitzt ein ausreichendes Wasserreservoir, sowohl in flüssiger als auch in fester Form. Das wesentlichste Merkmal dürfte jedoch die Bevölkerung darstellen, die auf den ersten Blick von der der Erde kaum zu unterscheiden wäre.

Die Zivilisation in dem gesamten Sonnensystem scheint fortgeschrittener zu sein als die auf der Erde, davon zeugen hauptsächlich die Städte und Verkehrswege, denn es gibt keine Autos, sondern nur Luftschiffe, mit deren Hilfe sich die Bewohner dieser Planeten hier fortbewegen. Des Weiteren verraten die Gebäude in den Städten und Dörfern einen hohen Entwicklungsstand ihrer Erbauer. Auf dem von der Sonne aus gesehen dritten Planeten finden sich ebenfalls mehrere zum Teil weit über einhundert Meter hohe Pyramiden, die größte misst zweihundertzwanzig Meter und steht genau in der Mitte des größten Kontinents des Planeten. Dieser Himmelskörper ist zwar etwas größer als die Erde, die Landfläche und die Anzahl der Kontinente ähneln jedoch den irdischen Verhältnissen, wenn auch in extremeren Ausmaßen.

Der größte Kontinent, der mehr als ein Viertel der gesamten Landfläche des Planeten in Anspruch nimmt, verfügt über eine beeindruckende Geologie. Mehrere zehntausend Meter hohe Berge umschließen auf einer Fläche, deren Ausmaß man fast mit dem Großbritanniens auf der Erde vergleichen kann, eine riesige Stadt. Sie ist die Hauptstadt des Planeten.

Die höchsten Berge schimmern selbst im Sommer weiß, sie sind bis zu einer Höhe von siebentausend Metern von ewigem Schnee bedeckt und bilden einen grandiosen Kontrast zu den tieferen Regionen. Bis zu einer Tiefe von etwa fünftausend Metern herrscht ein karges Klima mit einer außerordentlich trockenen Luft und oftmals heftigen und sehr kalten Winden, welche selbst noch im Sommer so manchen Schneeschauer von den Höhen abwärts treiben und dort kaum Pflanzen gedeihen lassen. Unterhalb der fünftausend Meter wird die Region jedoch zusehends vegetationsreicher, und bis zu einer Tiefe von zweitausendfünfhundert Metern herrscht gemäßigtes Klima mit teilweise üppigen Waldbeständen und einer überaus angenehm milden Luft. Hier wachsen zahlreiche Pflanzen und viele Tiere nennen diese Gebiete ihr Zuhause. Die tiefste Region, die bis zu einer Höhe von zweieinhalb Kilometern reicht, besitzt tropenähnlichen Charakter, mit Temperaturen in

Meereshöhe von bis zu fünfzig Grad im Sommer, aber auch Minusgraden in den höheren Lagen.

Die Stadt liegt auf einer durchschnittlichen Höhe von knapp achthundert Metern, wobei der tiefste Punkt in einem Vorort bei vierundvierzig Meter unter dem Meeresspiegel und der höchste in der Mitte der Stadt bei eintausendsechshundert Metern liegt.

Die Große Pyramide steht direkt im Zentrum der Hauptstadt. Die obersten zehn Meter bestehen aus einem großen Kristallstein, dessen Facetten an ein Prisma erinnern. Er stellt die Hauptenergiequelle des Planeten dar. Durch seine Verwendung ist es den Bewohnern möglich, die Sonnenenergie in großem Umfang zu nutzen. Durch ein ausgeklügeltes technisches Verfahren wird die Sonnenenergie hier eingefangen, in entsprechenden Apparaten gebündelt und schließlich an alle Endabnehmer auf dem Planeten weitergeleitet. Auf diese Weise werden sämtliche technischen Geräte des Planeten mit Energie versorgt. Ähnliche Pyramiden finden sich sowohl auf den weiteren Kontinenten als auch auf den anderen Planeten des Sonnensystems. Der Rest der Pyramide ist mit weißem Marmor überzogen, in den kleine photovoltaische Sensoren integriert sind. Auch diese dienen der Energiegewinnung, ihre Kapazität reicht allerdings nicht im Entferntesten an die des Kristallsteins heran.

Die Pyramide ist in insgesamt sieben Etagen untergliedert, die ihrerseits wiederum sieben Abteilungen bilden. Die unterste Etage beinhaltet die komplette Verwaltung des Planeten, die oberste Etage beherbergt die Technikabteilung, und die vierte Etage dient als Ruhe- und Meditationszentrum. In allen anderen Etagen sind zahlreiche Besprechungsräume eingerichtet. Hier finden die Versammlungen des Ältestenrates statt, dem die sechste Etage obliegt, die darunter liegenden können durch alle Mitglieder der Bevölkerung genutzt werden.

Die Pyramide ist von einem großen Flugfeld umgeben, das diese für die Bevölkerung so wichtige Stätte leicht erreichbar macht. Es ist vergleichbar mit einem riesigen Parkplatz, der allerdings nur von Luftschiffen benutzt wird. Es ist ebenfalls vollkommen symmetrisch ausgerichtet und bildet ein Quadrat, welches in vier Sektoren unterteilt ist. Hier finden sich allerdings nicht nur Park- und Landeplätze, sondern auch sorgfältig angelegte Teiche und Gärten. Da die Luftschiffe im Betrieb keinerlei Geräusch verursachen, herrscht dort eine entspannte Atmosphäre.

Zahlreiche kleinere Pyramiden sind systematisch in weiten konzentrischen Kreisen um das Stadtzentrum herum angeordnet. Es sind die Schulgebäude dieser Zivilisation. Die Pyramidenform versinnbildlicht dabei zunehmendes Wissen der Schüler, sowie den Aufstieg zu höheren Stufen des Geistes und wachsendes Verständnis für die Welt.

Jede Pyramide ist zu diesem Zweck ähnlich gebaut und in ihrem Innern auch ähnlich ausgestattet. Jede von ihnen verfügt über neun Stockwerke, die als Klassenstufen anzusehen sind. Die drei untersten Stockwerke kann man dabei als Grundschule bezeichnen. Hier lernen die jungen Schüler rechnen, lesen, schreiben und ähnliche grundlegende Begriffe. Die Schüler des vierten bis sechsten Stockwerks sind schon bedeutend älter und reifer. Hier lernen sie die Geschichte ihres Volkes und die der früheren Welten kennen, die Natur mit ihren Wissenschaften der Biologie, Chemie und Physik, und schließlich die Verbindung mit dem göttlichen Ursprung, und dass der menschliche Körper vom unsterblichen Geist Gottes beseelt ist. Am Ende der sechsten Klassenstufe nimmt das Universum als Schöpfung der göttlichen Macht einen großen Platz im Lehrplan ein.

Hier lernen die Schüler weitere Sonnensysteme neben ihrem eigenen kennen. Die letzten drei Stufen hingegen kann man als Universitätsstudium betrachten, denn hier werden die Schüler spezialisiert ausgebildet, je nach Wunsch und Neigung. Die Fächer, die hier gelehrt werden, brauchen keinen Vergleich mit denjenigen auf der Erde zu scheuen, im Gegenteil. Der Wissensstand dieser Zivilisation ist um einiges weiter entwickelt, und so werden auch in den Schulen viele Dinge gelehrt, die auf der Erde unbekannt sind.

Die großen Städte sind keine Millionenstädte im irdischen Sinne, keines der Häuser ist höher als doppelstöckig und die Anzahl der Häuser in den größten Städten beschränkt sich jeweils auf knapp hundertfünfzigtausend. Sie sind jedoch sehr weitläufig, größer als eine Stadt mit einer halben Million Einwohnern auf der Erde. In ihrer Gliederung erinnern sie an New York, denn sie folgen einer strikten Geometrie, die selbst einen Ortsunkundigen sehr schnell und ohne Probleme an sein Ziel bringt.

*

In einer großen Stadt auf einem – erheblich kleineren - Nachbarkontinent lag ein wenig abseits der Peripherie ein Haus mit einem sorgfältig angelegten Garten. Der Weg zur Tür teilte den Garten in zwei genau gleich große Hälften, die farbenfrohe Blumenbeete und einen großen Teich mit einem Brunnen präsentierten.

Alle Fenster des Hauses waren hoch und breit, um möglichst viel Licht einzulassen, doch verhinderten in die Fenster eingearbeitete automatische Sensoren, dass zuviel Wärme ins Innere des Hauses gelangte, indem im Bedarfsfalle gewisse Wellenlängen des elektromagnetischen Spektrums absorbiert wurden. Der Boden bestand aus weißem Marmor, die Wände waren mit Holz vertäfelt. In den Ecken standen Säulen aus Jade und Granit, auf denen Kristallkugeln für eine milde, indirekte Beleuchtung in der Nacht sorgten.

Die Bewohner des Hauses waren Eyo'kí-to und She'kí-ta und ihre Kinder, A'ísha und Tom'ás. Sie alle saßen in entspannter Atmosphäre im Wohnzimmer und tranken eine rotgoldene Flüssigkeit aus kristallenen Bechern.

Eyo'kí-to stand im besten Mannesalter. Seine Statur war nicht außergewöhnlich hoch oder breit, aber er machte den Eindruck eines kräftigen und überaus durchtrainierten Mannes. Sein ebenmäßiges Gesicht zeugte von Willenskraft, seine durchgeistigt wirkenden Züge von einem edlen Charakter. Augen und Haare waren dunkel, genau wie bei seinem Sohn, der über einen ebensolchen Körperbau verfügte. Aus dessen Gesicht war die Jugend allerdings noch nicht verschwunden, man sah ihm an, dass er der jüngste in der Familie war.

Beide trugen eine knöchellange Tunika. Das Obergewand von Eyo'kí-to leuchtete in einem dunklen Violett und wurde von einem silbernen Gürtel zusammengehalten. Tom'ás trug ein blaues Obergewand mit einem grünen Gürtel. Das Untergewand der beiden war weiß, genau wie bei She'kí-ta, deren Gewand bis knapp über die Knie reichte.

Es gibt Menschen, die gleich beim ersten Kennenlernen einen unauslöschlichen Eindruck bei ihren Mitmenschen hinterlassen. She'kí-ta – die Mutter von A'ísha und Tom'ás - war ein solcher Mensch. Sie war mittelgroß und schlank. Ihre schulterlangen blonden Haare, die eine Spur dunkler waren als diejenigen ihrer Tochter, bildeten einen faszinierenden Kontrast zu ihren grünen Augen. Ihr schönes Gesicht wies ebenfalls jene durchgeistigten Züge auf, und es schien, als ob aus ihrem Mund niemals ein böses Wort kommen konnte. Aber das alles beschrieb ihr Wesen nur unzureichend. Ihre ganze Gestalt, ihre ganze Art zu sprechen, zu lachen und zu leben strahlte eine Lebensfreude, eine Wärme und Güte aus, denen sich kein Mensch im Universum entziehen konnte.

Sie war etwas jünger als ihr Mann und trug ein goldgelbes Obergewand mit silbernen Streifen an den Schultern, das von einem purpurnen Gürtel zusammengehalten wurde. Sie war die kleinste in der Familie, denn ihre Tochter A'ísha war zwar von ebenso schlanker, aber höherer Gestalt, sie war fast so groß wie ihr Bruder. Von ihrer Mutter hatte sie offensichtlich das blonde Haar, das bei ihr noch eine Spur heller ausfiel, und die faszinierenden Augen geerbt, die bei ihr jedoch hellblau waren und einen Betrachter wie magisch anzogen, während Tom'ás rein äußerlich eindeutig nach seinem Vater kam.

Die drei befanden sich augenscheinlich in einer guten Stimmung, denn sie unterhielten sich sehr angeregt und von Zeit zu Zeit tönte ein Lachen durch den Raum. A'ísha holte sich aus der Küche zwei Früchte, die dort in tönernen Schalen aufbewahrt wurden und stand eben im Begriff sich wieder zu setzen, als ein heller metallischer Ton einen Anruf signalisierte. Ihr Vater stand auf und ging in die obere Etage des Hauses.

Es dauerte eine Weile bis er wiederkam, und nun war sein vorher so heiterer Gesichtsausdruck verschwunden.

»Wer war es denn?«, wollte sein Sohn von ihm wissen.

»Einer meiner Agenten aus der Hauptstadt. Es findet soeben eine Versammlung des Ältestenrates zum Thema Intervention auf der Erde statt.« Er nickte seiner Frau bedeutungsvoll zu. »Deine Ahnung hat sich also bestätigt, sie wollen tatsächlich ohne uns...«

»... ja, aber wenn wir schnell sind, kommen wir noch zur rechten Zeit«, unterbrach sie ihn und erhob sich.

»Ja, vielleicht«, erwiderte er und wandte sich an seine Kinder: »Ihr beide bleibt hier, wir versuchen so schnell wie möglich in die Hauptstadt und in den Versammlungssaal der Ältesten zu gelangen. Die werden bei der ganzen Aktion nichts ohne unsere Zustimmung unternehmen. Und ihr unternehmt nichts, solange wir nicht wieder hier sind!«, forderte er sie noch auf, dann folgte er rasch seiner Frau, die schon den Weg zu ihrem Luftschiff eingeschlagen hatte.

Er war der Kommandierende der Streitkräfte des gesamten Planetensystems, und als solcher stand ihm jederzeit ein eigenes Raumschiff für den Interplanetarflug zur Verfügung. Jetzt benutzten er und seine Frau es jedoch nur, um zur Hauptstadt des Planeten und zur Großen Pyramide zu gelangen.

Auf einem Flugplatz in der Nähe des Hauses standen einige Luftschiffe unterschiedlichster Größe. Sie betraten eines, das zwanzig Meter breit und sechs Meter hoch sein mochte, und schon nach wenigen Augenblicken erhob es sich in die Luft. Es brachte sie zur Hauptstadt des gesamten Planeten und somit auch des Planetensystems, die die Heimat von über drei Millionen Lebewesen bildete. Die Bevölkerungsdichte war also erheblich geringer als die in den Millionenstädten auf der Erde. Sie flogen direkt ins Zentrum der Stadt, wo sich die Große Pyramide befand, und landeten auf dem davor liegenden Flugplatz. Dann verließen sie das Schiff und eilten auf den Eingang der Pyramide zu.

*

In einem weiträumigen Saal im sechsten Stockwerk dieses Gebäudes fand an diesem Tag, nur drei Monate nach der UNO-Konferenz in New York, eine Besprechung statt.

Die neun Teilnehmer saßen an einem eiförmigen Tisch, über dessen schmalem Ende eine Kugel die Aufmerksamkeit aller auf sich zog. Sie projizierte nämlich in eine Höhe von einem halben Meter über dem Tisch ein dreidimensionales Bild, das von allen Seiten betrachtet werden konnte.

Alle Teilnehmer konnten nach irdischen Maßstäben getrost dem Rentenalter zugerechnet werden, und einige von ihnen wären auf der Erde sehr wahrscheinlich liebevoll mit 'Opa' angesprochen worden. Doch auch wenn sie in dieser Zivilisation nicht mehr in der Blüte ihres Lebens standen, so waren sie noch weit davon entfernt, sich Gedanken über ihre Erben machen zu müssen. Sie alle verrieten in ihren Bewegungen und äußerst willensstarken Gesichtern und in ihrer Ausdrucksweise eine ungeheure Vitalität.

Der Vorsitzende des Regierungsrates, Arq'ós-ge'réon, war ein mittelgroßer, schlanker aber durchaus kräftiger Mann, unter dessen hoher Stirn zwei hellwachen graublauen Augen nichts zu entgehen schien. Nach irdischem Maßstab mochte er bereits Ende siebzig sein, doch er schien noch sehr rüstig. Er saß in zentraler Position, an dem der Kugel gegenüberliegenden - breiteren - Ende des Tisches. Seine knöchellange Tunika, die komplett violett schimmerte und sogar von einem ebensolchen Gürtel gehalten wurde, kennzeichnete ihn als Vorsitzenden, dessen Wort die letzte Instanz in dieser Runde darstellte.

Ki'oub-d'haó, der zu seiner Linken sitzende Planetensystem-Älteste, war von hoher, schlanker, dabei aber außerordentlich kräftiger Gestalt. Seine blaugrauen Augen hatten jenen eigentümlichen, nicht zu beschreibenden Blick, wodurch sich Menschen auszeichnen, die auf großen, weiten

Flächen leben, wo der Horizont kein eng begrenzter ist, wie Seeleute oder Wüstenbewohner. Sein Haar schien die Farbe des Sandes zu haben, und sein braungebranntes Gesicht wies nicht das geringste Anzeichen von Bartwuchs auf. Doch man sah ihm an, dass er mit Abstand der Älteste in dieser Runde war. Sogar noch älter als Arq'ós, der sich in dieser Hinsicht schon spürbar von den anderen Anwesenden unterschied. Auch er trug eine violette Tunika, doch der Gürtel und die Vertikalstreifen an den Schultern waren goldfarben.

Neben ihm war der Platz des Fürsten des größten Planeten, Séth'ra-an'úilc. Er zählte zu den jüngsten in diesem Kreis, doch das störte ihn prinzipiell nicht weiter. Er war durchaus gutaussehend, hatte jedoch eine echte Teufels-Visage, die er problemlos zu einem diabolischen Grinsen verziehen konnte. Seine Aussagen und Handlungen deckten sich mit dieser Physiognomie, man musste kein studierter Psychologe sein, um gleich beim ersten Anblick zu merken, was für ein Typ dieser Mann war. Er trug eine schwarze Tunika mit einem dunkelroten Gürtel. Von derselben Farbe waren ebenfalls die Streifen an den Schultern.

Auf der anderen Seite des Vorsitzenden saß Uësa'to-ki, ein weißhaariger Mann in einer orangeroten Tunika mit einem roten Gürtel und einem tief zerfurchten Gesicht. Seine Augen schienen merkwürdig kalt, doch das Feuer, das sie in einem unbedachten Moment versprühen konnten, gewährte einen tiefen Einblick in das Seelenleben dieses Mannes.

Der neben ihm sitzende Ko'jí-lys war das Gegenteil von ihm zu nennen. Mit seinem markanten, sympathischen Gesicht, dem Energie verratenden Kinn und den klaren, intelligenten Augen unterschied er sich schon auf den ersten Blick von seinem Nachbarn. Er war lang und schlank, dabei aber doch ungemein kräftig gebaut, und mochte nach irdischen Maßstäben bereits über siebzig Jahre zählen.

Weá'sin-dru'ásh war nicht so hoch wie dieser, dafür aber unheimlich stark und breitschultrig gebaut und mochte genau so alt sein wie sein Nachbar. Sein massiges Kinn zeugte von Rücksichtslosigkeit und Brutalität, und er galt allgemein als Befürworter der Ansichten und als ein enger Vertrauter von Séth'ra-an'úilc. Sein Heimatplanet war mit zweitausendzweihundert Millionen Kilometern genau zehnmal so weit von der Sonne entfernt wie der Hauptplanet.

Shán'ge-var war mit seinen einsfünfundsiebzig der kleinste der Runde, alle anderen waren über einen Meter achtzig, teilweise sogar über einen Meter neunzig groß. Sein grobgeschnittenes Gesicht unter dem silberweißen Haar wirkte seltsam verspannt, und seinen unruhigen, verschiedenfarbigen Augen, die jede Bewegung der Teilnehmer registrierten, konnte scheinbar nichts entgehen. Er war der Gebieter über den Nachbarplaneten, der ein bisschen kleiner war als der Hauptplanet.

Sein Gegenüber, Yr'én-shín, war der Fürst des Planeten, der dem Zentralgestirn des Systems am fernsten war. Er war ein mittelgroßer, drahtiger Mann, sein Gesicht hager und scharf gezeichnet. Seiner ebenfalls hageren Gestalt und den sprechenden Grauaugen sah man die Entbehrungen an, die auf seiner Welt herrschten. Er als verantwortliches Planetenoberhaupt musste sehr viel arbeiten, um seinem Volk einen geeigneten Lebensraum bieten zu können.

Te'háo-wei komplettierte die Runde und schloss den Kreis als linker Nachbar von Séth'ra-an'úilc. Er stand im gleichen Alter wie Yr'én-shín, wog allerdings gut dreißig Pfund mehr. Sein rundes, volles Gesicht zeugte von Gutmütigkeit und einem Hauch Selbstzufriedenheit. Er war der Fürst des der Sonne am nächsten gelegenen Nachbarplaneten, insofern war seine Anreise nicht ganz so weit gewesen wie die der anderen. Er durfte sich einer gewissen Art von Freundschaft mit dem Planetenältesten rühmen.

Das Bild, dem alle ihre Aufmerksamkeit schenkten, stellte den Fernseher dieser Zivilisation dar, und im Moment lief ein Film, der die neun Männer vollkommen in seinen Bann zog. Er zeigte Bilder von der Erde, aufgenommen sowohl von Fernsehstationen als auch von die Erde umkreisenden Satelliten. Es hatte mit Szenen von Sportveranstaltungen begonnen. Die letzten Olympischen Spiele in China, Fußball-Weltmeisterschaften und Baseball-Spielen. Auf allen Bildern erschienen immer wieder frohgelaunte Erden-Menschen, die eine großartige Euphorie ausstrahlten.

Die dann folgenden Bilder und Szenen waren allerdings erschreckend. Dem Film, der vor kurzem in New York, im Hauptquartier der Vereinten Nationen, gezeigt worden war, schlossen sich weitere Bilder an, die an Aussagekraft nichts zu wünschen übrig ließen. Naturkatastrophen des vergangenen Jahrhunderts wurden schonungslos dokumentiert, Tsunamis, brennende und abgeholzte Regenwälder, Ölverschmutzungen, gejagte und als Resultat der zahlreichen Jagden ausgestorbene Tiere, Überschwemmungen und Überflutungen in ganz Mitteleuropa, weiten Teilen Asiens und Nordamerika.

Es folgten Kriegsschauplätze, hauptsächlich in Europa und dem Nahen Osten, aber auch in anderen Ländern, lange Flüchtlingstrecks mit Flüchtlingen, die teilweise entsetzlich entstellt waren, die Ausmaße der beiden Weltkriege und des Dritten Reiches, der verschiedenen Golfkriege, des Vietnamkriegs und zahllose Atomwaffentests, hauptsächlich im pazifischen Raum, brannten sich in das Gedächtnis der Betrachter.

Und als ob es der Verantwortliche dieses Filmzusammenschnittes beabsichtigt hätte, ließ sich in diesem Augenblick, in dem inzwischen alle Zuschauer besonders sensibilisiert waren, auch ein Ton vernehmen: »... will Israel die jüdischen Viertel weiter ausbauen. Zum Schutz der Siedler müssten dafür palästinensische Wohnungsgebiete geräumt werden, erklärte der israelische Ministerpräsident gegenüber...« – »... wird die Stadt jetzt durch Panzer kontrolliert, die das neu verhängte Ausgehverbot überwachen...« – »... sind bei einem Anschlag palästinensischer Heckenschützen gestern Abend im Westjordanland sieben Menschen ums Leben gekommen. Vierzehn weitere wurden zum Teil schwer verletzt und sofort in umliegende Krankenhäuser eingeliefert. Zu dem Attentat bekannte sich mittlerweile die militante Palästinensergruppe Islamischer Dschihad...«

Danach zeigte ein zweiter Film die gegenwärtige Situation auf der Erde. Bilder von der Dritten Welt, von Afrika, China, Indien und anderen Ländern, sowie ausgewählten Städten wie Mexiko City oder New York wurden nun projiziert.

Sie offenbarten schonungslos und in aller Deutlichkeit das Auseinanderklaffen der Lebensverhältnisse zwischen den Industrienationen und den Ländern der Dritten Welt, den Entwicklungsländern.

Ein Großaufgebot ankernder Kriegsschiffe, Flugzeugträger und Zerstörer sowie U-Boote der USA und anderer Nationen vor den Küsten Japans und Koreas, im Japanischen Meer, im Gelben und Ostchinesischen Meer folgte als nächste Einspielung. Hier wurden gewaltige Rettungsaktionen durchgeführt, da die Japanische Insel und das Koreanische Festland sehr stark durch Überschwemmungen, Erdbeben und Vulkanausbrüche in Mitleidenschaft gezogen waren.

Das gleiche Bild zeigte sich vor der Westküste von Südamerika. Hier war das El Niño-Phänomen in brutaler Form aufgetreten, Reporter von Nachrichtensendungen sprachen von mehreren zehntausend Opfern und Schäden in Milliardenhöhe. Nachdem noch Bilder von einer Papst-Ansprache in Rom gezeigt worden waren, erschien das unendlich traurige Gesicht eines etwa zwölfjährigen Mädchens, dessen dunkle Augen tränenverhangen waren, und das in dem Chaos seines zerstörten Dorfes fassungslos das Geschehene zu begreifen versuchte.

*

Die Kugel war wieder in der Mitte des Tisches verschwunden, und noch lange herrschte im Saal eine fast gespenstische Stille. Doch schließlich ergriff Arq'ós-ge'réon, der Vorsitzende des Regierungsrates, das Wort: »Diese Bilder dokumentieren die Geschehnisse auf dem Planeten Erde in den letzten einhundert Erden-Jahren. Wie ihr selbst gesehen habt, ist die Menschheit nicht nur auf dem Weg sich selbst, sondern auch jegliche Form von Leben auf diesem für dessen Entwicklung so günstig gelegenen Planeten zu vernichten! Daher sind wir heute auf Antrag von Séth'ra-an'úilc zusammengekommen, um über ein etwaiges Eingreifen auf diesem Planeten zu beraten!«

Der Genannte ergriff direkt das Wort: »So ist es! Ich denke, die Bilder haben euch klargemacht, dass hier ein sofortiges Eingreifen von unserer Seite erfolgen muss!«

»Moment, Moment!«, unterbrach ihn Ko'jí-lys. »Zunächst einmal haben wir das Gesehene zu analysieren, danach wird beraten und anschließend abgestimmt. Erst dann wird eine Entscheidung über eine eventuelle Einmischung von unserer Seite gefällt.«

Ki'oub-d'haó pflichtete ihm bei: »Sehr richtig. Bevor wir nicht alle Fakten und Daten kennen, dürfen keinerlei Maßnahmen ergriffen werden. Die Bilder stammen immerhin aus einem Zeitraum von einhundert Jahren und waren sicherlich nicht die ganze Wahrheit!«

Weá'sin-dru'ásh widersprach heftig: »Nonsens, die Bilder sprechen ja doch wohl für sich! Geben wir ihnen noch zwanzig Jahre, dann ist der gesamte Planet auf lange Sicht nicht mehr bewohnbar! Jedenfalls von keinem intelligenten Lebewesen, wie wir es kennen!«

Shán'ge-var stimmte ihm zu: »Genau! Wenn wir jemals etwas tun wollen, dann jetzt! Denn in absehbarer Zeit ist es zu spät dazu! Die Bilder sprechen tatsächlich für sich! Ich denke, die zum Schluss gesehene Rede vom Papst unterstützt diese Forderung eindeutig. Es waren noch nie so viele Menschen versammelt, um in der Religion, von der sich gerade in den letzten Jahren so viele losgesagt haben, Trost zu suchen!«

»Ja, der Glaube an Gott ist nicht mehr sehr weit verbreitet auf der Erde..., was allerdings kein Wunder ist nach den zahllosen Schicksalsschlägen der vergangenen Jahre. Ich glaube allerdings nicht, dass ein starker Gottesglaube den Menschen helfen wird«, sagte Uësa'to-ki mit betrübter Miene. Man merkte ihm an, dass ihn das Geschehen auf dem so weit entfernten Planeten nicht unberührt ließ. Und nach einigen Augenblicken der Stille ergänzte er: »Die Menschen sagen, Kinder seien ihre Zukunft«, und er schüttelte den Kopf, »aber wenn die Zukunft keine Zukunft hat... - ich denke, ihr alle habt noch das Bild von dem kleinen Mädchen vor Augen«, schloss er.

»Außerdem haben wir auch weiter zu denken«, meldete sich Séth'ra wieder zu Wort. »Wenn die Menschen in ihrer

Entwicklung so weitermachen, ihre Technik fortentwickeln und immer mehr zerstörerische Waffen produzieren, dann kann es eines Tages geschehen, dass sie diese gegen uns wenden!«

Er blickte Shán'ge-var auffordernd an und dieser ergänzte: »Sehr richtig! Das wird nämlich der Fall sein, wenn sie es schaffen, die Antriebstechnik zu entwickeln, die bereits unseren Raumschiffen interstellare Raumfahrt ermöglicht! Ich sage, sie brauchen dazu noch dreißig Jahre, dann sind sie zu so etwas fähig!« Er lehnte sich in seinen Stuhl zurück und verschränkte die Arme vor der Brust.

»Aber ihr dürft auf gar keinen Fall irgendwelche Aktionen starten, solange ihr die Verhältnisse nicht noch einmal eigenständig vor Ort untersucht habt«, mahnte Ki'oub-d'haó. »Dann, und nur dann, seid ihr wirklich dazu in der Lage, euch ein objektives Bild zu machen!«

Doch die anderen schienen ihn nicht gehört zu haben, oder sie wollten ihn nicht hören. Shán'ge-var ergriff wieder das Wort: »Was meinst du, was sie mit unserer Zivilisation machen, wenn sie uns entdecken?«, fragte er Séth'ra.

Der Gefragte holte tief Luft, was eine rein rhetorische Maßnahme war, denn so stellte er sicher, dass ihm die uneingeschränkte Aufmerksamkeit aller gewiss war. Er sah zunächst Shán'ge-var an, ließ seinen Blick dann jedoch in die Runde schweifen: »Ich halte es für durchaus wahrscheinlich, dass sie uns bekämpfen und unseren Lebensraum versuchen zu erobern – so wie sie es in der Vergangenheit mit allem Neuen getan haben!«

Es machte den Eindruck, als ob Shán'ge-var die Frage nur gestellt hatte, um Séth'ra eine bereits vorgefertigte Antwort geben zu lassen. Doch sie verfehlte ihre Wirkung auf die übrigen Ratsmitglieder nicht.

Doch Ki'oub-d'haó durchschaute dieses kleine rhetorische Intermezzo und versuchte, die aufkommende Stimmung sofort zu entschärfen: »Aber wir sind über die Zustände auf der Erde nicht objektiv genug informiert. Daher schlage ich vor, dass wir Agenten auf die Erde schicken, die sich direkt vor Ort ein Bild machen, tiefergehende Eindrücke von gewissen Gebieten der Welt sammeln, sich unter die Bevölkerung mischen, mit diesen Gespräche führen und...«

»Genau! Wir müssen ein Team einsetzen, dass sich vor Ort aus erster Hand informiert!«, fiel Yr'én-shín ein, »Bilder können niemals die ganze Wahrheit darstellen!«

»Sehr richtig!«, meinte nun auch Arq'ós. »Wir verurteilen nicht einen gesamten Planeten und seine sieben Milliarden Bewohner, nur weil einige Unverbesserliche ihre Macht missbrauchen...«

Doch Weá'sin war offenbar anderer Meinung: »Es geht nicht um ein Land oder um ein Volk, sondern um den ganzen Planeten. Die steuern auf eine ökologische Katastrophe zu, und wir sind die Einzigen, die das vielleicht noch verhindern können! Nur mit ein paar Agenten, die einige Informationen sammeln, werden wir kaum weitere aussagekräftige Beweise erhalten oder etwas Einschneidendes tun können! Wir müssen jetzt entscheidend eingreifen, um etwas bewirken zu können, was sich unmittelbar und direkt...!«

»Wir müssen?«, fragte She'kí-ta mit schneidender Stimme. Sie und ihr Mann waren inzwischen eingetroffen. Eyo'kí-to hatte die Tür geöffnet, und die beiden standen nun mitten im Raum. Seine Frau hatte die Sachlage sofort erkannt, und ohne sich lange zu besinnen, schritt sie mit energischen Schritten auf den Tisch der Ratsmitglieder zu: »Ich weiß, dass ihr mich nicht als meines Vaters Nachfolger anerkennen wollt, da ich nicht das notwendige Alter erreicht habe, und zudem eine Frau bin! Aber ich sage euch, dass es ohne unsere Zustimmung keine Aktionen gegen die Erde geben wird!« Und sie blickte ihren Mann auffordernd an.

»Das ist auch meine Meinung«, artikulierte dieser denn auch pflichtgemäß. »Denn wenn es überhaupt jemanden gibt, der die Menschen versteht und beurteilen kann, dann ist es ja wohl die Tochter von Ar'qué-al'om, nämlich meine Frau! Denn ihr Vater hat die Menschen über Jahrtausende auf der Erde begleitet und in ihrer Entwicklung gefördert, und er hat sie in dieser Zeit manches gelehrt! Und auch wenn einige Menschen erheblichen Schaden auf der Erde anrichten, so sind auf gar keinen Fall alle dadurch zu verurteilen!«

Zustimmendes Gemurmel seitens der Anwesenden verriet, dass seine Meinung wenn auch nicht hundertprozentig akzeptiert, so doch immerhin respektiert wurde. Darüber hinaus konnte er sich mal wieder davon überzeugen, welchen Eindruck seine Frau nur durch ihre Anwesenheit im Raum hervorrief. Die leicht feindselige Stimmung, die unter den Ratsmitgliedern noch kurz zuvor herrschte, war vollkommen verschwunden. Auch nach einer kurzen Pause widersprach niemand, und so konnte er fortfahren: »Und da ich der Oberbefehlshaber der Streitkräfte bin, möchte ich hierbei auch auf den militärischen Aspekt hinweisen, der bei einer Expedition zur Erde sehr wohl zu beachten ist! Es stellt überhaupt kein Problem dar, zwei Schiffe startklar zu machen und mit der nötigen Ausrüstung zu versehen, so dass alle - er drehte sich ein wenig und blickte Séth'ra fest in die Augen - Maßnahmen, die uns nach der Prüfung als notwendig erscheinen, jederzeit durchgeführt werden können. Und wenn ich sage alle, dann meine ich damit auch die Vernichtung der Bewohner! Allerdings glaube ich nicht, dass es soweit kommen muss.«

»Das denke ich allerdings auch nicht«, stimmte ihm seine Frau bei. Sie trat nun ganz an das freie Ende des Tisches heran und blickte jedem Einzelnen fest in die Augen: »Und was für Agenten wolltet ihr zur Erde entsenden? Wer soll auf der Erde vor Ort wirklich objektive Informationen über das tägliche Leben der Bevölkerung sammeln? Wer ist mit den verschiedenen Kulturen und Sprachen der Erde so vertraut, dass ihr ihm eine so schwierige Aufgabe anvertrauen wollt?«

»Ihr könnt keinen unserer normalen Agenten zur Erde entsenden», führte ihr Mann ihren Gedanken weiter aus, »denn sie beherrschen weder die erforderlichen kulturellen Kenntnisse noch die sprachlichen Fähigkeiten, um sich auch im Ernstfall durchsetzen zu können.«

Das Gemurmel, das jetzt einsetzte, war entschieden lauter als das vorherige, doch der Vorsitzende machte dem schnell ein Ende: »Was schlagt denn ihr vor? Wen sollen wir auf die Erde schicken?« Er sah die beiden Neuankömmlinge gespannt an.

Eyo'kí-to und She'kí-ta wechselten einen bedeutungsvollen Blick. Nach wenigen Sekunden des Nachdenkens nickte er bedächtig. Eyo'kí-to sprach langsam und betonte jedes seiner Worte: »Wir werden unsere Kinder auf die Erde schicken. Sie verfügen über die entsprechende sprachliche Qualifikation und wissen auch über die irdischen Kulturen das Notwendigste. Wahrscheinlich sogar mehr als so mancher Hochschulprofessor auf der Erde.«

Und She'kí-ta fuhr ergänzend fort: »Sie haben zwar keine außergewöhnliche militärische Ausbildung genossen, aber sie haben die siebte beziehungsweise achte Klassenstufe erreicht und sich gerade auf Fächer wie irdische Kulturen spezialisiert. Und wir werden ihnen ans Herz legen, die

Menschen in unterschiedlichen Ländern und an mehreren Orten unvoreingenommen und ohne Vorurteile zu prüfen, wobei sie durch uns jede Unterstützung erhalten!«

Arq'ós nickte. Offenbar hatte er so etwas Ähnliches erwartet. Er schaute in die Gesichter der Ratsmitglieder. Ki'oub-d'haó nickte bedächtig aber nachdrücklich, Uësa'toki nach leichtem Zögern ebenfalls. Er ließ seinen Blick weiter schweifen und schaute nun auch die anderen an. Te'háo-wei bekräftigte mit einem Nicken, dass er ebenfalls für diesen Vorschlag stimmte, und Ko'jí-lys schloss sich mit den Worten an: »Das wäre das einzig Sinnvolle. Wir können keinen von unseren Agenten schicken, diese würden sofort auffallen und dann gäbe es Auseinandersetzungen mit den Behörden!«

»Auch ich schließe mich an«, meinte Yr'én-shín und blickte seine beiden Gegenüber an: »Es ist das einzig Richtige!«

Shán'ge-var schien Lust zu verspüren zu widersprechen, doch Séth'ra merkte, dass er sich mit dem Erreichten zufrieden geben musste und willigte ein: »Nun gut, ich sehe schon, dass an dem Beschluss nichts mehr zu ändern ist. Aber ich fordere ausdrücklich, dass die Schiffe so ausgerüstet werden, dass wir den Planeten von dieser total missratenen Gesellschaft befreien können. Und zwar sobald die beiden so genannten Agenten wieder an Bord sind!«

She'kí-ta sah Séth'ra und Shán'ge-var an und entgegnete: »Nur Hass habt ihr in eurem Herzen, aber meine Kinder...«

Ihr Mann blickte sie erstaunt an, und sie verbesserte sich schnell: »... unsere Kinder werden die Menschen auf der Erde unvoreingenommen und in Übereinstimmung mit den von meinem Vater gelehrten, universalen Gesetzen prüfen!«

Der Vorsitzende mobilisierte seine gesamte Autorität:

»So sei es! Die Grundlage einer neuen Ordnung auf der Erde muss zunächst einmal Gerechtigkeit sein, und es müssen wieder Frieden und Harmonie herrschen. Erst dann findet der Geist Gottes wieder Gehör in den Herzen der Menschen. Wir werden dem dadurch Nachdruck verleihen, dass wir zwei Kundschafter entsenden, die im Grunde ihres Herzens nicht kriegerisch gesinnt sind. Die Kinder von Eyo'kí-to und She'kí-ta werden die Menschheit also für eine Dauer von drei Erden-Tagen einer eingehenden Prüfung unterziehen. Sie werden sich auf die Erde begeben und mit einzelnen Menschen Kontakt aufnehmen. Sie haben absolutes Stillschweigen über alles, was ihre eigene Welt angeht, zu bewahren und dürfen dieses nur in Notfällen brechen. Sie haben auf unterschiedlichen Kontinenten und in unterschiedlichen Ländern zu operieren. Auf diese Art und Weise dürfte sichergestellt sein, dass nach Ablauf der Frist größtmögliche Objektivität gewährleistet ist. Der Rat wird - von drei Mitgliedern vertreten - an der Reise teilnehmen. Eyo'kí-to wird zwei Raumschiffe mit allem Notwendigen zum Start vorbereiten und übernimmt dort das Kommando.«

Zu She'kí-ta blickend führte er weiter aus: »Seine Frau begleitet ihn auf dem ersten Schiff, von dem das Unternehmen durchgeführt wird. Die beiden Agenten werden entsprechend ausgerüstet und in der Umlaufbahn der Erde abgesetzt. Weitergehende Maßnahmen bedürfen allerdings der Abstimmung mit den drei Ratsmitgliedern, die auf dem zweiten Schiff warten. Es wird in Höhe des Mars, des Nachbarplaneten der Erde, Position beziehen. Auf Anforderung oder bei Eintritt außergewöhnlicher Umstände stößt es zum ersten hinzu. Nach Ablauf der Frist wird der Rat beschließen, wie weiter vorzugehen ist. Sollte es dann allerdings zu keiner Übereinstimmung innerhalb der Vertreter kommen, ist umgehend ein ausführlicher Bericht an mich abzusenden. Ich werde mich dann mit den übrigen Mitgliedern beraten und euch schnellstmöglich einen entsprechenden Befehl zukommen lassen.«

Nach einem vergewissernden Blick in die angespannten Gesichter seiner Zuhörer wandte er sich an Eyo'kí-to: »Die Schiffe sind ausschließlich mit Personal zu besetzen, das über entsprechende sprachliche Qualifikation verfügt, also die drei Hauptsprachen des Planeten spricht. Und sie sind mit allen Waffen auszurüsten, die uns zur Verfügung stehen. So kann auf jede Entscheidung von Seiten des Rates direkt reagiert werden. Sobald die Vorbereitungen abgeschlossen sind, kann der Start erfolgen.«

Er wandte sich wieder an alle: »Noch Fragen?«.

Allgemeines Gemurmel und Kopfschütteln war die Antwort. Der Vorsitzende hatte seine Entscheidung getroffen und somit war die Angelegenheit erledigt. Die Mitglieder verließen nacheinander die Runde. Séth'ra schritt mit einem diabolischen Grinsen auf den Lippen durch den Raum und entschwand den Blicken von Eyo'kí-to dem aufgefallen war, dass dieser zum Schluss ganz ruhig gewesen war. Das gefiel ihm gar nicht. Er beschloss, ihn so weit es ging im Auge zu behalten.

Seine Frau hatte noch kurz mit dem Vorsitzenden gesprochen. Beide kamen jetzt zu ihm, und Arq'ós sagte: »Ich wünsche euch beiden viel Glück, auch euren Kindern natürlich. Meint ihr, dass sie dieser nicht ganz einfachen Aufgabe gewachsen sind?«

»Sie wurden gut ausgebildet, sowohl von uns als auch von ihren Lehrern. Sie verfügen über sehr gute Kenntnisse der Kultur und Sprache von über einem Drittel aller Erdenländer. Die Geschichte der letzten Jahrtausende ist ihnen auch vertraut. Ich denke, dass sie es schaffen werden«, antwortete Eyo'kí-to.

Und She'kí-ta fügte hinzu: »Ja, sie werden es schaffen!« Ein melancholischer Blick zog über ihr Gesicht und verlieh ihr etwas Unnahbares. Arq'ós spürte den Geist ihres Vaters in ihr, nickte zustimmend und ließ die beiden allein.

»Komm, wir wollen den beiden die Neuigkeiten nicht lange vorenthalten!« She'kí-ta ergriff die Hand ihres Mannes, und gemeinsam verließen sie den Saal, um ihre Kinder aufzusuchen und ihnen von dem Ergebnis der Besprechung und den Planungen zu berichten.

*

Ki'oub-d'haó, der die Versammlung nach deren Beendigung sehr zügig verlassen hatte, war unterdessen auf seinem Heimatplaneten angelangt. Er ist von allen Planeten des Systems der Sonne am nächsten, was sich in einer erheblich unterschiedlichen Geologie und Vegetation zu den anderen Planeten äußert, denn er ist ein Wüstenplanet.

Seine Frau, Ka'áto-oya, und er waren die einzigen Bewohner des Planeten. Sie waren auch die ältesten Bewohner des ganzen Sonnensystems, und eigentlich wäre Ki'oub-d'haó für den Posten des Vorsitzenden des Ältestenrates vorgesehen gewesen. Doch als vor einigen Jahren ein Nachfolger für den ehemaligen Vorsitzenden Ar'quéal'om gesucht wurde, hatte er – nach reiflicher Überlegung - dankend abgelehnt. Er wollte die Dinge lieber nach wie vor aus der Distanz betrachten, als ein einfaches Mitglied des Rates.

Der Planet weist eine geradezu eintönige Geologie auf, er ist nahezu komplett von einer Sandschicht bedeckt, die teils über Stein, teils über tieferen Sandschichten liegt. Große Sanddünen und Berge, sowie Wellen und Täler tragen allein zu einer nicht monotonen Bodenbeschaffenheit bei. Die stets von feinem Sand erfüllte Luft wirkt wie Nebel, und die brennende Sonne verstärkt den Eindruck der Trostlosigkeit immens. Sie kann sich allerdings auch schnell in einen heftigen Wüstenwind verwandeln, der dann über den Planeten streicht, und dessen Salz in alle Öffnungen des Körpers dringt.

Eine Ausnahme dieser Sandwüste bildet ein tiefer und breiter Felsenkessel von gut fünf Kilometern Durchmesser. Er ist ringsum von hohen, schroffen Felswänden umgeben, und sein Inneres überrascht das Auge, da das ausgedörrte Gelb hier in ein üppiges Grün übergeht, und den Eindruck einer grünen Insel im Sandmeer hervorruft, die nach allen Seiten hin von hohen Bergen abgeschirmt ist. Daher ist sie nur durch die Luft zu erreichen, und bei genauerem Hinsehen würde ein Beobachter feststellen, dass der Talkessel ein künstlicher ist, der so vorzüglich angelegt ist, dass diejenigen, die sich innerhalb des Tales befinden, vor jeglichen Staubstürmen geschützt sind. Dieser Wüstenplanet befindet sich auf der tiefsten Stufe der Evolution, und so war es in den Augen der Bewohner des Planetensystems bei dessen Besiedelung nur folgerichtig, die höchstentwickelten Wesen hier anzusiedeln. Und das waren sie ohne Zweifel.

Ki'oub-d'haó betrat das Haus, in dem ihn seine Frau, bereits erwartete. Seine sorgenvolle Miene veranlasste sie zu der Frage: »Ist es schlecht gelaufen?«

»Sie wollen es nicht begreifen! Nein, sie wollen es einfach nicht! Sie denken, sie sind so viel fortgeschrittener als die Erdenbevölkerung, aber auch sie halten sich nicht an die universalen Gesetze!«

Mit einem Seufzer setzte er sich neben sie und berichtete von der Diskussion und dem Ergebnis. Und nachdem er seiner Frau einige Zeit zum Nachdenken gegeben hatte, schloss er mit den Worten: »Ich glaube, es ist doch besser, wenn wir unsere Freunde benachrichtigen, denn auch sie sind in gewisser Weise für die Entwicklung der Menschheit auf der Erde verantwortlich. Ich halte es für sehr erforderlich, diese beiden anderen außerirdischen Rassen im jetzigen Stadium der Entwicklung der Menschheit in die geplanten Aktionen unserer Rasse einzuweihen, und es kann auf gar keinen Fall schaden, wenn später noch jemand anders in dem Spiel mitmischt.«

Sie stimmte ihm mit einem Kopfnicken zu und verschwand im Nebenzimmer, dessen Tür sie schloss. Ein Summen war zu hören, dann war Stille. Er holte sich etwas zu trinken und bat inständig darum, dass seine Frau ihre Freunde so schnell erreichte, dass jene auf der Erde noch rechtzeitig erscheinen konnten. Dann verließ auch er das Zimmer und betrat einen anderen Nebenraum. Hier war ein ähnliches Summen zu hören, nachdem er auf zwei Knöpfe gedrückt hatte, die neben einer weiteren Tür angebracht waren. *»Ich werde jetzt meine Freunde benachrichtigen. Die einen oder die anderen werden schon rechtzeitig eintreffen!«*, dachte er und verschwand durch die inzwischen offene Tür.

*

Auch Séth'ra war auf seinen Heimatplaneten zurückgekehrt. Es war der größte im gesamten Planetensystem und die Bewohner und die Geologie unterstrichen dieses. Die Männer waren im Durchschnitt einen Meter neunzig groß, die Frauen einen halben Kopf kleiner. Der Planet wies eine faszinierende Vielfalt an Lebensformen und geologischen Schichten auf. So war der höchste Berg mit fünfzigtausendsiebenhundert Metern gleichzeitig der höchste im gesamten Sonnensystem, die meisten Berge waren mit einer Höhe von ungefähr achtundzwanzigtausend Metern noch immer höher als alle anderen Berge auf dem Hauptplaneten. Der kleinste sah mit seinen neuntausendfünfhundert Metern geradezu winzig aus, doch war er der instabilste, bei ihm herrschte reiche vulkanische Aktivität. Der größte hingegen war der ruhigste, eine vulkanische Tätigkeit war bei ihm noch nie registriert worden. Daher war an seinem Fuße auch die Hauptstadt des Planeten entstanden, und Séth'ra hatte hier seinen Palast errichtet.

Er hatte sich unverzüglich zu seinem Domizil begeben, wo er wenig später im Kreis seiner engsten Untertanen eine geheime Besprechung abhielt. Nach der Besprechung entließ er seine Untergebenen, die sich sofort den ihnen übertragenen Aufgaben zuwandten, und begab sich in einen speziellen - nur ihm zugänglichen - Raum. Dieser war quadratisch und stockfinster, er wies keinerlei Fenster auf. Doch als er mit seiner rechten Hand einige Symbole in die Luft gemalt hatte, erhellten vier - mit hieroglyphischen Schriftzeichen versehene - Säulen den Raum. Sie standen in den vier Ecken des Raumes und waren jeweils zwei Meter hoch und einen halben Meter breit. Bei ihrem Schein konnte man erkennen, dass die Wände und die Decke des Raumes in einem fast schwarzen Blauton, der Fußboden jedoch völlig schwarz gehalten waren. In der Mitte des Raumes war ein roter Kreis auf den Boden gezeichnet, in den sich Séth'ra jetzt begab. Er murmelte einige Worte und plötzlich gab auch dieser Kreis ein intensives rötliches Licht von sich. Es hatte die Farbe von Blut.

Nun zeichnete er ein Pentagramm in den Kreis, und im nächsten Moment tat es einen Knall, der anderen Menschen das Trommelfell hätte zerspringen lassen. Doch Séth'ra stand nach wie vor in dem Kreis und schloss die

Augen. Gleichzeitig mit dem Knall hatten die Säulen aufgehört zu leuchten. Jede warf jetzt nur noch einen einzigen Lichtstrahl auf die Decke, die über dem Kreis zu einem großen Punkt verschmolzen. Es schien aus drei herkömmlichen Buchstaben ein neuer Buchstabe gebildet worden zu sein, der einen Erden-Menschen an ein 'S', ein 'T', und ein 'N' erinnert hätte, die sich gegenseitig überlagerten.

*

Ko'jí-lys war ebenfalls wieder auf seinen Planeten zurückgekehrt und landete sein Raumschiff, das die gleiche Größe aufwies wie das von Eyo'kí-to, auf einer großen, ebenen Fläche im Herzen einer mittelgroßen Stadt. Es war ein Berg, der höchstgelegene Punkt dieser Stadt, von wo aus er einen freien Blick auf die nähere und fernere Umgebung hatte. Er verließ die ebene Fläche, die als Flugplatz diente, und schritt einige Stufen zu einer grasbewachsenen Terrasse hinab. Die gesamte Umgebung bestand aus Gras, das kurzgemäht in einem hellen Grünton die Augen erfreute. Auf der nächstfolgenden Terrasse stand ein Mann, der Ko'jí-lys allem Anschein nach erwartete. Er war noch größer und eine Generation jünger, dabei aber ebenso schlank und kräftig gebaut wie dieser. Als er seinen missmutigen Gesichtsausdruck bemerkte, verfinsterte sich sein Gesicht, doch Ko'jí-lys meinte schon von weitem: »Keine Sorge, es ist noch nicht alles verloren! – Aber es gibt eine Menge zu tun!«

Die beiden verschwanden im Innern des Berges, der das Wohngebäude des Planetenoberen darstellte.

*

Eyo'kí-to und seine Frau waren unterdessen wieder bei ihren Kindern angelangt und gaben ihnen erste Instruktionen: »Denkt an die Seelenverwandtschaft und nehmt vorerst und hauptsächlich Kontakt mit solchen Leuten auf, die euch in eurem Innern positiv ansprechen. Es ist dabei sehr leicht möglich, dass ihr Wesen vom anderen Geschlecht kennen lernt. Dann hütet euch davor, euch in sie zu verlieben! Denn das würde eure gesamte Mission gefährden. Einem voreingenommenen Bericht wird man im Kreis des Rates keine Bedeutung beimessen.«

»Ja, das verstehe ich«, meinte Tom'ás und drehte sich zu seiner Schwester um: »Wir werden unser Bestes geben, nicht wahr?«

»Natürlich«, erwiderte sie, »wir sind sehr gut ausgebildet, wir werden das schon schaffen.«

»Das höre ich gern«, ließ sich nun She'kí-ta vernehmen, »wir sind stolz auf euch!«

Die Kinder strahlten um die Wette, denn sie spürten, dass dieser Ausspruch keine hohle Phrase war, sondern aus dem tiefsten Innern ihrer Mutter kam.

Und ihr Vater wiederholte: »Ja, wir sind stolz auf euch. Dass der Rat sein Einverständnis zu der Aktion gegeben hat, beweist, dass eure Ausbildung sehr erfolgreich verlaufen ist. Aber wie ihr auch wisst, kann man niemals genug lernen!«

»Genau«, stimmte She'kí-ta ihm bei, »da wir nun das genaue Operationsgebiet von euch kennen, könnt ihr euch in der verbleibenden Zeit bis zum Abflug damit auseinandersetzen. Du, A'ísha, wirst in Amerika eingesetzt, in den Vereinigten Staaten, und du, Tom'ás, in Europa. Hier wählen wir das Land Deutschland, denn es ist das bevölkerungsreichste Land dieses Erdteils und birgt eine kulturelle Vielfalt wie kein zweites. Die Städte werden euch noch gesondert mitgeteilt, der Rat hat sich da noch nicht festgelegt, sondern will die Ereignisse, die sich bis zu unserem Eintreffen vor Ort noch ereignen, noch auswerten.«

»Aber ihr könnt euch schon mal in Bezug auf eine irdische Identität und die Sprache und Kultur eurer Ziele Gedanken machen. – Ihr könnt bei Kontakten mit Erdenbürgern schließlich nicht sagen, woher ihr wirklich kommt.«

»Oh, da weiß ich schon was!«, strahlte A'ísha vergnügt: »Ich komme aus Europa, aus Schweden. – Das kennen die Amerikaner nämlich kaum«, fügte sie hinzu.

»Ach ja?«, fragte ihr Bruder. »Dann komme ich aus Amerika! – Das kennen nämlich die Europäer kaum!«

»Mir soll's recht sein«, meinte Eyo'kí-to, »dann mal ab mit euch, es gibt eine Menge zu tun.«

Die beiden verließen ihre Eltern und begaben sich schnell in ihre Unterkünfte.

*

In Séth'ras geheimem Raum hatte sich mittlerweile eine ungeheure elektrische Spannung aufgebaut. In seiner rechten Hand hielt er eine zehn Zentimeter große, metallisch aussehende und matt scheinende Kugel, die nach und nach von einem orangeroten Licht umgeben wurde, dass aus seiner linken Hand strahlte. Über dem Kreis war nun ein dreidimensionales Bild zu sehen, in dem der Weltraum sichtbar war. Die Planeten des Sonnensystems der Weißen Rasse wurden einzeln dargestellt. Von Séth'ras Planet ging ein zunächst zehn Zentimeter breiter orangeroter Strahl aus, der mit zunehmender Entfernung jedoch wuchs und von den Weiten des Alls schließlich verschluckt wurde, ohne dass eine merkbare Änderung im System eintrat.

Doch Séth'ra schien recht zufrieden.

Er zeichnete wiederum ein Symbol in die Luft und die Strahlen der Säulen verschwanden. Nach einer abermaligen Handbewegung löste sich das Pentagramm auf, und mit ihm das rötliche Licht. Die Säulen spendeten nun wieder das gewöhnliche grauweiße Licht, schienen jedoch merkwürdig verändert. Eine war blutrot gefärbt, eine andere dunkelblau. Die dritte Säule schimmerte hellgrau, die vierte schließlich in einem dunkelbraunen Farbton. Von ihnen ging weiterhin eine seltsame Strahlung aus, und als Séth'ra den Raum verließ, verbanden sich die Säulen durch ein grelles Licht, dass kein Sterblicher zu ertragen imstande gewesen wäre, mit dem Kreis in der Raummitte, das immer intensiver wurde und bald einen weiteren Strahl in den Weltraum entsandte.

Séth'ras Gesicht war eine diabolische Fratze und niemand hätte ihn in diesem Augenblick wiedererkannt. Er zog sich in seine Privatgemächer zurück, und nachdem er sich ein wenig erholt und sein normales Aussehen wiedergewonnen hatte, gab er seinen beiden persönlichen Dienern, Chá'tar und Hén'ar, weitere Anweisungen für den Abend. Kurz darauf erschienen drei junge Frauen in seinen Gemächern, hinter denen sich die Tür wie von Geisterhand schloss. Sie alle trugen schwarze bauch- und rückenfreie Oberteile und bis zur Hüfte geschlitzte weiße Röcke, die bei jedem Schritt einen Blick auf die nackten Beine ermöglichten. Alle drei gingen barfuß. In Bezug auf ihre Größe und Haarfarbe unterschieden sie sich allerdings stark voneinander. Die Größte, die gleichzeitig die Jüngste war, hatte goldblonde, leicht lockige halblange Haare und war sehr weiblich gerundet, die Älteste war mittelgroß und schlank und trug ihre dunkelblonden Haare, die ihr bis weit auf den Rücken fielen, glatt gekämmt, während die Kleinste mit ihren braunen Haaren recht gut als 'Kindfrau' bezeichnet werden konnte, denn sie hatte immer noch einen echten Mädchenkörper.

Séth'ras Augen leuchteten bei dem Anblick der drei jungen Frauen, und seine Untergebenen wussten, dass es unter Umständen Tage dauern konnte, bis ihre Dienste wieder benötigt wurden.

*

She'kí-ta saß an einem Tisch im Raum der Großen Pyramide. Ihr gegenüber saßen drei Frauen, mit denen sie sich bereits seit einer halben Stunde sehr intensiv unterhielt.

Alle drei waren schlank und größer als sie, die Größte war fast so groß gewachsen wie ihr Mann, die anderen beiden wie ihre Tochter. Sie alle trugen eine durchgehend weiße Tunika, die bis knapp unter die Knie reichte, und an der Hüfte von einem grünen Gürtel, der mit kleinen goldenen Punkten besetzt war, zusammengehalten wurde. Das auffälligste Unterscheidungsmerkmal boten insofern ihre Haare, denn vom einfachen Blond, das in dieser Zivilisation sehr häufig anzutreffen war, über einen dunkelbraunen Farbton bis hin zum knalligen Rot, das hier eher eine wirkliche Seltenheit darstellte, war bei den dreien alles vertreten.

Die Rothaarige hieß De'wáti und faszinierte einen Betrachter besonders durch ihre grünen Augen, die im Sonnenlicht wie Jade schimmerten. Ka'jáni war die größte der drei und wäre in der so genannten 'zivilisierten Welt' auf der Erde nicht aufgefallen. Mit ihrer schlanken Figur, ihren langen blonden Haaren und ihren blauen Augen erinnerte sie ein bisschen an A'ísha, doch im Gegensatz zu dieser war Ka'jáni eine richtige Agentin, genau wie ihre beiden Kolleginnen. Die dritte im Bunde war Lud'ránok, eine Brünette mit braunen Augen, die die älteste und erfahrenste der drei war. Sie war so groß wie De'wáti, mochte aber drei Pfund kräftiger sein, die ihr allerdings gut zu Gesicht standen.

Die drei Frauen waren She'kí-tas persönliche Agenten, die bereits von ihrem Vater auserwählt und in eine entsprechende Ausbildung absolviert hatten. Auch der Ältestenrat bediente sich der Fähigkeiten der drei mit Vorliebe, denn ein Gelingen jedweder Aktionen war dann fast mit Sicherheit zu erwarten. Sie alle waren ausgebildete Psychologen, Technikspezialisten, Waffen- und Nahkampfexperten, die sich vor keinem Gegner fürchteten und zudem mit weiblichen Waffen jedem Gegner gefährlich werden konnten. Dass bei aller Härte der Ausbildung die menschliche Seite nicht zu kurz kam, dafür hatte She'kí-ta ebenfalls gesorgt – wie ihr Vater ihr empfohlen hatte. Alle drei Frauen saßen nun brav, als könnten sie keiner Fliege etwas zu Leide tun, auf ihren Stühlen und lauschten aufmerksam She'kí-tas Worten.

Diese fasste ihre Anordnungen noch einmal zusammen: »Also passt gut auf! In den nächsten Wochen werden die Startvorbereitungen für unsere Erden-Mission getätigt. Ich möchte nach Möglichkeit verhindern, dass wir sabotiert werden, oder dass sonst irgendetwas Unvorhergesehenes geschieht. Mein Mann hat bereits Befürchtungen geäußert, dass es von Seiten Séth'ras Aktionen geben könne, denn er hat sich sowohl auf der Besprechung als auch im Nachhinein auffallend ruhig verhalten. Und das, obwohl seine Anträge nur zu einem sehr geringen Teil akzeptiert wurden und zunächst einmal nicht durchgesetzt werden sollen. Daher befürchten wir, dass er vielleicht Waffen an Bord eines der Schiffe schmuggeln und dort verstecken will oder einige seiner Killer unter die Mannschaft bringt.«

Sie hatte das Wort 'Killer' eigentümlich betont, ein kaum versteckter Hinweis auf die durchgeführten aber von Seiten des Rates bisher unbewiesen gebliebenen Aktionen dieser Truppen unter Séth'ras Herrschaft.

»Bei den Waffen sehe ich keine Probleme«, meinte Lud'ránok, »eher schon bei seinen Killern.«

Auch sie hatte das Wort entsprechend betont, ein Zeichen dafür, dass sie She'kí-ta verstanden hatte.

»Aber auch nicht wirklich«, mischte sich nun De'wáti ein, »er kann schließlich nicht die komplette Mannschaft mit seinen Leuten besetzen, denn diese wird gleichmäßig aufgeteilt von allen Planeten gestellt. Und ich denke doch, dass wir nicht die Einzigen sein werden, die für den Fall der Fälle bereitstehen, oder?«

She'kí-ta schüttelte den Kopf: »Nein, das werdet ihr nicht. Mein Mann hat sich mit Ko'jí-lys beraten. Er entsendet – ebenfalls für den Fall der Fälle – einen seiner besten Kämpfer für diese Mission. Er wird allerdings nur im Notfall in Erscheinung treten. Solange wird niemand wissen, wer er ist, denn er gehört wie gesagt zu Ko'jí-lys' besten Agenten, der sein Inkognito zunächst einmal wahren will. Sollte der Fall der Fälle jedoch eintreten, dann hört er auf den Namen Bon'tejó. Ich weiß zwar nicht, ob das sein wirklicher Name ist, aber das kann uns egal sein. Darüber hinaus wird Ko'jí-lys den Posten des stellvertretenden Kapitäns unseres Raumschiffs besetzen, der Kapitän selbst wird von Weá'sin-dru'ásh bestimmt. Aber dieser ist unter Umständen genauso gefährlich wie einer von Séth'ras Leuten. Er vertritt eine ähnliche Auffassung und hat den Vorschlägen Séth'ras uneingeschränkt zugestimmt.«

»Nicht zu vergessen die Wurzel des Übels, nämlich Séth'ra selbst. Ich habe Gerüchte vernommen, dass er über gewaltige Kräfte verfügen soll«, meldete sich nun die bis dahin eher zurückhaltende Ka'jáni zu Wort. »Er entstammt noch der alten Schule, genau wie dein Vater«, blickte sie She'kí-ta an.

»Ich denke nicht, dass er direkt in das Geschehen eingreifen würde«, meinte sie jedoch, »dann hätte er seine Position dem Rat gegenüber verloren. Hinzu kommt, dass er als Ratsmitglied auf dem zweiten Schiff zurückbleibt, welches in Höhe der Mars-Umlaufbahn positioniert wird. Von dort wird er sicherlich keine tiefgreifenden Aktionen durchführen können, da man so was in der Kommandozentrale sehr schnell bemerken würde. Darum ist auch bereits hier und jetzt die größtmögliche Aufmerksamkeit geboten!«

Ka'jáni nickte verständnisvoll und verfiel wieder in ihre vorherige Ruhe.

»Also mindestens drei aktive Gegner..., wie ich Séth'ra einschätze, eher vier«, fasste Lud'ránok nun zusammen, »plus einen Unbekannten, nämlich den Kapitän. Das sollte von uns doch eigentlich zu schaffen sein!«

»Ich hoffe es, darum habe ich euch hierher gebeten. Mein Mann und ich sind uns einig, dass auf der Erde ein neues Zeitalter anbrechen wird, eine neue Ära. An uns liegt es, wie diese beschaffen sein wird, ob es uns gelingt, die Einsicht und die Brüderlichkeit unter den Menschen zu entfachen, oder ob sie weiter in ihren destruktiven Handlungsweisen verbleiben und so zugrunde gehen! Séth'ras Intentionen decken sich dabei definitiv mit Letzterem – also passt gut auf..., jetzt bevor wir starten, und natürlich wenn wir an Ort und Stelle sind. So ein Killer braucht wahrscheinlich nur Sekunden, um einen Schaden anzurichten, der den schädlichen Intentionen weitestgehend entspricht.«

»Das werden wir«, antworteten die drei wie auf Kommando und erhoben sich von ihren Plätzen.

»Danke«, gab She'kí-ta zurück, »ich wusste, auf euch kann man sich verlassen!«

Die drei verließen den Raum, und sie folgte wenig später, um ihrem Mann von dem Gespräch zu berichten.

*

Einige Tage später saß Séth'ra auf seinem prächtigen Stuhl, der schon fast ein Thron zu nennen war. Sein Diener Chá'tar stand vor ihm und hatte soeben einen Bericht abgeliefert. Doch sein Herr war noch nicht zufriedengestellt: »Warum hat es nicht geklappt? – Verdammt! Ist es denn so schwer, zwei ska'bas zu manipulieren?«

»Nein, mein Fürst«, zitterte Chá'tar. Seine Stimme war fast ein Flüstern, als er versuchte sich zu rechtfertigen: »Prinzipiell ist es das nicht. Aber die Schiffe werden sehr gut bewacht, ich war nicht einen einzigen Augenblick allein und so konnte ich einfach nicht...«

»Genug!« Mit einer herrischen Handbewegung unterbrach Séth'ra die verzweifelte Rechtfertigung seines Untergebenen und wandte sich Hén'ar zu, die soeben seine Gemächer betreten hatte: »Hoffentlich bringst wenigstens du mir erfreuliche Neuigkeiten und warst nicht genauso erfolglos wie er!«

Er wies mit dem Finger auf Chá'tar, und dieser krümmte sich augenblicklich vor Schmerzen. Ein Lichtstrahl ging von der Hand seines Fürsten aus, der ihn direkt in der Herzgegend traf, und ihm war als ob sein Herz brennen würde. Er warf einen verzweifelten Blick auf Hén'ar, die sich in seine Lage problemlos hineinversetzen konnte, denn ihr Fürst war bei allen seinen Untergebenen als unbarmherzig und gnadenlos bekannt. Sie verbeugte sich leicht und sagte: »Ja, mein Gebieter, ich habe gute Neuigkeiten.«

Bei diesen Worten unterbrach Séth'ra die Bestrafung seines erfolglosen Dieners und entließ ihn mit den Worten: »Da siehst du wie man einen Befehl richtig ausführt. Ich gebe dir noch eine letzte Chance. Also nutze sie gut! – Los! Verschwinde!«

»J–ja, Herr«, stammelte Chá'tar, und im nächsten Moment war er aus den Gemächern verschwunden.

»So, meine Kleine«, lächelte Séth'ra charmant, »was hast du mir zu berichten?«

Hén'ar war in Bezug zu den anderen Frauen und Bewohnern des Planeten tatsächlich relativ klein, doch war dies für sie kein Hindernis. Sie war eine der treuesten und ergebensten Dienerinnen Séth'ras und hatte mit ihrer neuesten Mission wieder einmal unter Beweis gestellt, dass sie sein Vertrauen zurecht genoss.

Sie blickte ihren Gebieter aus dunklen Augen an und berichtete: »Wie geplant werden die Raumschiffe von Sá'aliíto und Taá'vi-kí geführt. Ich konnte sogar bewirken, dass drei von unseren Leuten beim technischen Personal auf der Kommandoebene eingesetzt werden. Die stellvertretenden Kapitäne der Schiffe werden allerdings von Ko'jí-lys bestimmt, der dafür auch schon Personen benannt hat Aber wir haben mit Mor'qyíd, Rás'atlá und Ber'rúto drei unserer besten Krieger an Bord, die sich unter das Führungspersonal der Mannschaft des Führungsraumschiffes mischen werden. Es dürfte also ohne Weiteres möglich sein, während des Fluges die erwünschten Manipulationen vorzunehmen. Und damit wäre diese Sache dann wohl auch erledigt«, präsentierte sie eine Lösung der Aufgabe, die von ihrem Kameraden nicht bewältigt worden war.

»Gut, sehr gut..., ausgezeichnet!« Séth'ra war von dem Gehörten sichtlich begeistert. »Dann läuft doch alles wieder so, auch wenn ich es letzten Endes gar nicht brauchte! – Aber sicher ist sicher!«

Sie verstand ihn nicht, doch meinte sie weiter: »Ich hoffe, das war nach deinen Wünschen, mein Gebieter!«

»Ja doch .., ja! Die beiden Brüder als Kapitäne der Schiffe, dazu meine Agenten, die ich wohl aufteilen muss...«

»Brüder?«, unterbrach Hén'ar den lauten Gedankengang ihres Fürsten. Offenbar stand sie in etwas höherem Ansehen als Chá'tar, denn wider Erwarten wurde sie ob der Unterbrechung nicht zurechtgewiesen.

Séth'ra informierte sie sogar mit selbstgefälligem Grinsen: »Ja, Sá'ali-íto und Taá'vi-kí sind Halbbrüder. Sie haben den gleichen Vater aber verschiedene Mütter.«

»Ahh«, machte Hén'ar erstaunt, »und beide leben auf verschiedenen Planeten in unserem System – wer denkt denn auch an so etwas? – Von den anderen doch ganz bestimmt niemand!«

Nun ließ sich sogar ein versteckter Triumph in Séth'ras Gesicht erkennen: »Nicht wahr? – Ja, die eine oder andere Idee, die man früher mal hatte, zahlt sich später auch mal aus – in diesem Falle sogar sehr!«

Er machte mit der Hand eine abrupte Bewegung als ob er einen Gedanken verscheuchen wollte: »Aber genug davon!«, wandte er sich wieder seiner Untergebenen zu. »Du hast sehr gut gearbeitet. Bereite dich darauf vor, mich auf der Reise zu begleiten! Jetzt kannst du gehen!«

Hén'ar verbeugte sich wiederum und verließ mit anmutigen Schritten wortlos den Raum.

»Und dazu stelle ich noch meinen Spezialisten Qor'ewá, für alle Fälle!«, dachte sich Séth'ra, in dem eine geradezu teuflische Vorfreude aufkeimte. *»Wir werden ja sehen, wer am Ende lacht!«*

*

Die anderen Mitglieder des Ältestenrates waren unterdessen nicht untätig geblieben. Es waren zwei komplette Besatzungen für die Raumschiffe eingeteilt worden. Die Schiffe waren mit der notwendigen Ausrüstung versehen und von einigen Technikern noch einmal gründlich inspiziert worden. Und schließlich erfolgte der Aufruf des Vorsitzenden an alle Beteiligten, dass der Start erfolgen werde.

*

Wie die anderen Expeditionsteilnehmer auch, hatte sich A'ísha kurz vor dem Abflug zu ihren Freundinnen begeben, um sich zu verabschieden. Ihre beiden besten Freundinnen, Tan'yá und M'arión, zeigten sich ein wenig überrascht, als sie ihnen die lange Zeit geheim gehaltene Neuigkeit überbrachte, doch sehr schnell verstanden sie die Beweggründe und umarmten die Neu-Agentin, auf die ein mit Sicherheit nicht einfacher Auftrag wartete.

»Na dann, viel Spaß! – Und pass auf die Affen auf«, verabschiedete M'arión ihre Freundin.

»Och, ich glaube nicht, dass die so unintelligent sind«, meinte A'ísha, »die haben in ihrer Welt immerhin eine Menge erreicht und entwickelt!«

»Ja, die Frage ist nur, ob sie ihren Verstand auch intelligent genug einsetzen«, gab M'arión mit einem leisen Zweifel in der Stimme zurück, »ich habe da so Einiges gehört, und ich bin mir nicht sicher, dass die die nötige geistige Reife für die Anwendung ihrer eigenen Erkenntnisse und Erfindungen besitzen, ...«

»Wird schon schiefgehen«, ließ sich A'ísha nicht aus der Ruhe bringen, »da waren ganz bestimmt auch jede Menge

Vorurteile dabei!«

Ihre Freundin zuckte mit den Schultern: »Und wenn schon, aber wer sich den Boden unter den Füßen wegzieht, kann doch nicht ganz normal sein!«

»Einige sicherlich«, meinte jetzt auch Tan'yá, »aber es geht eben darum herauszufinden, wie viele 'nen Knall haben, und wie viele noch normal sind, stimmt's?«

»Stimmt«, gab A'ísha ihrer Freundin Recht und drückte beide noch einmal: »Wünscht mir was!«

»Alles Gute!«, riefen die beiden, und Tan'yá meinte: »Schreib mal 'ne Karte!«

A'ísha lachte, drehte sich um und ging zu dem Landeplatz zurück, wo ein Luftschiff bereits kurz vor dem Start war. Sie stieg ein und flog zu ihren Eltern zurück. Hier hatte sich ihr Bruder, der sich ebenfalls von einigen Bekannten verabschiedet hatte, bereits eingefunden. Als sie die Familienrunde komplettierte, instruierten ihre Eltern sie noch einmal eingehend, dann wurden von allen die letzten Vorbereitungen getroffen, es wurde gepackt. Denn immerhin war für die Expedition kein bestimmter Zeitraum festgesetzt, man musste zunächst einmal die Berichte der beiden Kundschafter abwarten, und nach entsprechender Bewertung weitere Maßnahmen ergreifen. Daher rüstete sich jedes Besatzungsmitglied mit mehreren Kleidungsstücken aus.

Der Standardanzug für die gesamte Besatzung bestand aus einem einzigen enganliegenden, aber unheimlich elastischen Kleidungsstück, das keine sichtbaren Nähte aufwies. Es war von silbergrauem Stoff, an Brust und Armen leuchteten blaue und weiße Streifen. Jedes Besatzungsmitglied besaß drei Exemplare, die beiden Kundschafter waren zusätzlich mit Kleidungsstücken versehen, die denen der Erden-Bewohner ähnelten, bestehend aus Jeans-Hosen und mehreren Shirts.

Die beiden Agenten-Neulinge waren in finanzieller Hinsicht ebenfalls in ausreichendem Maße ausgestattet worden. Beide verfügten über Bargeld in Form von Banknoten und Münzen, wie sie auf der Erde in Gebrauch waren.

A'ísha standen größere Beträge amerikanischer, mexikanischer und kanadischer Banknoten zur Verfügung. Darüber hinaus war sie mit Münzgeld dieser drei Länder versehen.

Tom'ás hatte auf Grund seines vorgesehenen Einsatzgebietes Bargeld für nahezu alle europäischen Länder in seiner Ausrüstung und genoss auf dem finanziellen Sektor somit fast uneingeschränkte Bewegungsfreiheit auf diesem Kontinent.

Es war keine große Abschiedszeremonie anberaumt worden, der Start erfolgte in fast schon nüchterner Sachlichkeit. Die hier verbleibenden Mitglieder des Ältestenrates hatten sich versammelt, um den unspektakulären Start zu beobachten, und um ganz einfach nur Anwesenheit zu demonstrieren. Der Vorsitzende richtete noch ein paar Worte an die Besatzung, und schließlich starteten die beiden Schiffe. Das Kommando hatte – wie von Arq'ós-ge'réon bestimmt - Eyo'kí-to übernommen. Seine Frau stand ihm dabei hilfreich zur Seite, und ein aufmerksamer Beobachter hätte festgestellt, dass sie mit ihrer stets charmanten und unaufgeregten Art der eigentliche Kommandant des Schiffes – und also auch der Expedition – war.

Die Quartiere der Besatzung befanden sich in einem separaten Stockwerk und She'kí-ta und Eyo'kí-to belegten das größte. Neben ihnen lagen die Quartiere ihrer Kinder, die sich während des Fluges noch einmal eingehend mit den kulturellen und sprachlichen Gewohnheiten der Länder, die sie zu besuchen gedachten, beschäftigten.

Eyo'kí-to und She'kí-ta hatten Lud'ránok, De'wáti und Ka'jáni in ihr Quartier gerufen und sich mit ihnen noch eingehend unterhalten, und auch der stellvertretende Kapitän des Schiffes, Or'ré-nek, war gleich nach Abflug von ihnen instruiert worden.

Auf dem zweiten Raumschiff befanden sich die drei die Expedition begleitenden Ratsmitglieder Te'háo-wei, Séth'ra-an'úilc und Uësa'to-ki. Jeder von ihnen hatte mehrere separate Räume auf dem Schiff zugewiesen bekommen, die sie ganz zu ihrer Verfügung verwenden konnten. Séth'ra hatte drei für sich und zwei für seine ihn begleitenden Diener - Chá'tar und Hén'ar – belegt. Der kleinste - von ihm als Aufenthaltsraum benutzte – lag direkt neben dem Quartier des Kapitäns, Taá'vi-kí.

Sein Halbbruder Sá'ali-íto war der Kapitän des anderen Schiffes, von dem Eyo'kí-to und She'kí-ta die gesamte Unternehmung leiteten. So stand Séth'ra also auch auf diese Art jederzeit mit dem Führungsschiff in Verbindung, wovon er sich erhebliche Vorteile für die Zukunft versprach.

In Höhe der Umlaufbahn des Neptun flogen zwei zigarrenähnliche Raumschiffe mit Kurs auf die Erde. Das zweite blieb jedoch bald zurück und nahm eine Position jenseits des Asteroidengürtels ein. Das andere durchquerte ihn und flog weiter, bis es die Umlaufbahn des Mars erreicht hatte. Dort verharrte es in einer festen Position.

Shango, der Kapitän des Raumschiffs, betrat den Raum des Ältestenrates und erstattete pflichtgemäß Bericht: »Wir haben die vorgesehene Position erreicht und alle Instrumente arbeiten einwandfrei. Wenn die übermittelten Frequenzen richtig sind, dann dürften wir tatsächlich zuerst angekommen sein, wir haben jedenfalls kein anderes Schiff im System entdecken können.«

»Danke, dann werden wir warten!« Der jüngste des aus drei Männern bestehenden Ältestenrates hatte geantwortet, und Shango verließ den Raum wieder.

Die Insassen des Raumschiffs waren Angehörige der Schwarzen Rasse. Ogun, der jüngste des Ältestenrates, mochte in einem irdischen Alter von fünfundsechzig Jahren stehen. Er war von hoher, schlanker Gestalt, schien aber recht kräftig zu sein. Ein nicht zu starker Vollbart umrahmte sein längliches Gesicht und seine dunklen Augen schienen schon viel gesehen zu haben, denn sie besaßen einen eigentümlich dunklen Glanz.

Der hinter ihm stehende Erinle war etwas kleiner als er, dabei aber schwerer, ohne jedoch dick zu wirken. Er mochte allerdings auch schon um die siebzig Jahre alt sein. Er war der extrovertierteste in diesem Triumvirat und besaß ebenfalls sehr dunkle Augen, die die Umwelt sehr oft mit einem schwermütigen Blick betrachteten. Er war bartlos, und seine Frisur war ebenso kurz gehalten wie bei Ogun.

Der Älteste, Obatala, saß auf seinem Platz am Beratungstisch. Er mochte um die achtzig Jahre alt sein, doch eine genauere Alterseinschätzung war schwierig. Auch er war von schlanker Gestalt und machte für sein Alter einen enorm kräftigen Eindruck. Die Besatzung des Schiffes sprach von ihm nur als 'Der Alte', denn niemand wusste genau, wie alt er eigentlich war. Aber sie respektierten ihn über alle Maßen. Es war noch nie vorgekommen, dass ihn jemand aufgeregt gesehen hätte, ganz egal, was sich ereignen mochte, er blieb die Ruhe selbst. Einige witzelten schon, dass er an seinem Platz festgenagelt sei, denn auch stehen oder gehen sah man ihn höchst selten.

Sie alle trugen lange, dünne Mäntel mit Kapuze, die aus einem weichen aber warmen Material bestanden und ihnen bis zu den Füßen reichten. Dabei handelte es sich um Universalkleidung, die es ihren Trägern ermöglichte, das ganze Jahr hindurch eine konstante Körpertemperatur zu bewahren.

Der Raum maß knapp fünfzehn Meter in der Länge, und zehn Meter in der Breite. Etwa in der Mitte des Raumes befand sich ein großer Tisch, an dessen vier Seiten zwölf Stühle gleichmäßig angeordnet waren. An der oberen Seite saßen die drei Angehörigen des Rates, die anderen Plätze wurden bei Bedarf belegt. Auf der linken Seite des Raumes, den Plätzen der Ältesten genau gegenüber, befand sich ein Fenster. Es zeigte den Weltraum, konnte jedoch auch lichtundurchlässig geschaltet werden. Weiter hinten begrenzte eine Wand mit zwei Türen den Raum. Hinter der ersten war ein Nebenraum, der je nach Situation in Anspruch genommen wurde, hinter der zweiten folgte ein Gang, der zu den Quartieren der Ältesten führte. Auf der linken Seite des Tisches befand sich das eigentliche Zentrum des Schiffes, direkt hinter einer Tür das Quartier des Kapitäns, Shango, und daneben, hinter einer zweiten Tür, die Kommandozentrale, die dieser natürlich auch von seinem Raum aus betreten konnte.

Hier arbeiteten drei Frauen und fünf Männer an den technischen Geräten. Sie alle trugen das Haar kurz. Leichte Sandalen und weite weiße Gewänder aus einem baumwollenen Material, die bis zu den Knöcheln reichten und an der Hüfte durch Gürtel zusammengehalten wurden, bildete ihre Kleidung. An den Gewändern waren keine Knöpfe und keine Verschlüsse vorhanden und bei den Frauen keinerlei Make-Up zu bemerken.

Shango, der die Zentrale gerade wieder betreten hatte, erkundigte sich bei seinem Stellvertreter, Shango-Ko, der gleichzeitig der Verantwortliche der Kommandozentrale war, ob es inzwischen zu Sichtungen - der fremden oder anderer Schiffe - gekommen wäre. »Nein, Shango, es ist alles unverändert ruhig«, berichtete ihm dieser.

»Gut, gut. Die Frequenzen ihres elektromagnetischen Schildes stimmen, ich habe noch einmal nachgefragt. Wir müssten die beiden Schiffe also unter allen Umständen orten können, wenn sie hier auftauchen!«

»Alles klar!«, begab sich Shango-Ko nun persönlich zum Navigationsoffizier, dem auch die Überwachung des Raumes oblag.

*

Zwei große Raumschiffe flogen parallel nebeneinander her. Ihr Kurs war offenbar der gleiche wie derjenige der Schiffe der Schwarzen Rasse kurz zuvor. Sie steuerten geradewegs auf die Erde zu.

Doch als sie den Asteroidengürtel passiert hatten, blieb das eine Schiff zurück und bezog in Höhe der Umlaufbahn des Mars Position. Das andere flog weiter in Richtung Erde und erreichte schließlich eine Position zwischen Erde und

Mond, zweihunderttausend Kilometer von beiden entfernt. Es waren die beiden Raumschiffe der Weißen Rasse.

An Bord des ersteren befanden sich die drei Mitglieder des Ältestenrates, die hier auf Benachrichtigung durch das Hauptschiff warten sollten. Jenes bildete die Operationsbasis für die beiden Kundschafter, A'ísha und Tom'ás, die sich nun in ihre Quartiere begaben, um die Anzüge ihrer Zivilisation gegen irdische Kleidung zu tauschen.

*

Die drei Ältesten der Schwarzen Rasse befanden sich derweil in angeregtem Gespräch, in dem Erinle gerade das Wort hatte: »... denke ich, dass die Sache klar ist. Es konnte ja auch nicht mehr lange gut gehen!«

Obatala stimmte ihm in seiner bedächtigen Art zu: »Ja, das ist richtig, aber zum Glück haben die soviel Verstand bewahrt, dass sie zunächst noch alles selbstständig prüfen, bevor sie drastischere Maßnahmen ergreifen. Diese Prüfer oder Agenten oder Kundschafter müssen wir beobachten und gleichzeitig natürlich ihre beiden Schiffe im Auge behalten!«

»Das werden wir«, meinte Ogun. »Ich habe bereits unsere beiden besten Agenten für die Mission ausgesucht. Sie werden den ersten Kundschafter, der sich auf den amerikanischen Kontinent begibt, im Auge behalten und sich dort umsehen, ohne allerdings in irgendeiner Form in Erscheinung zu treten!«

»Sehr gut«, schien Obatala zufrieden zu sein, »und den zweiten Kundschafter werden wir von hier aus verfolgen, da anzunehmen ist, dass wir in einem europäischen Land leichter entdeckt werden könnten. Aber die werden nichts unternehmen solange der erste Agent nicht wieder zurück ist, insofern reicht es, wenn wir ihn observieren und seine Rückkehr abwarten. Und sollte doch ein weiterer Agent nötig sein, dann haben wir immer noch Kyala.«

»Genau«, pflichtete ihm Erinle bei, »da brauchen wir uns keine Sorgen zu machen! Die hat bisher noch jeden Auftrag zur vollsten Zufriedenheit erledigt!«

»Und was machen wir, wenn es zu unvorhergesehenen Ereignissen kommt?«, fragte Ogun.

»Dann wird Kyala auf den Präsidenten angesetzt. Sie muss ihn zu uns bringen, damit wir ihm die Lage des Planeten verdeutlichen können«, erwiderte Erinle und Obatala nickte.

»Aber die haben Hunderte von Präsidenten, zu welchem denn?«, wandte Ogun ein.

»Oh ja, ich hatte mich schlecht ausgedrückt. Ich meinte den Generalsekretär der Vereinten Nationen. Das ist die Organisation auf der Erde, die als Einzige in der Lage ist, entsprechende Schritte einzuleiten, denn es gibt ja keinen Präsidenten für die gesamte Erde.«

»Und dem werden wir das dann schon begreiflich machen, denke ich!«, ergänzte Obatala und wandte sich zu Ogun: »Dann lass doch unsere Agenten mal kommen! Ich möchte mit ihnen gern noch persönlich vor dem Einsatz sprechen!«

Ogun nickte und rief die beiden über seinen Kommunikator.

*

She'kí-ta und ihre Tochter A'ísha standen in A'íshas Raum. Sie war dabei, sich auf die Mission vorzubereiten, und ihre Mutter unterstützte sie dabei und gab ihr noch ein paar kleine Tipps. - Von Frau zu Frau.

»Glaubst du denn wirklich, dass wir nach Abschluss der Aktion den Menschen eine Lektion erteilen müssen?« A'ísha schien sich mittlerweile doch einige Sorgen um ihren Auftrag und dessen Auswirkungen zu machen.

»Abwarten. Genau das sollst du ja herausfinden«, erwiderte She'kí-ta, »und ich bin davon überzeugt, du wirst uns nicht enttäuschen. Aber wenn du einmal in eine Notlage kommen solltest, oder dir keine Wahl bleibt, dann sei nicht zimperlich! Die Natur hat uns Frauen mit wunderbaren Waffen ausgestattet, es ist nicht verboten, sie zu benutzen.«

A'ísha blickte ihre Mutter mit großen Augen erstaunt an: »Du meinst...«

»Aber natürlich«, betonte die Gefragte, »wenn du der Überzeugung bist, dir damit einen Vorteil verschaffen zu können, dann darfst du die Männer ruhig ein bisschen becircen.«

»Aber ich denke, wir sollen das nicht, weil wir uns dann vielleicht verlieben..., und so voreingenommen sind!«

»Papperlapapp! Du bist ja wohl alt genug, um die Grenzen nicht zu überschreiten, und außerdem, wen interessiert's? Was keiner weiß, macht keinen heiß! Du kriegst schließlich keinen Aufpasser oder Babysitter mit! Und wenn du entsprechende Fakten bringst, umso besser.«

»Okay, so habe ich das noch nicht betrachtet, aber ich glaube, du hast Recht.«

»Natürlich. Wir Frauen mögen zwar das schwächere Geschlecht sein, aber wenn man seine Stärken einsetzt, dann können sich die Positionen schnell verändern. Dann ist nämlich das schwache Geschlecht auf einmal ganz stark.«

Ihre Mutter lächelte, und auch A'ísha musste unwillkürlich lachen. Ihre Augen funkelten und sie fragte: »Sag bloß, du hast damals bei Papa...«

»Pssst! – Das muss niemand wissen. Aber du denkst

doch nicht, dass dein Vater immer so friedliebend war! Männer und ihre Spielzeuge, die brauchen das für ihren Adrenalinspiegel. Ohne das wären sie doch totlangweilig. - Aber es ist unsere Aufgabe, dieses Adrenalin in die richtigen Bahnen zu lenken! Und nun liegt es an dir, das zu tun!«

»Das werde ich«, nickte sie, umarmte ihre Mutter, nahm ihre inzwischen fertig gepackte Tasche, und gemeinsam schritten die beiden zum Operationsdeck, wo sie von ihrem Vater erwartet wurde.

*

An Bord des Raumschiffs der Schwarzen Rasse standen zwei Männer vor dem Beratungstisch im Raum der Ältesten, von denen sie über die Ereignisse unterrichtet wurden.

Der Ältere war fast zwei Meter groß und bei einem Gewicht von knapp einhundert Kilogramm sehr athletisch gebaut. Er mochte ungefähr vierzig Jahre alt sein. Ein leichter Schnurrbart stellte die einzige Haartracht an ihm dar, denn sein Kopf war kahl. Er trug eine Art baumwollene Jacke und Hose aus dunkelblauem Stoff. Seine großen Füße steckten in dunkelblauen Sandalen. Sein Name war Oshoshi.

Der Jüngere war zehn Zentimeter kleiner und fünfzehn Kilogramm leichter, und er machte ebenfalls einen sehr durchtrainierten Eindruck. Er war einige Jahre jünger als sein Partner, schien allerdings bereits eine Menge erlebt zu haben. Auch sein Gesicht zierte ein Schnurrbart, der allerdings etwas dünner ausfiel als bei Oshoshi. Mit seiner Frisur wäre er auf der Erde ebenfalls nicht weiter aufgefallen, denn er trug sein krauses Haar nach modernem Schnitt kurz, wie viele Angehörige der Schwarzen Rasse. Auch er trug eine Jacke und Hose aus einer Baumwollart, aber in nicht ganz so dunkler Farbe wie Oshoshi. Von gleicher Farbe waren auch seine Sandalen. Sein Name war Engai, und er war bei der gesamten Crew bekannt als jemand, der es mit allem nicht immer so ganz ernst nahm.

Seine Mimik deutete im Gegensatz zu seinem Partner, der einen eher kühlen Eindruck machte, auf einen gesunden Humor hin. Beide arbeiteten bereits seit langen Jahren zusammen und bildeten insofern ein hervorragend eingespieltes Team, auf das der Rat mit Vorliebe zurückgriff, wenn die Sache etwas heikel werden konnte oder gar undurchschaubar schien. Denn sie ergänzten sich nahezu perfekt.

Auf der einen Seite der eher nüchterne Oshoshi, mit der größeren Lebenserfahrung, auf der anderen der lebenslustige Engai mit seinem Witz und Charme, dem auch Oshoshi nicht immer widerstehen konnte, der wiederum in der sachlichen Analyse seine Stärke hatte.

Sie gehörten einer Gruppe von zehn Agenten an, die über eine Spezialausbildung verfügten, die auf verschiedenen Welten gelehrt wurde. Hierbei wurden alle physischen, psychischen und mentalen Kräfte geschult und verstärkt, wobei die angeborenen Spezialitäten eines jeden oberste Priorität genossen. Dadurch unterschieden sich die Agenten noch einmal untereinander, auch wenn sie die gleiche Ausbildung absolviert hatten. Eine umfangreiche Waffen- und Technikausbildung rundete das Programm schließlich nach einer Dauer von mindestens zehn Erden-Jahren ab.

Außer ihnen gehörte noch Kyala, eine von drei weiblichen Agenten, dieser Gruppe an. Sie war ebenfalls mit an Bord dieses Raumschiffs und sollte später das zweite Kundschafterschiff der Weißen Rasse observieren.

Engai war damit überhaupt nicht einverstanden, denn er war nicht nur als Spaßvogel bekannt, sondern auch als Casanova, und Kyala war in seinen Augen ein Abenteuer wert. Sie wollte allerdings bis zum heutigen Tage nichts von ihm wissen, denn sie waren gleichaltrig, und damit war er zu jung für sie, wie sie meinte.

Er hatte schon einige Abfuhren bei ihr kassieren müssen, nicht nur auf dem Schiff, und hatte sich bessere Chancen ausgerechnet, wenn er gemeinsam mit ihr auf eine Mission geschickt worden wäre. Aber die Ältesten hielten an dem bewährten Duo fest, und so stand er jetzt eher missmutig an der Seite Oshoshis.

Soeben sprach Obatala: »... und ihr verfolgt und beobachtet das erste Raumschiff und dessen Agenten! Wir werden euch in Position bringen, und sobald Shango erkennt, dass sich ein Erkundungsschiff vom Mutterschiff löst, sendet er euch ein Signal. Dann macht ihr euch sofort auf den Weg und nehmt die Verfolgung auf! Aber lasst euch dabei nicht sehen, sondern versucht nur zu erfahren, wo das Operationsgebiet liegt und was für Aktionen weiter geplant sind! Das dürfte relativ leicht zu bewerkstelligen sein, denn ihr könnt von eurem Raumschiff aus den Gegner sehen, da wir den Code kennen, um die gegnerischen Raumschiffe trotz ihres Schutzschildes zu identifizieren, aber die - und er deutete in die Richtung, in der sich das Raumschiff der Weißen Rasse befand - kennen weder den Code unserer Schutzschilde noch wissen sie, dass wir überhaupt hier sind. Und so soll es nach Möglichkeit auch noch eine ganze Weile bleiben!«

Nun ergriff Erinle das Wort: »Und wenn sie zu einem Menschen von der Erde Kontakt aufnehmen, beobachtet auch das, aber greift nicht unmittelbar ein! Greift vielmehr erst dann ein, wenn ihr der festen Überzeugung seid, dass ein Eingreifen unerlässlich ist, es nämlich ohne euer Eingreifen zu schwerwiegenden Komplikationen kommen würde! Aber auch dann versucht bitte unnötiges Aufsehen zu vermeiden und unsere Anwesenheit nicht zu verraten!«

»Das wird allerdings kaum nötig sein, denn soweit wir wissen, haben die Agenten nur Kundschafterfunktion und dürfen einstweilen keine Aktionen durchführen, die über ein gewisses Maß hinausgehen. Sondern sie müssen zurückfliegen und an Bord des Mutterschiffes Bericht erstatten, und dort wird dann das weitere Vorgehen besprochen. Gegebenenfalls ziehen die sogar noch das zweite Schiff hinzu, das von unserem zweiten jenseits des Mars observiert wird, denn auf diesem befinden sich einige Mitglieder des Ältestenrats«, führte Obatala weiter aus.

*

Eyo'kí-to und She'kí-ta gaben ihrer Tochter derweil letzte Instruktionen, und auch Tom'ás verabschiedete sich von seiner Schwester: »Alles Gute, in drei Tagen sehen wir uns dann hier wieder – mit ein paar Erkenntnissen und Erfahrungen von dieser uns fremden, aber teilweise doch auch wieder recht vertrauten Welt!«

»Ja«, erwiderte A'ísha, »bis in drei Tagen! Grüß mir die Alte Welt, ich werde mir mal die Neue anschauen!«

Tom'ás ging nun in sein Quartier, um sich auf seine eigene Mission entsprechend vorzubereiten, und ließ die drei allein.

Eyo'kí-to drückte seine Tochter zum Abschied: »Also, versuch immer objektiv zu bleiben und nicht aufzufallen! – Viele Menschen auf der Erde wären mit Sicherheit schockiert, wenn sie so plötzlich mit der Wahrheit konfrontiert würden! Das gilt natürlich insbesondere für die Behörden und offizielle Dienststellen. Wie einzelne Personen darauf reagieren, musst du allerdings selbst einschätzen.«

»Ich werde nicht mit der Tür ins Haus fallen. Es wird schon schiefgehen«, lächelte A'ísha ihren Vater mit gut gespieltem Optimismus an.

»Ja«, mischte sich She'kí-ta nun ein, »das wird es. Du bist schließlich gut vorbereitet, und du musst dich ja nicht einer unmittelbaren oder direkten Gefahr aussetzen. Und wenn im Laufe deiner Mission doch mal etwas Unvorhergesehenes geschehen sollte, dann kannst du auf die Überlegenheit deiner Waffen vertrauen!«

Sie hatte ihrer Tochter bei den letzten Worten heimlich zugezwinkert. Diese hatte verstanden und blinzelte zurück.

»Also gut, dann mach dich auf den Weg! Ich sehe deinem Bericht mit Zuversicht entgegen. Bis später!«, sagte ihr Vater.

Sie umarmte ihre Eltern noch mal, bevor sie ins Raumschiff stieg: »Bis in drei Tagen!«

*

Auf dem Schiff der Schwarzen Rasse hatten sich Oshoshi und Engai inzwischen andere Kleidung angezogen und standen in einer kleineren Halle mit Raumgleitern, die jeweils für eine Besatzung von zwei bis vier Mann konzipiert waren.

Oshoshi steckte nun in einer dunkelblauen Jeans und einem Hemd von gleichem Stoff. Unter diesem trug er ein weißes T-Shirt. Seine Sandalen hatte er gegen ein weißes Paar Nike Turnschuhe Größe siebenundvierzig getauscht.

Engai trug eine dunkelgrüne Stoffhose und ein helles Shirt mit V-Ausschnitt und dunklem Muster. Auch er trug

Turnschuhe, die allerdings fast bunt zu nennen waren, denn grüne, blaue und rote Striche bildeten die Hauptelemente. Und im Gegensatz zu seinem Partner trug er Socken, die ihm mit ihrer knallroten Farbe den Aufmerksamkeitspreis sicherten und ihn endgültig zum Paradiesvogel abstempelten..

Ogun hatte die beiden Agenten begleitet und noch einmal eingehend instruiert. »Viel Erfolg!«, wünschte er ihnen zum Abschied.

»Danke«, antworteten die beiden Agenten wie aus einem Mund, und Engai flaxte: »Wir werden das Kind schon schaukeln!«

Ogun zog eine Augenbraue hoch, und Oshoshi stieg mit einem Blick auf Engais Schuhe kopfschüttelnd in das Schiff. Dieser folgte ihm mit jugendlicher Behendigkeit, und sie warteten gespannt auf das Signal.

Da meldete sich auch schon der Überwachungs-Techniker, und die beiden verließen das Mutterschiff. Oshoshi peilte sofort das Raumschiff der anderen Rasse an, und bereits nach wenigen Augenblicken hatte er dieses und das kleinere, sich entfernende, geortet: »Da entlang, Kurs zwei vier fünf – zwei null«, wies er Engai an.

Dieser schlug den Verfolgungskurs sofort ein und setzte eine wichtig aussehen sollende Miene auf: »Mal sehen, wen die da reingesetzt haben..., vielleicht wird unser Job ja doch noch ganz unterhaltsam und wir bekommen mal einen gleichwertigen Gegner«, meinte Engai und flog etwas schneller als notwendig.

Doch Oshoshi bremste ihn umgehend: »Ruhig, der entkommt uns schon nicht, halte nur ein bisschen mehr Abstand, man kann nie wissen...«

Engais Übermut erhielt einen Dämpfer, und er sah seinen Partner stirnrunzelnd an: »Noch immer der alte Sicherheitsfanatiker, hmm?«

»Ja, aber darum lebe ich auch noch!«, gab dieser unwirsch zurück, um gleich darauf nach vorne zu deuten: »Da! Er wird langsamer! – Stopp!«

Der Verfolgte – denn dass es sich bei dem um einen männlichen Gegenüber handelte, war Engai klar – wurde in der Tat langsamer – sie näherten sich der amerikanischen Westküste. Engai verlangsamte das Tempo nun ebenfalls, bis sie sich dem des Verfolgten angepasst hatten und vermutete: »Der wird sich nur nach 'nem geeigneten Landeplatz umgucken, keine Panik!«

»Alles klar«, gab Oshoshi zurück, »dann flieg mal weiter hinterher, aber immer...«

»Ja, ich weiß«, unterbrach Engai ihn übermütig und flog wieder etwas schneller, »immer den nötigen Sicherheitsabstand einhalten!«

»Genau!«, meinte Oshoshi.

IV. Von Kalifornien bis Köln

»O ihr Menschen, fürchtet Allah, der euch aus einem einzigen Wesen (Adam) geschaffen hat und aus diesem dessen Weib (Eva) und aus diesen beiden viele Männer und die Weiber werden ließ.
Verehrt allein Allah, in dessen Namen ihr Bitten zueinander sprecht, und ehrfürchtet die Mutter, die euch gebar, pflegt die Verwandschaftsbande! Allah wacht über euch.«
Der Koran 4, 2

Es war ein wunderschöner Juni-Morgen, als John in seinem silbernen Mercedes SL über den Hollywood Freeway von Los Angeles in Richtung Norden fuhr. Wie jeden Samstag war er auch heute mit seinem Freund Jeff zum Tennisspielen verabredet. Aus den Lautsprechern tönte leise Rockmusik, denn er telefonierte während der Fahrt über die drahtlose Freisprechanlage mit seinem Börsenmakler, der ihn bereits seit mehreren Tagen zum Kauf eines neuen Aktienfonds überreden wollte und vor wenigen Minuten einen neuen Überredungsversuch gestartet hatte.

Als er gerade vom Freeway auf den Sunset Boulevard abgebogen war und an einer roten Ampel stoppen musste, hielt neben ihm ein schwarzes Corvette-Cabriolet mit zwei männlichen Insassen. Der Mann am Steuer schien in seinem Alter, etwa Ende dreißig, zu sein. Er war ganz in braunes Leder gekleidet und trug eine ebenfalls braune Sonnenbrille, so dass man nicht in seine Augen blicken konnte. Dazu trug er einen hellen Cowboy-Hut mit braunen Applikationen. Sein Beifahrer war etwas jünger, aber er schien den gleichen Geschmack in Bezug auf Kleidung zu haben, denn auch er ging ganz in Leder, allerdings in schwarz. Von schwarzer Farbe war ebenso seine Sonnenbrille. Seine

Haare hatte er mit reichlich Gel gestylt.

Die beiden johlten und grölten, und der Fahrer gab bei gleichzeitig getretener Bremse immer wieder Gas, so dass die Hinterreifen ihres Autos quietschten und qualmten und der Lärmpegel erheblich anstieg. John sah einigermaßen verstört zu den beiden hinüber, denn an eine Verständigung mit seinem Gesprächspartner war nun nicht mehr zu denken. In Gedanken an einen Fonds, den er gar nicht zeichnen wollte, dieses aber seinem Börsenmakler offensichtlich noch nicht ausreichend klargemacht hatte, versuchte er den beiden zu verstehen zu geben, dass sie doch etwas ruhiger sein und auf ihre Mitmenschen etwas mehr Rücksicht nehmen sollten, da sie schließlich nicht allein auf dieser Welt seien. Sie warfen ihm daraufhin allerdings einige Worte an den Kopf, begleitet von einer sehr aufdringlichen Gestik und Mimik, die er bei dem Lärm zwar nicht verstand, sich den Inhalt aber denken konnte: sie interessierten sich überhaupt nicht um das Wohlergehen ihrer Mitmenschen, sondern wollten ihn zu einem Rennen herausfordern.

Er reagierte jedoch überhaupt nicht und fuhr ganz normal weiter, als die Ampel auf 'grün' sprang. Die Rowdies blieben jedoch stetig auf gleicher Höhe mit ihm und forderten ihn weiterhin durch starkes Beschleunigen und anschließendes Abbremsen zu einem Rennen heraus. Als jedoch alle Anstrengungen nichts fruchteten, gaben sie schließlich auf und rasten davon, wobei sie in halsbrecherischer Weise mehrere vor ihnen fahrende Autos überholten.

»Hirnlose Idioten!«, dachte John, bog bei der folgenden Kreuzung ab und kam wenig später beim zum Tennis-Center gehörenden Parkplatz an. Hier erledigte er erstmal das Telefongespräch, in dem er seinem Makler unmissverständlich klar machte, in den Fonds nicht investieren zu

wollen. Dann warf er einen prüfenden Blick in die Runde, um zu sehen, welche Spieler bereits dort waren.

Er hatte seinen Wagen neben einem BMW Z4 geparkt. Er gehörte Vicky, einer guten Bekannten, mit der er auch schon so manches Spiel ausgetragen hatte, und die im Tennis-Club einen gewissen Ruf genoss. Sie war im Club nämlich als männermordender Vamp verschrien, und man sagte ihr nach, dass sie schon mit mindestens der Hälfte der männlichen Tennisspieler eine Affäre gehabt habe. John wusste es allerdings besser, er bezog seine Informationen auch aus erster Hand, war er doch zwei Jahre mit ihr liiert gewesen. Es war damals allerdings für beide für eine dauerhafte Beziehung noch zu früh, und nachdem er das festgestellt und ihr in aller Ruhe auseinandergesetzt hatte, hatten sie sich schließlich in gutem Einvernehmen getrennt.

Das alles war jetzt schon über zehn Jahre her, und sie waren bis zum heutigen Tage immer noch gute Freunde geblieben. Daher amüsierte er sich immer köstlich, wenn er in einer Runde vernahm, wen Vicky schon wieder verführt haben sollte. Er kommentierte solche Gerüchte allerdings nicht, denn es wusste niemand, dass er mal mit Vicky zusammen gewesen war. Selbst sein bester Freund und Tennispartner Jeff hatte nicht die leiseste Ahnung davon, und das obwohl sie seit dem Kindergarten so ziemlich alles zusammen machten, und jeder wusste von dem anderen eigentlich alles – vor allem in Bezug auf das weibliche Geschlecht.

Jetzt waren nicht sehr viele und hauptsächlich auch nur männliche Spieler anwesend, was sich auch auf dem Parkplatz zeigte, denn es standen dort durchweg Sportwagen und Cabriolets der gehobenen Preisklasse. Die Frauen kamen meistens erst am späteren Nachmittag oder abends in den Club, denn jetzt am frühen Vormittag machten sie noch die Geschäfte von L. A. unsicher. - Die Ergebnisse des Shopping-Bummels durften ihre Männer dann später bestaunen.

Nachdem er das Verdeck geschlossen hatte, verließ er das Auto, griff sich seine Tennistasche und schlenderte zum Trainingsgelände. Er meinte Zeit zu haben, denn das Auto von Jeff war noch nicht da.

*

A'ísha flog mit voll aktiviertem Tarnmodus geradewegs auf die vor ihr liegende Stadt zu. Sie wusste, dass die Technologie ihres Raumschiffs derart entwickelt war, dass sie ein Entdecken von Seiten der Erdbewohner nicht zu befürchten hatte. Unter ihr zogen sich die Dünen der südkalifornischen Wüste hin, die schroffen und teilweise schneebedeckten Berge der mehrere tausend Meter hohen San Gabriel Mountains. Vor sich sah sie die von gewaltigen Freeways und scheinbar endlosen Boulevards durchzogene Metropole mit den Wolkenkratzern und dem Häusermeer und weiter im Norden die Ausläufer des Angeles National Forest, wo die flirrende Luft die Umgebung in eine gigantische Kesselatmosphäre tauchte und einen feinen Dunstschleier über die Gegend legte.

Sie steuerte den nächstgelegenen großen Park an, den ihr der Computer als den sechzehn Quadratkilometer großen Griffith Park bezeichnete. Sie brauchte einige Sekunden, um einen geeigneten Platz zu finden, denn in dem Park herrschte schon reges Leben. Etliche Menschen strömten in Richtung Zoo, darüber hinaus waren Spaziergänger und auch einige Autofahrer unterwegs. Schließlich landete sie in der Nähe von einigen Büschen und Bäumen auf dem Hügel des Parks. Unweit davon befand sich das Observatorium, wohin es auch einige Touristen gezogen hatte, die von dieser Stelle einen großartigen Ausblick auf die Stadt zu erhalten hofften. Sie vergewisserte sich, dass sie unbeobachtet und kein Mensch in der Nähe war, der sie beim Verlassen ihres Raumschiffs entdecken konnte. Als sie es verlassen hatte, drückte sie zwei Knöpfe auf dem Instrument an ihrem Handgelenk, das manch einer für eine Uhr gehalten hätte, und ging in Richtung Straße.

Sie konnte es zwar auch nicht sehen, aber sie wusste, dass das Raumschiff nun in etwa zehn Metern Höhe – unsichtbar und unerreichbar für jedermann - auf sie warten würde.

*

Engai und Oshoshi hatten in geringer Höhe über dem Erdboden Position bezogen. Die Verfolgung des Raumschiffs war bis dato problemlos verlaufen, und Oshoshi schaltete nun in die nächste Stufe des Überwachungs-Modus, um den Verfolgten nun noch besser beobachten zu können. Die Energie, die das Tarnsystem benötigte, wurde dadurch allerdings verringert, aber es reichte für einen sehr guten Audio-Empfang und immerhin ein Bild von A'ísha und ihrer nächsten Umgebung, wenn auch in nur mäßiger Qualität.

Sie hatte den Park auf der Colorado Street verlassen, den Los Angeles River und die Eisenbahnschienen überquert, und stand soeben im Begriff, in ein Taxi zu steigen, welches sie kurz zuvor am Rand der San Fernando Road angehalten hatte: »Bringen Sie mich dahin, wo was los ist!«, forderte sie den Fahrer auf und ging zur hinteren rechten Tür, um einzusteigen.

Als Engais Blick jedoch auf den Bildschirm fiel, veränderte sich sein bisher eher teilnahmsloser Gesichtsausdruck in eine gespannte Erwartungshaltung: »Das ist ja 'ne Frau!« Und er wandte sich schnell der Instrumententafel zu, wo er die Energie des Videoüberwachungssystems rapide erhöhte und das Bild gleichzeitig per Zoom um ein Mehrfaches vergrößerte.

Das Ergebnis war ein sehr scharfes Bild von dem Objekt seiner Begierde, was er auch entsprechend zu würdigen wusste: »Wow! Nettes Fahrgestell! Der würde ich überallhin folgen, wenn man es von mir erwartet, auch ins B...«

»Bist du wahnsinnig?«, unterbrach ihn Oshoshi jedoch heftig, alarmiert durch eine rote Leuchte, deren Farbton immer dunkler wurde, »der Tarnmodus versagt!«

Und mit einem schnellen Knopfdruck unterbrach er die Videoübertragung. Aber es war dennoch zu spät. Der Tarnmodus hatte zu wenig Energie erhalten, und das Raumschiff wurde sichtbar. Daraufhin ergriff er die Steuerung, und blitzschnell gewann das Schiff an Höhe, wobei es mehrere hundert Meter pro Sekunde zurücklegte. Schließlich ließ er das Schiff in einer Höhe von zwanzig Kilometern über der Stadt verharren, und schaltete den Automatik-Modus ein. In der Aufstiegsphase hatte sich der Tarnmodus wieder zurückgebildet, so dass wenigstens eine Entdeckung nicht zu befürchten war, aber die Laune von Oshoshi war trotzdem nichts weniger als gut: »Du ewig geiler Hurenbock! Was für einen Mist hast du denn diesmal wieder angestellt?! Um ein Haar wäre die ganze Mission gescheitert! Du kannst von Glück sagen, wenn uns niemand gesehen hat, als wir ungetarnt über einer Vier-Millionen-Einwohner-Stadt umherflogen! So einen Bullshit habe ich ja noch nie erlebt!«

»Reg dich doch nicht auf, ist nix passiert!«, entgegnete Engai und spielte die Szene, die der Computer natürlich gespeichert hatte, noch einmal ab. »Hast du gehört, wir wissen sogar, wo sie hin ist. Da lassen wir uns auch hinbringen und schon geht's weiter nach Dienstplan!«

Oshoshi beruhigte sich langsam wieder: »Dein Glück, und wehe, wir finden sie nicht! Das kannst du dann dem Rat berichten!«

»Okay, okay, bleib ganz cool, wir landen jetzt im Nachbarpark, tarnen unser Schiff ebenso, und lassen uns dann auch von so 'nem Wagen dahin bringen. Kein Grund gleich auszuflippen! - Ist doch überhaupt nix passiert!«

Damit hatte er allerdings nicht ganz Recht, denn sie waren doch beobachtet worden. In dem Moment, als der Tarnmodus versagte, fuhr zufällig der fünfundsechzigjährige James Cutter über die San Fernando Road in Richtung Süden an dem Park vorbei und blickte genau in dem Moment gen Himmel, als Engai die Energie des Videosystems erhöhte. Als Cutters Blick auf dieses unbekannte so tief fliegende Objekt fiel, bekam er es mit der Angst zu tun und gab seinem alten Chevy die Sporen. - Der Achtzylinder dröhnte auf und beschleunigte das Auto recht zügig über das erlaubte Tempolimit hinaus.

Nach einer eher kurzen Fluchtfahrt wurde er denn auch just von einem Police-Officer angehalten: »Good morning, Sir, wir haben festgestellt, dass Sie das Speed-Limit um über vierzig Meilen übertreten haben. Darf ich Sie bitten, auszusteigen und mir zu unserem Wagen zu folgen!«, forderte er den sehr verwirrt aussehenden Mister Cutter auf.

Dieser folgte dem Officer zunächst anstandslos, fragte dann aber: »Haben Sie es denn nicht auch gesehen?«

»Was gesehen?«, war die Gegenfrage.

»Na, das UFO..., das Raumschiff..., direkt über dem Park schwebte es..., von einer Sekunde auf die andere war es einfach da..., und dann verschwand es im Himmel..., mit einer geradezu wahnsinnigen Geschwindigkeit.«

Der Officer blickte den Erzähler scharf an: »Haben Sie getrunken, Mann?!«

»Nein, Officer!«, war die ehrliche Antwort.

Entgeistert blickte Cutter den Officer an: »Aber Sie müssen es gesehen haben, es war erst irgendwie metallisch-hell und dann dunkel, grün oder braun oder so. Direkt da drüben in der Luft war es!«, deutete er in die beschriebene Richtung.

Der Officer schaute zu seinen Kollegen hinüber, der eine tippte mit seinem Zeigefinger in bezeichnender Weise an die Stirn.

Er nickte und wandte sich wieder Mister Cutter zu: »Also, jetzt bleiben wir alle mal ganz ruhig, und Sie zeigen mir erstmal Ihre Papiere. Ist das Ihr Wagen?«, fragte er.

James Cutter händigte ihm die Fahrzeugpapiere mit der Bemerkung aus, dass die Herren Polizisten das UFO unbedingt auch gesehen haben mussten, aber diese reagierten gar nicht, sondern checkten über Computer erstmal seine Fahrzeug- und Personaldaten. Der Dritte machte indessen Anstalten, ihm eine Blutprobe zu entnehmen. Entnervt gab er es nun vorerst auf, den Officer von dem absolut ungewöhnlichen Ereignis zu berichten, aber er schwor sich, keinen Zentimeter von seiner Meinung abzuweichen, und wenn er bis zum Polizeichef gehen musste!

*

Eyo'kí-to hatte indessen wieder seinen Posten auf der Kommandobrücke eingenommen und befahl nun: »Kurs Richtung Atlantik!«

Sá'ali-íto befolgte die Anweisung, und Eyo'kí-to verließ die Zentrale wieder. Das Raumschiff steuerte nach Osten, und infolgedessen genau auf das Schiff der schwarzen Rasse zu. Der Kapitän des Raumschiffs, Shango, registrierte dieses Manöver jedoch und änderte blitzschnell die Position des Schiffes, indem er es weit in die Stratosphäre trieb und gleichzeitig einen großen Bogen nach Süden fliegen ließ, der das Schiff innerhalb von wenigen Sekunden bis über den Golf von Mexiko hinaus brachte. Dort ließ er stoppen und wollte sich eben bei Shango-Ko erkundigte, ob sie verfolgt worden seien, da wurde er unterbrochen: »Was ist los? Niemand hat befohlen, dass wir unseren Standort schon wieder verlassen sollen!« Ogun betrat die Kommandozentrale.

»Aber die sind geradewegs auf uns zu geflogen, ich dachte schon, sie hätten uns entdeckt!«, rechtfertigte Shango seine Maßnahme.

Ogun erschrak, fasste sich aber schnell. Nachdem er sich vergewissert hatte, dass das Raumschiff der Weißen Rasse sie nicht verfolgt und er Shango zum Halten der Position aufgefordert hatte, eilte er wieder zu Obatala und Erinle und besprach mit ihnen die weitere Vorgehensweise.

»Es könnte eine Falle sein. Vielleicht haben sie uns doch wahrgenommen und wollen, dass wir ihnen folgen«, legte Ogun seine Meinung dar.

»Das glaube ich nicht, dann hätten sie schon andere Maßnahmen ergriffen und wären nicht so einfach weitergeflogen!«, widersprach Erinle mit Bestimmtheit.

Obatala ergriff das Wort: »Ich stimme dem zu! Wir befanden uns mit Sicherheit nur in deren Flugbahn. Die fliegen jetzt bestimmt zu ihrer zweiten geplanten Aktion, und wir sind nun leider zu weit weg, um Details zu erfahren. Aber wenn wir uns wieder auf unsere alte Position begeben, werden wir zumindest das große Schiff wieder aufspüren können, sobald es zurückkehrt. Und zur Not müssen wir dann zu Plan B übergehen!«

Erinle und Ogun nickten zustimmend, und letzterer veranlasste die sofortige Rückkehr in die untere Atmosphäre und das Einnehmen der vorherigen Position über Amerika. Gleichzeitig sollte Shango jedoch verschärft den Bereich Richtung Atlantik überwachen lassen und das einstweilen aus dem Beobachtungsfeld entschwundene Raumschiff suchen.

*

Inzwischen waren Engai und Oshoshi wieder im Landeanflug, und diesmal klappte alles reibungslos. Nachdem sie ihr Raumschiff entsprechend getarnt und in eine Position gebracht hatten, in der es ebenfalls nicht entdeckt werden konnte, gingen sie zur Straße hinunter. Der Taxifahrer, der wenig später neben den beiden seinen Wagen zum Halten brachte, bekam zu hören: »Bringen Sie uns dahin, wo was los ist!«, und sah die beiden großen, sportlich, ja schon athletisch gebauten Männer an.

»Allright men, dann steigt mal ein!«, forderte er sie auf, und schlug direkt die neue Richtung ein. *»Es gibt nur einen Platz, wo die richtig aufgehoben sind!«*, dachte er bei sich.

*

Eyo'kí-to stand mit Tom'ás in dessen Quartier. Er gab seinem Sohn noch ein paar Tipps – von Mann zu Mann – und schloss mit den Worten: »Und denk immer daran, wir sind die mit den Muskeln – das starke Geschlecht. Es ist unsere Aufgabe, das Leben zu beschützen, das die Natur und die Frauen hervorbringen! Daher denke ich, dass du als Mann die etwas durchschlagendere Rolle bei dieser Mission spielen wirst. Sei stets wachsam, und wenn es trotzdem einmal

Probleme geben sollte, dann vertraue auf das, was du bei uns gelernt hast!«

Tom'ás nickte bedächtig. In diesem Moment erklang ein Summton. She'kí-ta betrat den Raum. Sie wollte ihren Sohn ebenfalls noch persönlich verabschieden – »*Wie Mütter so sind!*«, dachte Tom'ás.

*

A'ísha spazierte unterdessen über den Hollywood Boulevard in östlicher Richtung und schaute sich die Leute und Geschäfte an. Der Taxifahrer war hier zuvor in westlicher Richtung entlanggefahren und hatte sie auf der Höhe des Wattles Park rausgelassen. Während der Fahrt hatte sie schon so viele Dinge gesehen, und sich bereits dazu entschlossen, den Weg später zu Fuß zurückzugehen. Nach ungefähr einem Kilometer hatte sie sich bei Häagen Dazs Ice Cream ein Eis geholt und schlenderte jetzt das Eis genießend weiter. Dabei erblickte sie vieles, was sie in ihrem Leben noch nie gesehen hatte, und von dem sie noch nie gehört hatte - nicht einmal auf ihrem Heimatplaneten, im Informationsfach über das Leben der Menschen auf der Erde. Wenige Schritte später erreichte sie das Chinese Theatre und bestaunte zusammen mit einigen Touristen die Hand- und Fußabdrücke von Gary Cooper, Rita Hayworth, Charles Laughton und etlichen anderen. Sie hatte mittlerweile die Straßenseite gewechselt, und als sie das Eis aufgegessen hatte, erreichte sie gerade das Schuhgeschäft Hurricane. Sie blieb stehen.

»*Schuhe!*« Der Gedanke elektrisierte sie. Wohin sie auch blickte, sah sie Schuhe.

»*Vielleicht kann ich mir hier ja mal ein paar Original-Los-Angeles-Schuhe aussuchen. Dann fall' ich in dieser fremden Welt noch weniger auf!«*, legte sie sich einen Grund zurecht, um den Laden zu betreten.

Der Gedanke gefiel ihr, sie betrat das Geschäft, und eine unglaubliche Welt breitete sich vor ihr aus. Schuhe, wohin man blickte. Im Erdgeschoss war direkt die Damenabteilung, und sie marschierte forsch drauf los, suchte die für sie passende Größe.

Plötzlich blieb sie stehen. Eine junge Frau, ungefähr ihrem Erden-Alter entsprechend, saß unmittelbar vor ihr auf einem Sessel und probierte ein Paar Schuhe an. Sie war hübsch, mit langem dunkelbraunem Haar, mandelförmigen Augen und olivbrauner Haut. A'ísha starrte sie fasziniert an, wurde jedoch jäh aus ihren Träumen gerissen: »Hey! Ist was?«

»Oh, entschuldige..., nein..., ich dachte nur«, stotterte A'ísha verlegen, »ich habe so jemanden wie dich noch nie gesehen. Naja, nicht so richtig jedenfalls!«

»Och, das macht doch nichts«, zwitscherte diese fröhlich und blickte A'ísha mit ihren dunklen Augen an. »Ich bin Halb-Koreanerin, das heißt, meine Mutter kommt aus Korea und mein Vater aus Amerika«, fügte sie dann erklärend hinzu.

»Gleiche Wellenlänge!«, funkte es durch A'íshas Gehirn.

»Ich bin auch in Korea geboren, und wir haben dort lange Zeit gelebt. Aber vor einigen Jahren meinte mein Vater, dass es besser sei, wenn wir zurück nach Amerika gingen«, plauderte sie sofort munter weiter, »er hat hier nämlich einen viel besseren Job gekriegt! Und das war auch gut so, immerhin habe ich hier das Glück meines Lebens getroffen, aber«, und mit einem Mal verdüsterte sich ihre Miene zusehends, »auch viel Glück gehabt. Denn die letzten Jahre mit den Überschwemmungen und den Erdbeben..., einige von unseren alten Bekannten haben dabei ihr Leben verloren, und viele ihr ganzes Hab und Gut. Wir schicken jetzt immer Hilfspakete rüber, aber das allein kann sicherlich nicht viel helfen.«

A'ísha setzte sich auf den Sessel neben ihr: »Aber das ist ja furchtbar, waren denn viele Freunde von dir dabei?«

»Ja! In unserem alten Dorf hat es unsere Nachbarn sehr hart getroffen, das ganze Dorf eigentlich..., ja, und auch alte Freundinnen aus der Schule. – Vor zehn Jahren hatten wir die gerade beendet, und dann war damals im Sommer die Fußball-Weltmeisterschaft. Da sind wir bei jedem Spiel von unserer Mannschaft gewesen, die waren echt gut! Sind bis ins Halbfinale gekommen und nachher Vierter geworden.« Sie lachte hell auf. »Wir hatten uns tolle Klamotten angezogen und einige haben sich auch angemalt, das war echt lustig. Und ich glaube, wir waren aufgeregter als die Spieler auf dem Platz. Da war schon eine irre Euphorie!«, schwelgte sie in Erinnerungen, und A'ísha störte sie einstweilen nicht.

»Aber das ist jetzt schon lange her, und es bringt nichts, über Geschehenes viel nachzudenken, man kann es jetzt eh nicht mehr ändern, sondern muss das Beste draus machen«, nahm Melissa nach einer stillen Pause den Faden wieder auf und blickte A'ísha traurig in die Augen.

»Mein Gott, was sind wir bloß für Lebewesen, dass wir überlegen, den Menschen hier so etwas Ähnliches noch mal anzutun!«, dachte A'ísha und schüttelte sich innerlich. Ihre Gedanken blieben aber unbemerkt, Melissa war mit ihren eigenen Überlegungen beschäftigt.

»Eine Weisheit von meinem Mann, ich habe nämlich vor zwei Jahren geheiratet. Er heißt Jeff, ist gerade neununddreißig geworden und eigentlich supersüß, aber ab und zu kann er auch anders, dann ist er ein richtiger Macho«, wurde A'ísha in ihren Überlegungen jetzt unterbrochen.

»Ich heiße übrigens Melissa«, stellte sich ihre Gesprächspartnerin vor, »und du?«

»Ich heiße A'ísha«, erwiderte sie.

»Und wo kommst du her?«

»Von sehr weit weg, ich bin neu in der Stadt.«

»Ach, vielleicht von der Ostküste? Ich war noch nie an der Ostküste, und ich möchte doch so gern da einmal hin, nach New York und nach Washington vielleicht. Aber Jeff meint, nächstes Jahr verbringen wir unseren Urlaub dort. Es ist sehr schade, ich wäre gern noch mal nach Florida gefahren, aber das ist jetzt ja auch nicht mehr so wie früher!«, verdüsterte sich ihre heitere Miene wieder.

»Nein..., ich komme nicht von der Ostküste«, erwiderte A'ísha lächelnd.

»Woher dann? Vom Land? Oder aus 'm Norden?«, hakte Melissa sofort nach.

»Nein, ich komme aus Übersee..., aus Europa!«

»Europa! Oh, da wollte ich auch schon immer mal hin! Rom, Paris, London, Barcelona, Athen!«, geriet Melissa ins Schwärmen. »Da muss es sehr schön sein! Aus welchem Land denn?«

»Aus Schweden.«

»Schweden? Wo ist das denn?«, erkundigte sich Melissa und blickte sie fragend an.

»Du kennst Schweden nicht?«, freute sich A'ísha im Stillen. »Da kommt doch ABBA her, die Popgruppe! Die waren mal weltberühmt! Aber das ist schon ein paar Jahrzehnte her, die Zeit vergeht nun mal recht schnell! Aber ihre Lieder werden jetzt immer öfter von jüngeren Künstlern neu interpretiert, und sie sind wunderbar! - Schweden liegt in Skandinavien, zwischen Norwegen und Finnland, im Norden von Europa.«

»Ach so, ja..., jetzt weiß ich! Da gibt's so einige Länder,

die man nicht sofort kennt, sondern einem erst beim Nachdenken oder so einfallen«, meinte Melissa, »und woher kannst du dann so gut Englisch?«

»Das wird bei uns in der Schule gelehrt, das muss jeder lernen«, gab A'ísha ihr bereitwillig Auskunft. Schweden als Heimatland anzugeben, schien eine gute Wahl gewesen zu sein! Zumindest ihr erster Gesprächspartner vermochte das schon kaum einzuordnen, und so durfte sie hoffen, ihre angenommene Identität behaupten zu können.

»Na, das ist ja wohl praktisch. Bei uns konnte man das wahlweise belegen, und viele haben es nicht genommen. Die können jetzt nur ihre Landessprache. Ich hatte damit kaum Probleme, meine Eltern haben uns zweisprachig erzogen«, ergriff Melissa wieder das Wort, »meinen kleinen Bruder und mich.«

»Ach, einen Bruder hast du auch noch?«, fragte A'ísha.

»Ja, er ist sechsundzwanzig, also fünf Jahre jünger als ich und somit mein kleiner Bruder, obwohl er sehr viel größer ist als ich. Aber du bist auch ganz schön groß«, stellte Melissa mit einem Blick auf A'ísha fest. »Und so tolle lange Beine hast du! Du kannst dich doch vor Verehrern bestimmt kaum retten, oder?«

»Halb so wild«, meinte A'ísha, »ich habe im Moment andere Sorgen.«

»Ja, nun komm, nicht ablenken! Aber so wie du angezogen bist, kann das ja auch nichts geben! Du bist ja zugeknöpft bis obenhin, als wärst du schon seit Jahren verheiratet!«

Sie warf A'ísha einen schnellen Blick zu: »Du bist doch solo, oder?«

»Solo?«

»Ja..., unverheiratet..., ohne Typen..., du weißt schon, solo halt!«

»Ja, ich bin solo«, erwiderte A'ísha etwas verwirrt.

»Na siehste!«, kam die zufriedene Antwort, »aber wie ich schon sagte, in den Klamotten tut sich selbst dann eine Frau schwer, einen Mann auf sich aufmerksam zu machen, wenn sie so aussieht wie du!«

»Ja, aber..., ich bin doch gar nicht zugeknöpft!«

»Wie bitte?«

»Ja, ich habe nicht einen Knopf an meinem...«

Schallendes Gelächter unterbrach A'ísha. Melissas Augen funkelten, sie hatte sichtlich ihren Spaß: »Na, du bist mir eine, wunderbarer Humor, so trocken und doch gut - nicht so lahm wie die anderen!« Sie sprühte regelrecht vor Eifer: »Aber lass mich nur machen, das werden wir gleich haben!«

Sie zog die Schuhe, die sie anprobiert hatte, aus und stellte sie mit entschlossener Miene zurück in das Regal: »Die waren eh hässlich!« Dann ergriff sie A'íshas Hand, und zusammen verließen sie das Geschäft.

»Wohin gehen wir denn?«, erkundigte sich A'ísha, die ihrer neuen Freundin bereitwillig folgte, aber von deren Spontaneität noch nicht völlig angesteckt war.

»Wir organisieren dir jetzt erstmal etwas Ordentliches zum Anziehen, und danach werde ich dir mal ein paar Herren der Schöpfung zeigen«, erläuterte sie und zog A'ísha weiter den Boulevard hinunter.

»Wo wohnst du denn hier eigentlich?«, wollte sie während des Ganges wissen.

»Och, ein Arbeitskollege von meinem Vater hat mir seine Wohnung zur Verfügung gestellt«, erwiderte A'ísha und stellte im Stillen fest: *»Toll! Das ist nicht mal gelogen! – Sie muss ja nicht wissen, dass die Wohnung sehr mobil ist, und was sich genau dahinter verbirgt!«*

»Oh, das ist ja toll! – Sonst hättest du erst lange eine

Wohnung suchen und die ganze Zeit im Hotel bleiben müssen. Das wäre bestimmt nicht ganz billig geworden, und der Wohnungsmarkt hier ist im Moment etwas sehr angespannt«, fügte sie hinzu, doch A'ísha blieb nicht lange Zeit über das Gehörte nachzudenken, denn Melissa blieb plötzlich unvermittelt stehen und sagte: »Siehst du, hier sind wir auch schon, das ist das Frederick's, hier bekommst du was ganz Feines, damit kriegst du jeden Mann rum!«

A'ísha stand vor einem Dessous-Geschäft, und bevor sie noch irgendetwas sagen oder gar protestieren konnte, hatte Melissa sie auch schon mit hineingezogen.

*

Das Raumschiff der Weißen Rasse näherte sich der Iberischen Halbinsel - seinem nächsten Ziel, und der Kapitän, Sá'ali-íto, begab sich persönlich zum Kommandierenden, um ihn darüber zu informieren. Dieser befand sich zusammen mit seiner Frau noch immer im Quartier seines Sohnes. Beide hatten ihn nun eingehend instruiert, und Eyo'kí-to wollte soeben zurück auf die Kommandobrücke, als ein erneuter Summton erklang.

»Herein!«, rief Eyo'kí-to. Sá'ali-íto trat ein und berichtete, dass sie ihre angestrebte Position erreicht hätten.

»Ist in Ordnung, danke«, beschied Eyo'kí-to dem Kapitän. »Wir werden diese Position gleich wieder verlassen und uns über den offenen Atlantik begeben. Dort werden wir die Rückkehr der beiden erwarten.«

Sá'ali-íto nickte stumm, aber seine Augen blitzten, als er Tom'ás ansah. Dann drehte er sich jedoch wortlos um, verließ den Raum und begab sich zurück auf die Kommandoebene.

»Ich mag ihn nicht«, sagte She'kí-ta.

»Wen? Den Kapitän?«, fragte Tom'ás verwundert.

»Ja.«

»Ach, lass doch«, beschwichtigte ihr Mann, »du immer mit deinen intuitiven Gefühlen! Was sollte er denn schon machen?«

»Ich weiß nicht, aber er gefällt mir nun mal nicht«, wiederholte sie.

Eyo'kí-to und Tom'ás sahen sie für eine Weile schweigend an, doch schließlich drehte sich Tom'ás um und meinte: »So, ich fliege jetzt. Bis in drei Tagen!«

»Bis in drei Tagen«, gaben seine Eltern zurück.

Sie folgten ihm zum Startdeck und beobachteten seinen Abflug in Richtung Iberischer Halbinsel. *»Möge sein Vorhaben gelingen!«*, durchzuckte es She'kí-tas Gehirn.

*

Tom'ás wählte einen Kurs, der ihn zunächst nach Portugal brachte. Er flog auf Lissabon zu, das er schnell erreichte, und setzte, als er dem Treiben über der großen Stadt einige Zeit zugesehen hatte, seinen Flug weiter fort in Richtung Osten, überflog die Hauptstadt von Spanien und setzte seinen Weg in Richtung Pyrenäen fort. Von dort aus hielt er sich immer Richtung Norden und erreichte bald Paris.

»Das ist also der Eiffelturm! Beeindruckend! Aber ist doch seltsam, dass manches, wenn man es direkt sieht, anders aussieht als auf Bildern!«, dachte er bei sich und flog anschließend weiter in Richtung Nordosten, um sein Ziel schließlich von Süden her anzufliegen. Er folgte dem Rhein von Bonn aus und hielt, sobald er über Köln angekommen war, per Computer sofort Ausschau nach einem geeigneten Landeplatz.

»Ja Wahnsinn!«, entfuhr es ihm, als er den Dom sah, und er verließ seine bisherige Flugroute, um sich das gewaltige

Bauwerk einmal aus der Nähe anzuschauen. Nachdem er den Dom viermal langsam umflogen hatte, hielt er sein Raumschiff über dem Hauptbahnhof in einer festen Position und betrachtete ihn ausgiebig von dieser Seite. Er beobachtete die Menschen, die über den Bahnhofsvorplatz hasteten, die Züge, die ankamen und abfuhren und wandte seinen Blick immer wieder den beiden über hundertfünfzig Meter hohen und majestätisch in den Himmel ragenden Türmen des Domes zu.

Endlich riss er sich von dem unbeschreiblichen Anblick los und suchte wiederum nach einem geeigneten Landeplatz, fand jedoch keinen. Daraufhin flog er ein Stück weiter nach Westen, denn in dieser Gegend hatte der Computer größere Grünflächen angezeigt. Schnell erreichte er den Stadtgarten und beschloss, sein Gefährt hier zu lassen. Nachdem er sich vergewissert hatte, dass er nicht beobachtet wurde, landete er neben einigen Bäumen. Er erweiterte das elektromagnetische Feld um einige Meter bis zu den Bäumen hin, so dass er aussteigen und unter ihnen Schutz suchen konnte, ohne gesehen zu werden. Schließlich gab auch er – ebenso wie seine Schwester einige Stunden zuvor in Amerika – dem Schiff per Handsteuerung den Befehl, in zehn Meter Höhe zu parken.

Dann schritt er rasch unter den Bäumen dahin und erreichte nach kurzer Zeit eine große Wiese. Abermals änderte er die Richtung, aber seine Vorsicht war unbegründet, denn er wurde weder beobachtet noch verfolgt. Nach einiger Zeit blieb er nochmals stehen und sah sich um. Aber niemand nahm Notiz von ihm. Nun fühlte er sich sicher und ging die Christophstraße entlang, überquerte die so genannten Ringe und schritt weiter in Richtung Hauptbahnhof. Kurz bevor er diesen jedoch erreichte, sah er zu seiner Rechten den Dom. Aus dieser Perspektive hatte er ihn vorhin nicht gesehen. »*Was für ein Anblick!*«, dachte er und konnte sich jetzt auch leicht erklären, warum Scharen von Touristen aus aller Welt hierher kamen.

»Hallo, passen Sie doch auf!«, ertönte es auf einmal neben ihm und weckte ihn aus seinen Träumen. Er stand vor einem Hotel und hatte, während er den Dom bestaunte, den Eingang versperrt. Ein älteres Ehepaar wollte an ihm vorbei und er ließ den beiden Herrschaften sofort ausreichend Raum, indem er weiter in Richtung Hauptbahnhof marschierte. Als er den Taxistand erblickte, staunte er: »*Wow, das ist ja tatsächlich so wie uns beschrieben und gezeigt wurde. Die armen Menschen! Das sind doch viel zu viele auf so engem Raum! Wie können die nur so leben!*«

Auf dem Bahnhofsvorplatz angekommen, besah er sich den Dom auch von dieser Seite und geriet wiederholt in ehrfürchtiges Staunen. Der gewaltige, nahezu majestätische Anblick nahm ihn sichtbar gefangen und ließ ihn ganz still stehen.

»Hast du mal 'ne Kippe?«, holte ihn ein Typ plötzlich wieder in irdische Gefilde zurück.

»Eine Kippe?«, gab er verwirrt zurück.

»Ja Mann, 'ne Kippe, 'ne Zigarette«, schaute ihn der Typ aufdringlich an.

»Nein. Ich rauche nicht!«, antwortete Tom'ás verwundert den Kopf schüttelnd und fügte nachdrücklich hinzu: »Und du solltest es auch nicht tun, denn...»

Der Blick des Typen drückte nur noch Verwirrung aus, und er machte sich jetzt schnell von dannen, als er bemerkte, dass er hier nur kluge Worte aber keine Zigarette abstauben konnte.

Wieder allein erklomm Tom'ás die Stufen zum Domvorplatz und schritt langsamen und bedächtigen Schrittes zweimal um den Komplex herum. Schließlich erinnerte er sich jedoch wieder seines Auftrags, überquerte den Roncalli-Platz und ging weiter in Richtung Alter Markt. An diesem angekommen, blieb er stehen. Der Platz wimmelte von Menschen, vor allen Lokalen standen Tische und Stühle, und es schien fast unmöglich einen der offenbar sehr begehrten Plätze zu ergattern. Auf einmal drang melancholische irische Musik an sein Ohr, und er beschloss, den Weg zum Rhein hinunter später fortzusetzen und zunächst einmal den Irish Pub aufzusuchen, den er schnell als Urheber der Musik ausgemacht hatte. Draussen waren alle Plätze besetzt, und so steuerte er auf den Eingang zu.

Tom'ás betrat den gut besuchten Pub und kämpfte sich zunächst einmal bis zur Theke durch. Hier bestellte er ein Wasser, musste allerdings einige Zeit darauf warten, denn es herrschte großer Andrang.

Als er sein Getränk bekommen und bezahlt hatte, trat er ein paar Schritte zurück, um anderen die Gelegenheit zu geben, ebenfalls Bestellungen aufzugeben. Er blickte sich nun weiter um und sah, dass sich der Pub schlauchartig nach hinten erweiterte. Aber der Gang war immerhin so breit, dass zwei Personen nebeneinander gehen konnten, auch wenn die Barhocker an der Theke ein wenig in den Gang hineinreichten. Mit dem Glas in der Hand ging er weiter nach hinten und erblickte nun auch diesen Teil des Pubs.

Auf einer fast quadratischen Fläche fanden neun kleinere Tische Platz, an denen vier Personen auf kleinen Hockern sitzen konnten. *»Auch alle belegt!«*, registrierte er schnell, dann ließ er seinen Blick weiter über die sehr gemischte Gesellschaft schweifen. An den drei geschlossenen Seiten des Raumes waren jeweils lange Bänke angebracht, und vor diesen standen größere Tische, an denen durchaus bequem sechs Personen Platz finden konnten.

Auch hier waren es neun Tische, allerdings waren nicht alle Plätze belegt, und Tom'ás überlegte gerade, wohin er sich am besten setzen sollte, als eine Stimme ertönte: »Sehr geehrte Damen und Herren! Wie Sie sicherlich schon mitbekommen haben, ist die geplante Fußball-Europameisterschaft von der FIFA abgesagt worden. Angesichts der katastrophalen Zustände in vielen Ländern der Erde ist das eigentlich auch keine Überraschung. Wir möchten jedoch ausdrücklich betonen, dass sich die FIFA nicht von den Ansichten und Meinungen einiger Politiker abhängig macht, sondern nach eigener Entscheidung und Vernunftbewusstsein diese EM-Endrunde von dem Terminplan gestrichen hat. Die nächste Europameisterschaft soll jedoch wie geplant in vier Jahren stattfinden. Auf unserem Sportkanal sehen Sie daher in den kommenden Wochen noch einmal einen Rückblick - das Beste aus den europäischen Ligen der vergangenen Saison. Wir beginnen heute mit der englischen Premier League, nächsten Samstag sehen Sie dann das Topspiel der Primera Division und in vierzehn Tagen das der Serie A . Weitere Änderungen erfahren Sie wie immer über Teletext Seite zweihundert oder im Internet auf unserer Homepage unter dem Stichwort Fußball. Und nun wünsche ich Ihnen viel Vergnügen mit dem ersten Spiel.«

Gleichzeitig mit dem Auftreten des Sprechers waren Bilder auf einer Leinwand erschienen, die über einer der Bänke angebracht war. Auf dieser war als nächstes ein sehr gut besuchtes Fußballstadion zu sehen, und die Stimmung wurde über die Außenmikrofone direkt übertragen.

»Ein herzliches Willkommen zum Top-Spiel der Premier League an diesem Wochenende«, begrüßte der Reporter die Zuschauer. »Ausverkauftes Haus, das Stadion ist bis auf den letzten Platz belegt, achtundvierzigtausendachthundertvierzig Zuschauer stehen wie ein Mann hinter ihrer Mannschaft und wollen den Tabellenführer heute straucheln sehen!«

Tom'ás ließ seinen Blick noch einmal prüfend durch den Pub schweifen. Der Reporter stellte gerade die Spieler, die Trainer und die Taktik der Teams vor, da erspähte er einen freien Platz an einem großen Tisch, von dem aus er einen ganz passablen Überblick hatte und zudem noch das Fußballspiel verfolgen konnte. Er schritt hinüber und fragte die drei dort sitzenden jungen Männer, die alle ein Bierglas mit rotgoldenem Inhalt vor sich stehen hatten, ob er sich dazu setzen könne, was ihm auch sofort gewährt wurde. Offensichtlich handelte es sich um echte Fußball-Fans, denn ihre Aufmerksamkeit richtete sich augenblicklich wieder auf das Spiel, welches mit einem Pfiff des Schiedsrichters begann. Die Spieler beider Teams, die sich um den Mittelkreis versammelt hatten, standen jedoch mit gesenkten Köpfen ganz ruhig da. *»Komisch, was ist denn jetzt los? Auf was warten die denn?«*, dachte Tom'ás und blickte sich um. Auch hier drin war es still geworden, niemand sprach oder trank, alle saßen ganz still und sahen nur auf das Fernsehbild. Als der Schiedsrichter wenig später abermals pfiff, stellte sich nach und nach wieder der vorherige Lärmpegel im Pub ein, und auch die Zuschauer im Stadion machten sich wieder lautstark bemerkbar, indem sie ihre Teams anfeuerten.

»Totenstill war es da gewesen, selbst die Zuschauer waren ganz still. Wie kriegt man fast fünfzigtausend Menschen dazu, so ruhig zu sein?«, fragte sich Tom'ás.

»So, das war die schon eben im Vorbericht angesprochene Schweigeminute, die den Opfern des Flugzeugabsturzes in der letzten Nacht in London galt, jetzt kann es losgehen«, fiel der Reporter wieder ein und prompt erfolgte auch der Anstoß und das Spiel begann. Und schon bald sahen Tom'ás und die anderen Zuschauer ein schnelles, kampfbetontes Fußballspiel.

*

Oshoshi und Engai standen am Strand von Venice. Der Taxifahrer war mit ihnen über die Western Avenue und den Venice Boulevard gefahren, hatte sie am Ocean Front Walk rausgelassen und ihnen viel Spaß gewünscht. Nun standen die beiden inmitten von Rollerbladern, Skateboardern, Radfahrern und Joggern, Rappern und sonstigen Künstlern und schauten dem bunten Treiben aufmerksam, aber zunächst noch recht gelassen, zu. Vor allem Engai schien sich hier in seinem Element zu finden.

Oshoshi verlor jedoch schon bald die Geduld: »Und? Was ist jetzt mit deinem tollen Plan? Wie wollen wir die denn hier finden?«

Engai hingegen hatte seine gute Laune noch nicht verloren. Er genoss die sportlichen Aktivitäten sichtlich: »Ach, das wird schon, es kann ja wohl keiner erwarten, dass wir hier sofort auf sie stoßen. Wir müssen schon ein bisschen gehen und suchen!«

Und so schlenderten sie die gut besuchte Promenade entlang, was Engai außerordentlich schwer fiel, denn es gab eine Menge zu bestaunen, hauptsächlich die Wesen vom anderen Geschlecht. Als ihnen zwei Mädchen auf Rollerblades entgegenkamen, warf er ihnen einen so aufdringlichen Blick zu, dass diese sich umdrehten und kicherten.

»Guck doch nicht jedem Rock hinterher, das ist ja furchtbar mit dir!«, stöhnte Oshoshi deshalb schon nach fünf Minuten und schüttelte verzweifelt den Kopf.

»Lass mich doch«, wehrte Engai ab, »vielleicht hat sie

sich verkleidet! – Und eines kannst du mir auf jeden Fall glauben..., die finde ich immer wieder, wenn sie hier irgendwo rumtobt!«

Sie wanderten am Muscle Beach vorbei, wo sie diverse Typen beobachteten, die vor staunendem Publikum viel Haut und Muskeln zeigten, und die jederzeit bei einem Mister-Universum-Wettbewerb mitmachen konnten, ohne störend aufzufallen.

Engai blieb vor einem Plakat stehen, auf dem eine Frau mit einer beachtlichen Oberweite abgebildet war, die zu ihrer eher zierlichen Figur nicht so recht passen wollte, und las: »Wenn auch Sie unzufrieden mit Ihren Brüsten sind, dann kommen Sie zu uns. Wir sind...«

»Lass doch den Quatsch! So einen Driß brauchen wir nun wirklich nicht!«, zog ihn Oshoshi jedoch schnell weiter und deutete unauffällig auf zwei berittene Polizisten, die sich ihnen näherten.

Doch in dieser Welt fielen die beiden überhaupt nicht auf, und so kamen sie wenig später zu einem Volleyballplatz, wo zwei Männer mit jeweils einer Blondine 'in freier Wildbahn' – wie Engai sich ausdrückte - an seiner Seite in gemischten Teams ihren Spaß hatten.

»Denen kommt's wohl auch eher auf's Spielen an als auf's Gewinnen«, stellte Oshoshi fest, denn die Aktionen der Spieler waren nicht sehr effizient. Die weiblichen Akteure jedenfalls kicherten in einer Tour und kokettierten recht lebhaft mit ihren Partnern.

Engai musterte die Spielerinnen eingehend: »Tja, vielleicht ist hier ja der Weg das Ziel!«

Als er jedoch Anstalten machte, länger zu verweilen und dem Spiel zuzuschauen, hielt Oshoshi es nicht länger aus: »Komm weiter, bevor wir sie nicht gefunden haben, ist mit Anbändeln nichts drin! Erst die Arbeit dann das Vergnügen!«

Engai murrte, doch dann folgte er Oshoshi weiter den Boulevard entlang.

*

Nach einer knappen Stunde verließen A'ísha und Melissa das Dessous-Geschäft. Prustend und lachend kamen sie heraus, sie schienen viel Spaß gehabt zu haben, und taten vertraut wie zwei alte Freundinnen. A'ísha hatte sich von der überaus guten Laune ihrer neuen Freundin anstecken lassen. Ihre geröteten Wangen zeugten von einer starken emotionalen Regung, und ein Blick in ihre strahlenden Augen zeigte, dass das Lebensfreude war.

»Die hat dich glatt mit 'nem Hollywood-Star verwechselt! Ist ja fantastisch!«, prustete Melissa.

»Ja, vielleicht hätte ich sagen sollen, ich bin's, dann wär's billiger geworden«, lachte A'ísha.

»Ja, bestimmt«, kicherte Melissa, »aber deine Maße hat sie gut erkannt, ich hätte es nicht besser schätzen können!«

»Deine aber auch, und sie hatte schon Recht, du könntest echt als Model arbeiten«, bemerkte A'ísha ernsthaft.

»Würde ich sofort machen, aber nur wenn du mir ein paar Zentimeter von deinen Beinen abgibst!«, alberte Melissa weiter herum.

Die beiden sahen sich kurz an, und verfielen dann wieder in schallendes Gelächter. Als sie sich einigermaßen beruhigt hatten, hielt sich A'ísha den Bauch, so sehr hatte sie schon lange nicht mehr gelacht. Und die Einkaufstour war noch nicht zu Ende, Melissa zog sie über die Straßenseite und marschierte schnurstracks in den nächsten Laden.

»Das ist das Antenna«, sagte sie, »ein bisschen schrill, aber hier finden wir mit Sicherheit was Passendes für dich, um den Männern zu signalisieren, dass du einem Flirt nicht abgeneigt bist!«

A'ísha hatte längst alle Bedenken über Bord geworfen: »Na, dann wollen wir mal schauen!«

Die beiden amüsierten sich weiterhin köstlich, und verbrachten eine geraume Zeit in dem Geschäft. Und A'ísha betätigte sich intensiv als Model. Sie probierte alles an, was Melissa herbeischaffte, egal, was und wie ausgefallen es war. Da gab es verschiedenartigste Röcke, kurze und lange, aus Leder und aus Stoff, und in gelb, in pink, in schwarz und in diversen anderen Farben, bei denen wahrscheinlich auch Melissa die Farbe nicht mit Sicherheit bestimmen konnte. Schließlich entschied sie sich für einen beigen Mini-Jeans-Rock, dessen Säume ausgefranst waren. »Das trägt man so«, sagte Melissa nur und schleppte sie postwendend in die nächste Abteilung.

»Jetzt brauchst du noch ein dazu passendes Oberteil«, bekam A'ísha zu hören, und wenig später kämpfte sie mit Blusen unterschiedlichster Couleur. Es wollte ihr jedoch so richtig keine gefallen, einige erschienen ihr auch zu gewagt, doch dann platzte Melissa heraus: »Die ist es!«

Sie hatte gerade eine transparente Bluse mit feinem Blumenmuster in rosé angezogen, die ihr eigentlich auch ganz gut gefiel. Als sie sich aber im Spiegel betrachtete, kamen ihr Zweifel und sie fragte: »Findest du? Meinst du nicht, dass die etwas zu gewagt ist, die zeigt ja so viel, da kann ich ja gleich nackt gehen!«

»Ach was, da ziehst du ein Top drunter, dann passt das schon. Die nimmst du, die steht dir, und außerdem passt die prima zum Rock! Die Ärmel mit den vier Zipfeln, die hängen da locker nach unten, das Muster ist schön dezent, und der V-Ausschnitt nicht zu aufdringlich. Und zur Not kannst du mit den Kordeln am Kragen den Einblick begrenzen, den du gewähren willst!«

»Aber die Ärmel sehen ja aus, als ob mich ein Hund angeknabbert hätte!«, erwiderte A'ísha.

Melissa lachte. »Oh je, wie lauft ihr in Schweden eigentlich rum? In Gummistiefeln und Regenmantel?«

Aber sie erwartete wohl keine Antwort, wie A'ísha erleichtert feststellte, denn sie begann bereits damit, die anderen Blusen wieder wegzulegen: »Außerdem ist das gar nicht so schlecht, denn dann ist es nur noch ein kleiner Schritt, bis dich die ersten Typen anknabbern«, grinste sie. »So, und nun noch ein Top, und dann haben wir die halbe Miete! Komm!«, forderte sie sie anschließend auf, und A'ísha folgte ihrer neuen Bekanntschaft in die nächste Abteilung.

»Das ist eigentlich keine Frage...«, sinnierte Melissa und steuerte auf ein entsprechendes Regal zu. »Ein Top..., eng anliegend, denn die Männer sollen deine tolle Figur ja auch sehen..., Spaghettiträger..., und in weiß..., oder in rosé!«

»In weiß!«, rief A'ísha. Sie hatte sich längst an die Marotten ihrer Zufallsbekanntschaft gewöhnt und sich angepasst. »Das ist meine Lieblingsfarbe!«

»Gut, dann probier das hier, das müsste passen«, hielt Melissa ihr direkt eines unter die Nase.

»Ob die noch andere Hobbys hat?«, wunderte sich A'ísha nun doch und probierte es an.

Es passte wie angegossen, was Melissa sichtlich freute: »Super! Jetzt gehen wir noch mal in unseren Schuhladen, da kommt noch das passende Paar Sandalen dazu, am Abend ziehst du dann den weißen Spitzen-Slip noch an, den wir vorhin schon gekauft haben, und dann kann eigentlich nichts mehr schiefgehen!«

Sie zahlten, denn Melissa hatte zwischendurch ebenfalls etwas gekauft, und machten sich noch mal auf den Weg zu dem Schuhladen, wo sie sich kennen gelernt hatten. Dort erstand A'ísha noch ein Paar dunkelblaue Sandalen von Esprit, und Melissa sprach davon, dass nun in der Stadt und im ganzen Land kein Typ zwischen sechzehn und sechzig mehr vor ihr sicher sei. Als sie schließlich wieder herauskamen, guckte sich A'ísha aufmerksam um: »Oje, die Leute müssen ja denken, wir haben den Laden hier leergekauft!«

»Wieso, wir haben doch nur sechs volle Tüten!«, erwiderte Melissa lachend.

»Stimmt«, gab A'ísha zurück und fiel in das Lachen ein. Ihre neue Freundin war schon eine witzige Person, ihr Humor glich fast dem von ihren Freundinnen auf ihrer Heimatwelt.

»So, nun muss ich aber zum Tennis-Center, Jeff abholen«, unterbrach Melissa weitere Heiterkeitsausbrüche.

»Oh schade, es war echt lustig mit dir!«, bedauerte A'ísha und überlegte schon, was sie jetzt tun solle.

»Was heißt denn hier war?«, fragte Melissa jedoch. »Du kommst natürlich mit, ich werde dir dort ein paar Männer zeigen, da wirst du es kaum abwarten können, in die neuen Klamotten zu schlüpfen! Und meinen Jeff zeige ich dir auch. Er ist ein toller Mann. Immer offen und ehrlich, nimmt kein Blatt vor den Mund. Einige mögen das zwar nicht so, aber ich liebe seine direkte Art!«

»Ja, aber...», wollte A'ísha einwenden.

»Kein aber, wir gehen jetzt zu meinem Auto, und dann fahren wir zum Tennisplatz. Vielleicht ist John auch noch da, Jeffs Trainingspartner, sie kennen sich seitdem sie Kinder waren. Der wäre was für dich, glaube ich!«

»Na gut, wenn du meinst«, ging A'ísha auf das Angebot ein. *»Immerhin ergibt sich dort vielleicht eine einfache Möglichkeit, neue Leute kennen zu lernen«*, dachte sie.

»Na also, warum nicht gleich so! Du wirst sehen, es wird dir gefallen, da sind schon ein paar süße Typen. Also, wenn ich meinen Jeff nicht hätte...«

»Dann würdest du dort einkaufen gehen, was?«, unterbrach A'ísha sie lachend.

»Vielleicht«, antwortete Melissa mit einem Augenzwinkern, »komm, zum Auto geht's hier lang!«

Nach einem kurzen Fußmarsch erreichten sie das Auto, einen Jeep Grand Cherokee. Melissa öffnete den Wagen per Funkfernbedienung. Die Kofferraumklappe öffnete sich automatisch, und sie stellte die Tüten in den Kofferraum. A'ísha stellte ihre ebenfalls hinein und trat ein paar Schritte zurück. Melissa schloss den Kofferraum mit leichter Mühe: »Okay, er ist für mich vielleicht ein bisschen groß. Aber das ist der American Way of Life, die brauchen's hier immer etwas größer oder schneller oder auch nur ganz einfach besser. Ich hätte ja lieber einen kleineren Wagen, aber letztendlich ist es ja Jeffs Auto, der ist noch größer als du, und der meint, wir bräuchten so was, auch für später, wenn wir mal Kinder haben. Tja, und dann sage ich natürlich nichts dagegen, denn immerhin will ich ja auch mal welche haben!«

A'ísha sagte nichts dazu, soviel wusste sie nun auch wieder nicht über Autos, als das sie jetzt ein Fachgespräch beginnen wollte. Nur dass der Wagen in der Tat sehr groß war, hatte sie schnell registriert, denn selbst auf Zehenspitzen stehend konnte sie nicht auf das Dach gucken. Die beiden stiegen ein und Melissa half A'ísha beim Anschnallen. Dann startete sie den Wagen und schon bald fuhren sie auf der Fairfax Avenue nach Süden. »Das hier rechts ist West Hollywood«, erklärte Melissa, »und da hinten links sind die Warner Hollywood Studios. Jetzt überqueren wir noch die Melrose Avenue, da kann man auch sehr gut einkaufen, und auch essen, na..., das machen wir dann das nächste Mal!«

A'ísha blickte aufmerksam umher und versuchte, sich das Gesehene einzuprägen, aber es war einfach nicht möglich, zu viel Neues stürzte zu schnell auf sie ein.

»So, da sind wir schon am Beverly Boulevard, jetzt sind wir gleich da«, setzte Melissa ihre neue Freundin in Kenntnis, und nach weiteren fünf Minuten hielt sie auf dem Parkplatz des Tenniscenters.

Sie parkte neben Johns Auto, ohne A'ísha jedoch darauf hinzuweisen, sondern erklärte ihr vielmehr gestenreich die Gegebenheiten: »Das ist das Hauptgebäude, mit Bar, Restaurant, Sauna, Sitzecken und so weiter. Unten sind die Umkleideräume und die Duschen. Hier links kommt man direkt zu den Plätzen, und da gehen wir jetzt auch hin!«

Sie umgingen das Hauptgebäude, und schon bald sah A'ísha mehrere Tenniscourts vor sich, die alle besetzt waren, und wo sich hauptsächlich Männer durchaus spannende Matches lieferten.

»Komm, wir setzen uns da oben in die Bar, da hat man einen tollen Überblick über die Anlage!«, forderte Melissa sie auf, und A'ísha folgte ihr.

Oben angekommen besetzte Melissa sogleich eine Sitzecke und erklärte: »So, mein Stammplatz ist schon belegt, aber der hier ist auch okay, hier hat man es nicht weit bis zur Toilette, und..., was das Wichtigste ist, die Tennisplätze liegen genau im Blickfeld«, erklärte sie gestenreich weiter.

»Und da geht's zum Restaurant?«, fragte A'ísha und deutete in die entsprechende Richtung, wo eine große Doppeltür soeben den Blick auf einen großen Saal freigab, der zu dieser Zeit allerdings menschenleer war.

»Ja, genau...«, nickte Melissa, »ist allerdings nicht viel los um diese Zeit Aber abends musst du schon fast reservieren, oder sehr früh hier sein.«

In diesem Moment kam ein Kellner und Melissa bestellte für sie beide zwei Fruchtsäfte. Dann drehte sie sich wieder zu den Spielfeldern um: »Und nun will ich dir Jeff zeigen..., da, da ist er..., siehst du den auf dem dritten Court?«

A'ísha blickte hinüber und sah dort die beiden Enddreißiger im letzten und entscheidenden fünften Satz miteinander kämpfen. »Oh ja, ich sehe ihn, der ist echt süß«, bestätigte sie und fügte mit einem verständnisvollen Lächeln hinzu: »Netter Hintern, gut durchtrainiert, was?«

Melissa sah sie mit blitzenden Augen an: »War mir klar, dass der dir zuerst auffällt! - Nee, das ist John, sein Kumpel. Ich habe dir schon von ihm erzählt! Jeff ist der andere, aber von hinten kannst du ihn gar nicht gesehen haben«, stellte sie süffisant fest, »obwohl er auch 'nen netten Hintern hat, das stimmt schon!«

A'ísha errötete, doch Melissa half ihr aus ihrer Verlegenheit: »Mach dir nichts draus, ich wollte ja nur mal sehen, ob dein Geschmack in Ordnung ist, nicht dass du dir hier 'nen Regenmantel andrehen lässt!«, lachte sie.

A'ísha musste unwillkürlich lächeln, und stimmte schließlich mit in das Lachen ein: »Okay, ich gebe zu, er sieht ganz interessant aus, aber wie kommst du darauf, dass er mich auch attraktiv findet?«

»Na, hör mal, so wie du aussiehst? Und mit den Klamotten, die wir heute gekauft haben und die du jetzt hast? – Null Problemo! Und ums Kennenlernen mach dir keine Sorgen, das mach' ich schon.«

»Aber fall nicht gleich mit der Tür ins Haus, ja?«, bat A'ísha und schaute sie mit einem kleinen Lächeln an.

»Du meinst, ich soll die hohe Kunst der Diplomatie bemühen? Na, das ist eigentlich keine meiner Stärken, aber ich werde mein Bestes versuchen!«, gab Melissa spitzbübisch zurück, und A'ísha konnte sich des Gedankens nicht erwehren, dass sie nicht unbedingt diplomatisch vorgehen würde. Aber sie konnte es ja sowieso nicht ändern, insofern ließ sie alles auf sich zukommen.

Nun brachte der Kellner die Fruchtsäfte und A'ísha tat erstmal einen tiefen Zug durch den Strohhalm. »Schmeckt lecker«, stellte sie fest und nahm direkt noch einen zweiten Schluck. »Was ist da drin?«

»Och, allerlei, Maracuja, Grapefruit, Orange, Ananas und noch ein paar andere Säfte, und natürlich Eiswürfel, das ist immer sehr wichtig in Kalifornien. Ist mein Lieblingscocktail, schmeckt einfach wunderbar, nur schön kalt muss er sein, warm schmeckt's nicht!«, antwortete ihre neue Freundin und tat nun ebenfalls einen tiefen Zug.

Dann wandte sie sich wieder dem Thema Männer zu: »Wenn du dir hier im Club einen Mann angeln willst, musst du übrigens gut aufpassen. Hier gibt's einige Konkurrenz, und die schlimmste sitzt da hinten, an meinem Stammplatz.«

Sie hatte die letzten Worte erheblich leiser gesprochen und winkte mit den Augen nun in die angesprochene Richtung, wobei sie sich leicht drehte. A'ísha folgte dem Wink mit ihren Augen und erspähte einige Tische weiter drei junge Frauen und zwei Männer, die ungefähr in ihrem Alter sein mochten, ihrem Aussehen nach ebenfalls Tennisspieler waren und sich recht angelegentlich unterhielten: »Welche denn?«

»Die mit den langen schwarzen Haaren und...«

A'ísha stieß ein kurzes Lachen aus, und Melissa blickte sie irritiert an: »Was denn?«

»Na, die haben doch alle lange schwarze Haare, das ist nicht eben eindeutig beschrieben...«

»Ach, du hast mich ja auch gar nicht ausreden lassen«,

zankte Melissa, doch sie konnte ein Grinsen nicht verkneifen, dafür war sie ein viel zu fröhlicher und spaßiger Mensch. »Ich meine doch die mit der etwas helleren Haut, nicht die Mexikanerin oder die andere..., ich kenne die gar nicht, muss neu hier sein«, sinnierte sie, »vielleicht aus Puerto Rico oder so... - da! Jetzt hat sie gerade zu uns rübergeguckt!«, rief sie gedämpft.

A'ísha bestätigte: »Okay, hab' sie gesehen. – Und die anderen?«

»Die mit dem Rücken zu uns sitzt, ist Lisa, die Freundin von Tony. Der sitzt rechts neben ihr. Und die beiden an der langen Seite sind Tracy und Eric«, kicherte Melissa, »die wissen noch nicht, ob sie wollen oder nicht! Und so ziemlich jeder hier im Club weiß das!«

»Was soll das heißen, sie wissen es noch nicht?«

»Na ja, Eric ist der 'Ex' von Vicky, und Tracy weiß das. Daher geniert sie sich noch ein bisschen, denn sie will wohl nicht die Nächste auf der Liste sein, sondern eine ernsthafte Beziehung eingehen. Aber das ist hier im Club echt schwierig!«

»Puuh! Ja, das glaube ich auch!«, stöhnte A'ísha. Das waren ja noch extremere Verhältnisse als auf ihrem Heimatplaneten! So hatte sie die Erden-Menschen noch gar nicht betrachtet. Die Beziehungen, die sie und ihre Freundinnen bisher erlebt hatten, waren dagegen nicht der Rede wert, ja fast schon als langweilig zu bezeichnen.

»Vicky hatte sogar angeblich einmal eine Affäre mit Tony, aber das habe ich aus einer sehr unsicheren Quelle, da muss also nichts dran sein!«, setzte Melissa ihre neue Freundin über die weiteren Verhältnisse in Kenntnis.

»Alles klar, hab's kapiert. – Und was genau ist nun mit Vicky und anderen Männern?«

»Mit der? – Ja, wie schon gesagt, die hat schon mit dem

halben Club im Bett gelegen, ein echtes Luder eben, aber die kriegt die Männer einfach immer wieder rum, ich weiß auch nicht wie! - Selbst Ältere und die Verheirateten sind vor ihr nicht sicher und...«

»Jeff auch?«

»Nein! Niemals! – Jedenfalls nicht, seit er mich kennt!«, betonte Melissa nachdrücklich. »Aber bei einigen anderen Männern bin ich mir da nicht so sicher, und ich weiß auch von anderen Frauen...«

»Oh, ich glaube, sie sind fertig!«, meinte A'ísha plötzlich zum Tenniscourt deutend.

Melissa unterbrach ihre Erzählung und warf einen schnellen Blick zum Court: »Ja, tatsächlich! Jetzt kommen sie her.«

John und Jeff hatten ihr Spiel beendet, Schläger und Bälle in ihren Taschen verstaut, die sie locker über ihren Schultern trugen, und kamen geradewegs auf die beiden zu. Melissa winkte hinunter. Jeff winkte zurück, und auch John hob die Hand zum Gruß.

»So, jetzt siehst du ihn ja gleich aus der Nähe«, grinste Melissa, »aber beherrsch dich! Hier in Amerika lassen wir es nicht sofort jemanden wissen, wenn wir ihn verna...«

»Schon gut, schon gut, ich habe verstanden«, unterbrach A'ísha sie hastig, und im nächsten Augenblick standen die beiden auch schon vor ihrem Tisch. Melissa flog Jeff um den Hals, und die beiden begrüßten sich, als wären sie ewig getrennt gewesen. A'ísha hatte sich ebenfalls erhoben und stand nun etwas verlegen in der Gegend rum. John meisterte die Situation, indem er seine Tasche auf den Boden stellte und ihr die Hand reichte: »Hi, ich bin John!«

»Ich bin A'ísha«, gab sie zurück und blickte ihm dabei fest in die Augen.

»Schatz, das ist meine neue Freundin A'ísha«, stellte Melissa sie nun ihrem Mann vor.

»Hallo!«, begrüßte er sie mit einem kräftigen Händedruck. »Ich bin Jeff, Melissas Ehemann.«

Melissa begrüßte nun noch John mit zwei Wangenküssen, und dann setzten sich die beiden Frauen wieder hin.

»Wir gehen jetzt erstmal duschen! Und danach können wir, glaube ich, eine Kleinigkeit essen, oder John?«, fragte Jeff seinen Trainingspartner.

»Ich bin dabei«, gab dieser zurück, und die beiden verschwanden durch die Tür nach unten.

»Hallooo!«, riss Melissa A'ísha plötzlich aus ihren stillen Betrachtungen, die den beiden Männern mit träumerischem Blick hinterhergesehen hatte. »Willst du vielleicht mit duschen? Ich könnte dich schnell hinbringen!«

»Ohhh, du...«, entrüstete sich A'ísha, »... du würdest doch am liebsten auch runtergehen!«

»Was willst du damit sagen?«, war Melissa ganz perplex und schaute sie verdutzt an.

»Ach, komm, ich habe doch genau gesehen, wie du ihn begrüßt hast! - Als wäre er gerade aus 'nem dreimonatigen Urlaub zurückgekehrt!«

Zzum ersten Mal war Melissa in ihrer Gegenwart etwas verlegen und verhaspelte sich leicht: »Ja, weißt du..., er hat so tolle Hände..., und eine so starke Brust..., da fühl' ich mich immer so geborgen...«

»Alles klar, aber mir vorwerfen, dass ich...«, tat A'ísha entrüstet.

»War ja nicht so gemeint«, bot Melissa ihr jedoch schnell eine Entschuldigung an.

Die beiden sahen sich für Momente still und ernst an, doch nach wenigen Augenblicken zuckten ihre Mundwinkel verräterisch. Schließlich kicherten sie, und dann prustete Melissa los: »Ha ha ha, ha ha!«

A'ísha fiel in das Lachen ein, und so alberten sie die Zeit über rum, bis die beiden Männer wieder da waren.

»Na, ihr müsst euch ja prächtig amüsiert haben!«, stellte Jeff fest. »Was war denn so lustig?«

Aber die beiden Frauen sahen sich nur an und kicherten wieder. »Frauengespräche«, gab Melissa ihrem Mann schließlich zur Antwort, und der gab sich damit zufrieden. Offenbar kannte er sie und ihre lustige Art. Sie setzten sich neben die beiden Frauen, Jeff natürlich zu Melissa, John ihm gegenüber, zu A'ísha, die ihm bereitwillig Platz machte und ein bisschen weiter zum Fenster rückte. Die beiden bestellten ebenfalls zwei Cocktails, und die Frauen schlossen sich der Bestellung gerne an, denn die Cocktails schmeckten wirklich lecker. Dann ließen sie sich die Speisekarte bringen und studierten diese ausführlich und so lange, bis der Kellner die Getränke brachte.

Nun wurden die Gerichte bestellt. Jeff hatte sich ein Fischgericht mit Reis ausgewählt, John einen Salat nach Art des Hauses mit gebratenen Putenbruststreifen, quer durch den Garten – wie Jeff es bezeichnet hatte. Die beiden Frauen hatten sich jedoch zu einem Gang an die Salatbar entschieden, die nebenan im Restaurant aufgestellt war, um sich dort selbst einen Teller zusammenzustellen.

Als der Kellner gegangen war, sagte Melissa mit einem zuckersüßen Lächeln: »Ist er nicht lieb? Seit wir uns kennen, hat er mehr Reis gegessen als in den ersten dreißig Jahren seines Lebens.«

Jeff wurde kein bisschen verlegen: »Mir schmeckt's aber auch, und gesünder als die Pommes, mit denen ich groß geworden bin, ist Reis allemal. Sonst habe ich ja nie 'ne Chance, gegen John zu gewinnen!«

»Ach komm! Das Spiel war doch total ausgeglichen, das hättest du genauso gewinnen können!«, erwiderte sein

Kontrahent.

»Ja, aber nur, wenn mir der Doppelfehler zum Schluss nicht mein letztes Aufschlagspiel versaut hätte!«, gab sich Jeff zerknirscht.

»Tja, no risk, no fun«, mischte sich Melissa in das Gespräch, »so ist er nun mal!«

»Ja, so war er schon immer, auch als kleiner Junge«, stellte John fest, »wundert mich nur, dass sich bei euch noch kein Nachwuchs eingestellt hat!«

Melissa wurde rot und Jeff lachte: »Nee, lass mal, damit warten wir noch ein, zwei Jahre. – Und ob du es glaubst oder nicht, wenn ich will und wenn ich denke, dass es angebracht ist, kann ich mich durchaus beherrschen.«

»Ja, wenn er will, kann er ein richtiger Kavalier sein«, stimmte Melissa ihrem Mann zu.

»Darauf trinken wir!«, sagte John, und die vier prosteten sich zu. Dann gingen die Frauen ins Restaurant und kamen kurze Zeit später mit vollen Salattellern zurück.

»Sieht ja ganz lecker aus«, stellte John fest, und auch Jeff schien der Salatteller seiner Frau zu gefallen, denn er kostete ausgiebig. Da wurden allerdings auch schon ihre beiden Gerichte gebracht und die Aufmerksamkeit aller wandte sich in der Folge dem Essen zu. Es schien auch wirklich gut zu sein, denn bis auf einige kleinere Bemerkungen wie 'gib mir bitte mal das Salz', 'ein Lob dem Küchenchef' und 'willst du auch mal probieren' sprach niemand ein Wort.

Nachdem alle gesättigt waren, meinte Jeff: »So, nun einmal zu deiner neuen Freundin! Wie und wo hast du sie denn kennen gelernt?«

»Sie ist neu in der Stadt«, stellte Melissa mit einem Blick auf A'ísha fest. »Und getroffen haben wir uns im Hurricane. Da sind wir schnell ins Gespräch gekommen, haben ein bisschen geplaudert, und danach sind wir dann bummeln gewesen und haben ihr ein paar neue Klamotten besorgt. Damit sie nicht mehr ganz so aussieht wie ein Tourist!«

»So so, dann warst du also wieder einmal ganz in deinem Element, was?«

»Nun ja, wir hatten schon unseren Spaß dabei und haben uns ganz gut amüsiert«, zwinkerte sie A'ísha zu.

»Das denk' ich mir«, konnte sich Jeff ein Grinsen nicht verkneifen. Er kannte seine Frau nun mal und konnte sich ungefähr vorstellen, was sie mit ihrer Zufallsbekanntschaft so alles angestellt hatte. »Und was hast du ihr beim Einkaufen so alles aufgezwungen?«

»Och, ist halb so wild, vielleicht sehen wir es ja demnächst mal?«, guckte Melissa A'ísha auffordernd an.

Die Angesprochene nickte nur: »Vielleicht.«

»Na, so geheimnisvoll! Das muss ja ein Super-Outfit sein, was ihr da ausgesucht habt! Ich bin ja mal gespannt!«

»Das darfst du auch sein..., und du auch John!«, witterte Melissa eine Chance, ihn und A'ísha zusammenzubringen, und ihn jetzt schon mal dafür zu sensibilisieren.

»Ach ja?«, ging dieser auch prompt auf sie ein. »Wird es mich vom Hocker hauen, oder überlebt ein Mann den Anblick unfallfrei?«

»Mmh«, summte Melissa vergnügt, »das musst du halt abwarten! Wie wäre es denn, wenn du dich mal mit ihr verabredest?«, steuerte sie geradewegs auf ihr Ziel zu.

»Verabredest?«, fragte John etwas verwirrt. Er wusste noch nicht, das Melissa mal wieder mit allen zur Verfügung stehenden Mitteln versuchte, ihn und ihre neue Freundin zu verkuppeln, und dabei sofort den direkten Weg eingeschlagen hatte.

»Ja, willst du dich nicht ein bisschen um sie kümmern?«, fragte sie John nun unverblümt. »Sie ist doch ganz neu hier und kennt niemanden!«

A'ísha errötete und warf Melissa einen vorwurfsvollen Blick zu, den diese aber geflissentlich ignorierte.

»Was soll ich denn mit ihr machen? Vielleicht eine Sightseeing-Tour und anschließend ein romantisches Abendessen?«, fragte John nun ironisch.

»Warum nicht?«, mischte sich Jeff ein. »So lernt sie jedenfalls am besten die Gegend kennen. Und wenn es jemanden gibt, der sich hier perfekt auskennt, dann bist du das ja wohl, mein Alter!«

»Genau!«, ergriff Melissa wieder das Wort. »Wer sein ganzes Leben hier verbracht hat und nie weiter als bis zum Grand Canyon gefahren ist, der könnte doch als Touristenführer in dieser Region anfangen!«

»Und auf'm Rückweg zeigst du ihr noch Vegas! Vielleicht bringt sie dir ja mehr Glück als ich!«, reizte Jeff ihn noch schnell.

»Vegas?«, unterbrach A'ísha die Verkuppelungsversuche. Sie war für den Augenblick sichtlich irritiert.

»Er meint Las Vegas. Der einzige Ort im Universum, wo du an einem Abend zwischen Himmel und Hölle schwebst und alle Höhen und Tiefen erlebst. - Und du bewegst dich dabei auf verdammt dünnem Eis«, erklärte ihr John.

»Ach so, ja,...« lachte sie verlegen, »Las Vegas, da habe ich schon von gehört. Und vom Grand Canyon natürlich auch!« Sie blickte John für einige Sekunden in die Augen und fügte mit einem Lächeln hinzu: »Beides würde ich sehr gern sehen!«

Melissa warf Jeff ein übermütiges Grinsen zu und bemerkte: »Na also, damit ist doch alles geritzt!«

Jeff, der seine Frau in dieser Beziehung recht gut kannte, konnte sich in Johns Situation finden. »Wo kommst du denn überhaupt her?«, wandte er sich nun an A'ísha.

»Sie kommt aus Schweden«, informierte Melissa ihren

Mann schnell. Vielleicht wollte sie nicht, dass ihre geographischen Kenntnisse noch einmal einer eingehenderen Betrachtung unterzogen wurden.

Allerdings mischte sich nun John ein, den Melissas allgemeine Aussage noch nicht befriedigt zu haben schien: »Ah, Schweden! Wo denn genau? Stockholm, Göteborg oder Malmö? Oder aus 'm Norden?«

A'ísha schluckte kurz. *»Jetzt kennt der sich auch noch in Schweden aus!«*, dachte sie. »Aus Stockholm«, erwiderte sie.

»Ah, eine schöne Stadt, ich war vor ein paar Jahren mal geschäftlich dort. Und die Ostsee ist auch sehr schön, noch nicht ganz so verdreckt und verschmutzt wie einige andere kleinere Meere.«

»Ja, das ist richtig«, bestätigte Jeff, »die Ostsee ist noch ein echtes Schmuckstück im Verhältnis zu manchen Abschnitten am Mittelmeer oder...»

»Och..., ihr immer mit euren Dienstreisen!«, schmollte Melissa gekonnt. »Ich denke, Zuhause ist es am Schönsten, oder?«, blickte sie Jeff herausfordernd an.

»Natürlich, Darling«, ging dieser auf seine Frau ein und küsste sie.

A'ísha und John schauten nun etwas verlegen auf die Tennisplätze, doch dann drehte sie sich um und blickte ihm direkt in die Augen. Für Momente schien die Zeit still zu stehen und Melissa, die die Szene aus dem Augenwinkel beobachtete, befand sich in einer gespannten Erwartungshaltung. Als Jeff sich wieder von ihr gelöst hatte, erfasste er die Situation mit einem Blick und lächelte Melissa verständnisvoll zu.

»Lässt du mich mal raus, ich muss mal für kleine Mädchen«, beendete A'ísha schließlich den Zauber.

»Ich komme mit!«, erklärte Melissa schnell, und die beiden ließen die Männer allein.

Die kannten sich schon zu lange, als dass Jeff nicht gemerkt hätte, wie sehr A'ísha John gefiel. »Was soll denn schon groß passieren?«, fragte er seinen langjährigen Freund und Tennispartner ohne Einleitung.

»Wie, passieren?«, stellte sich John unwissend und blickte seinen Freund wie ahnungslos an.

»Ach, komm schon, ich habe doch gesehen, wie ihr zwei eben geflirtet habt! Gib dir 'nen Ruck und frag sie halt! Sie hat heute Abend bestimmt noch nichts vor!«

John blickte seinen Freund stirnrunzelnd an: »Das ist eine einzige Verkuppelei von dir und deiner Frau, das ist dir ja wohl klar, oder?«

»Jab« grinste Jeff vergnügt, »und wie es aussieht, läuft es ja wohl optimal!«

»Also gut, ich werde sie gleich fragen«, seufzte John gespielt aufopferungsvoll. »Aber wenn nicht..., dann nicht! Ich kann im Moment eigentlich keine Beziehung gebrauchen, und dann eine Touristin...!

»Abwarten«, meinte Jeff, »vielleicht bleibt sie ja länger! Wenn sie dich nach dem ersten Date noch mal wiedersehen will..., was man ja nicht weiß«, reizte er John.

»Du Armleuchter!«, gab dieser zurück. »Wir werden ja sehen!«

Darauf bestellten beide noch einen Cocktail und warteten auf die Frauen. Die beiden kamen auch bald zurück, und als sie saßen, wandte sich Jeff an A'ísha: »Und, wie gefällt es dir bisher in den Staaten?«

»Och..., ganz gut, ja..., danke!«, erwiderte die Gefragte.

»Und hast du eine Liste mit Zielen, die du ansteuern willst, also mal sehen willst?«, erkundigte sich John.

»Naja«, zögerte A'ísha, »es gibt sicherlich schon ein paar Sachen. Zum Beispiel den Grand Canyon oder den Hoover-Staudamm! Und ein paar Indianer würde ich gern mal aus der Nähe sehen. Und natürlich Vegas, als Glücksfee sozusagen«, lächelte sie ihn an.

Er ergriff die Gelegenheit beim Schopf: »Bist du denn schon mal in einem silbernen Raumschiff gen Sonnenuntergang gefahren und hast einen solchen über Los Angeles oder einer anderen Stadt erlebt?«

Für einen Moment hielt A'ísha den Atem an. Sie überlegte fieberhaft, ob sie sich bei irgendeiner Aktion verraten haben könnte oder er sie so durchschaut hatte. Für Sekunden hörte sie nur ihren eigenen Herzschlag, als jedoch keine weitere Reaktion auf seiner Seite erfolgte, fasste sie sich wieder, schaute ihm fest in die Augen und erwiderte ruhig: »Nein, habe ich nicht:»

»Dann erlaube mir doch, dir einen solchen heute Abend zu zeigen! – Es ist atemberaubend!«

»So so«, lächelte A'ísha unsicher. Sie wusste noch immer nicht, was sie davon halten sollte. *»Ob er von meiner Mission eine Ahnung hat?«*, fragte sie sich.

»Ja«, fuhr John fort, »ich hole dich auch rechtzeitig ab! Vielleicht so um Viertel vor Acht?«

»In Ordnung«, willigte A'ísha ein, »und wo?«

»Wo du willst!«

»Dann...«, überlegte sie, »dann will ich hier!«

»Okay! Dann bin ich um Viertel vor Acht hier!«

A'ísha entschied sich jetzt für die Flucht nach vorn: *»Möge da kommen was da wolle, ich muss das Spiel auf jeden Fall erstmal mitspielen, ganz egal, was das dann später gibt!«* »Okay! Dann bin ich ja mal gespannt!« äußerte sie ihre Erwartung, um dann ironisch zu fragen und gleichzeitig das Thema zu wechseln: »Und was machen wir, wenn mir der Atem gänzlich abhanden kommt?«

»Das sehen wir dann, aber ich denke, uns fällt schon was ein!«, antwortete John mit einem süffisanten Lächeln.

»Da bin ich auch von überzeugt«, mischte sich nun Jeff mit Hundeblick in die Unterhaltung der beiden ein.

Melissa konnte sich ein Grinsen nicht verkneifen und zwinkerte A'ísha wieder heimlich zu. John bemerkte es zwar, ließ es aber unkommentiert.

A'ísha fragte: »Kommt ihr beiden denn auch?«

»Würden wir gerne, aber Jeff muss jetzt für zehn Tage auf Dienstreise nach Ohio, und ich begleite ihn«, erwiderte Melissa und blickte ihren Mann verliebt an.

»Ja, eigentlich recht schade, aber wir fahren schon heute Nachmittag und verbringen dort noch ein schönes Wochenende«, erläuterte er und massierte ihr sanft den Nacken.

»Aber macht ja nichts, dann seid ihr ungestört!«, fügte sie mit einem schelmischen Lächeln hinzu und lehnte ihren Kopf an seine Schulter.

A'ísha konnte gerade noch verhindern, wieder zu erröten, blickte jedoch etwas verlegen auf die Tenniscourts. Auch John wusste für den Augenblick nichts zu sagen, und insofern war er froh, dass der Kellner bei ihnen auftauchte und sich nach weiteren Wünschen erkundigte.

»Nein. Danke!«, waren sich die vier einig und verlangten die Rechnung. Anfangs wollte Jeff diese komplett bestreiten, aber John war damit nicht einverstanden. Sie zankten für einige Augenblicke, und schließlich einigten sie sich darauf, dass Jeff seine Frau und John A'ísha einlud.

»Guter Kompromiss, Jungs!«, freute sich Melissa. »Siehst du, mit einem solchen Kavalier kann ich problemlos zweimal die Woche shoppen gehen! - Du solltest dir vielleicht auch einen angeln!«, forderte sie ihre neue Freundin auf, und kraulte Jeff nun ihrerseits am Nacken.

A'ísha wollte empört reagieren, aber in diesem Augenblick kam auch schon der Kellner und brachte die Rechnung. Als die beiden Männer gezahlt hatten, wandte sie sich an John: »Vielen Dank, ich werde mich später revanchieren!«

»Während oder nach dem Sonnenuntergang?«, wollte Melissa mit sarkastischem Unterton in der Stimme wissen.

»Das werden wir sehen«, gab A'ísha zurück. Sie war Melissas Anspielungen mittlerweile gewohnt und zahlte nun mit gleicher Münze zurück: »Ich wünsche euch beiden auch viel Spaß, vielleicht könnt ihr während der Dienstreise ja dafür sorgen, dass der Rücksitz eures Wagens bald belegt wird! – Und zwar nicht nur von Einkaufstüten!«

»Wie...?«, war Jeff verblüfft, doch Melissa ergriff hastig seinen Arm: »Ist schon gut, Schatz, das regeln wir nachher Zuhause!«

Sie machte einen Schmollmund und drohte A'ísha scheinbar mit der Faust, doch sogar John merkte, dass das nicht ganz ernst gemeint war.

Die vier erhoben sich nun und verabschiedeten sich voneinander. Melissa umarmte ihre neue Freundin herzlich und fragte sie dann: »Bist du denn überhaupt noch da, wenn wir wiederkommen?«

»Das weiß ich noch nicht, aber vielleicht schon!«

»Gut! Dann gehen wir noch mal shoppen und dann müssen wir unbedingt zu dem...«

Jeff unterbrach seine Frau lachend: »Oh wei, schmiedet jetzt schon Pläne für in zwei Wochen, ich denke, das werden wir dann sehen, oder?«

A'ísha nickte: »Ja. Ich denke, wir werden uns noch mal sehen. Und ansonsten könnt ihr mich bestimmt über John erreichen. Ich will ja erstmal hier bleiben! Und wenn sich irgendwas Ungewöhnliches zutragen sollte, hinterlasse ich euch auf jeden Fall meine Adresse.«

»Das machen wir schon«, bekräftigte John, »jetzt genießt

erstmal euren Urlaub!«

»Arbeit meinst du wohl«, protestierte Jeff entrüstet ob Johns Ausspruch, doch er meinte es nicht mit vollem Ernst - wie seine zuckenden Mundwinkel verrieten.

»Das nennst du Arbeit?«, lachte John. »Eine bezahlte Vergnügungstour wird das, weiter nichts!«

Jeff seufzte gespielt aufopferungsvoll und gab schließlich nach: »Okay, es gibt schlimmere Jobs! Aber auch dieser muss erst einmal getan werden!«

Melissa umarmte John und A'ísha noch mal: »Bye, ihr beiden, ich wünsche euch viel Spaß!« Und während Jeff John und A'ísha noch die Hände schüttelte, ergriff sie seine Schulter und riss ihn mit sich fort.

John lachte: »Ach herrje! Na, die könnten sich auf der Reise tatsächlich Nachwuchs einhandeln!«

A'ísha wandte sich nun auch zum Gehen, und John fragte: »Kann ich dich irgendwo absetzen?«

»Nein! - Danke, ich komm' schon klar!«

»Okay, dann bis heute Abend!«

»Ja, bis nachher«, beugte sie sich schnell nach vorne und hauchte ihm einen leichten Kuss auf die Wange.

»Machen das alle Schwedinnen so?«, war er erstaunt.

»Was?«

»Na, der Kuss eben! Normalerweise beginnen die Männer damit, bei uns jedenfalls!«

»Dann beginn doch!«, forderte sie ihn trotzig auf, aber ihre Augen funkelten.

Nun beugte er sich leicht nach vorne und küsste sie auf die Wange: »Bis heute Abend!«

»Bis heute Abend!«, wiederholte sie.

Er drehte sich um und verließ die Bar, sie wartete noch kurz und ging dann ebenfalls. An der Straße hielt sie wieder ein Taxi an und ließ sich mit ihren Tüten zurück zum

Griffith Park bringen, wo sie ungestört ihr Raumschiff erreichte.

V. Bekanntschaften

»Der Quellgründe Geist ist unsterblich:
Er ist das urtümlich Weibliche,
des urtümlich Weiblichen Pforte,
er ist des Himmels und der Erde Wurzel:
So zart und fein, und wenn bewahrt,
wirkt er sonder Mühe.«
Lao Tse, Buch der Weisheit, 6. Spruch

Engai und Oshoshi hatten ihr Zielobjekt noch immer nicht entdeckt. Sie hatten längst den Venice Pavilion passiert und erreichten nun einen Basketballplatz, der von einem hohen Maschendrahtzaun umgeben war. Oshoshi war stehen geblieben, Engai jedoch weitergegangen. Als er merkte, dass Oshoshi ihm nicht mehr folgte, drehte er sich um und rief: »Was ist? Hast du noch nie Leute Basketball spielen sehen?«

»Doch doch, aber nicht so!«

Auf dem Platz spielten vier Männer Basketball, und zwar zwei gegen zwei, allerdings nur auf einen Korb, was Oshoshi sichtlich verwirrte. Er kannte dieses Spiel nur mit fünf Spielern pro Team und natürlich zwei Körben, auf jeder Seite einen. Engai trat hinzu und musterte den Platz und die Spieler nun ebenfalls. Er hatte sich bisher keine Gedanken gemacht, doch auch er bemerkte jetzt, dass die Anzahl der Spieler von der üblichen Mannschaftsstärke abwich. »Sehr komisch, sitzen doch genug Leute hier rum«, deutete er auf einige am Rand des Platzes Sitzende.

»Ja, ich weiß auch nicht, was das soll..., vielleicht eine neue Regelung?«

Die beiden überlegten noch über den Sinn, auf nur einen

Korb zu spielen, da wurden sie plötzlich von einem der Zuschauer von jenseits des Zaunes angerufen: »Hey!«

Sie reagierten jedoch nicht, denn sie bezogen den Ruf nicht auf sich. Der Typ wiederholte seinen Ruf jedoch und schritt auf die beiden zu: »Hey! – Neu hier? Ich habe euch noch nie gesehen!«

Engai warf Oshoshi einen schnellen Blick zu, bemerkte dessen ruhiges Lächeln und antwortete: »Ja, so könnte man sagen. Wir kommen nicht von hier.«

»So so, aber ihr seht doch so aus, als ob ihr dieses Spiel durchaus verstehen würdet. – Wie wär's denn mit einem kleinen Spielchen?«

»Hmm...«, brummte Engai nachdenklich und musterte die vier Spieler, die eine kurze Pause eingelegt hatten, der Reihe nach sehr eingehend. »Wann und gegen wen sollen wir denn spielen?«, wollte er dann wissen.

»Tja, bei uns herrschen ganz einfache Regeln!«, erklärte der Typ gestenreich und im typischen Sing-Sang der Schwarzen. »Der, der gewinnt, spielt gegen das nächste Team..., und das seid in diesem Falle ihr!«

»Also gegen die, die da gleich gewinnen, sollen wir spielen?«

»Ja, genau, Bruder!«

»Also ich weiß nicht, was meinst du dazu«, wandte er sich an Oshoshi.

»Ist okay«, antwortete dieser zu Engais Überraschung, »wir werden gegen die Sieger spielen!«

»Okay Bruder«, sagte der Typ, »dann kommt rein und steht nicht draußen am Zaun rum! Ist doch kein Knast hier, sondern ein freies Land!«

Engai und Oshoshi gingen zur Tür und betraten den Platz. Sie setzten sich am Rand des Platzes neben anderen Zuschauern auf den Boden und schauten den Akteuren zu.

Die vier, die momentan spielten, schienen für den Beruf des Basketballers wie geschaffen. Sie alle waren sehr groß - noch größer als Oshoshi - und muskulös, und ihre Sprungkraft und Technik waren enorm. Sie spielten jetzt weiter, doch war es offenbar nur eine kurze taktische Auszeit gewesen, denn schon bald war das Spiel vorbei, und der Typ, den seine Leute Tyler nannten, und der sie vorhin schon angesprochen hatte, kam wieder zu ihnen herüber: »Na, wie sieht's aus, Brüder? – Lust auf ein Spiel gegen die Sieger?«

Engai und Oshoshi schauten verdutzt. *»Ob der eine Ahnung hat von der intergalaktischen Verbindung, die zwischen uns herrscht?«*, fragte sich Oshoshi und schaute zu Engai. Dieser mochte ähnlich denken, doch blieb er für den Moment ruhig.

»Guckt nicht so als ob ihr nicht bis drei zählen könntet«, meinte Tyler daraufhin, »ihr werdet ja wohl gegen ein kleines Spielchen nichts einzuwenden haben, oder?«

»Ähh, nein...«, stotterte Engai, »aber wir haben das eigentlich noch nie gespielt, du müsstest uns noch ein paar Regeln erklären!«

Tyler lachte, und auch die Umstehenden, die die Worte gehört hatten, fielen in das Lachen ein. »Das wollt ihr mir doch nicht weismachen, oder? Ihr seht nicht gerade wie Schreibtischhengste oder so aus!«

Oshoshi stand auf: »Okay! Auf ein Spiel!«

»Na also, geht doch!«, jubelte Tyler und ging zum Anwurfkreis.

»Los, komm schon«, zischte Oshoshi, »wir dürfen hier nicht auffallen!«

»Und die Regeln?«, flüsterte Engai zurück.

»Vergiss die Regeln!«, meinte Oshoshi, und Engai staunte, denn so hatte er seinen Partner noch nie erlebt. Das

Spiel elektrisierte ihn geradezu.

Engai erhob sich nun ebenfalls und wenig später standen sie den Siegern des vorhergegangenen Spiels gegenüber.

Nun bekam er etwas ausführlicher Gelegenheit, die Typen zu mustern, und er stellte fest, dass tatsächlich beide größer und schwerer waren als Oshoshi. *»Na, wenn der weiß, auf was er sich da einlässt...! Das wird bestimmt kein Spaziergang!«*, dachte er und warf seinem Partner einen schnellen Blick zu.

Doch Oshoshi schaute ziemlich zuversichtlich drein, und gewann gleich darauf ganz unerwartet das Sprungduell gegen den zehn Zentimeter größeren Steve, den ersten ihres gegnerischen Teams. Der andere hieß Will und stand ihm in Bezug auf die Körperlänge in nichts nach. Oshoshi spielte den Ball zu Engai und dieser dribbelte los. Natürlich entsprach es nicht ganz der Wahrheit, das sie noch nie Basketball gespielt hatten, sie waren im Gegenteil sogar recht geübt darin, aber auf anderen Planeten galten andere Regeln, und die Körbe waren dort sogar noch etwas höher, da auch die Sprungkraft der Spieler größer war. Engai beschloss jedoch, sich das zunächst nicht anmerken zu lassen, vielmehr unauffällig zu agieren und so nicht aufzufallen - wie Oshoshi geraten hatte.

Insofern spielten sie relativ verhalten gegen die beiden ihnen körperlich überlegenen Gegner, doch was Timing und Technik anging, waren sie ihnen klar überlegen. Die Größe konnte an Steves und Wills Niederlage auch nichts mehr ändern, denn dies glich vor allem Engai durch enorme Sprungkraft aus, die er aber nie so weit ausreizte, dass es auffiel. So kam es, dass Oshoshi und Engai nach einem harten Match als Sieger den Platz verließen. Sie waren zwar ein wenig ausgepumpt, aber bei weitem noch nicht erschöpft.

»Na, wie war ich?«, fragte Engai.

»Och, ganz gut, ich bin zufrieden. Immerhin hast du dich mal für länger als zehn Minuten beherrschen können!«

»Ha ha, sehr witzig, Bruder!«

»Hör mit dem Bruder-Quatsch auf, da kommt der Typ von vorhin!«

Tatsächlich näherte sich Tyler, der das Spiel relativ ruhig aber äußerst aufmerksam verfolgt hatte. »Ho ho, da haben wir ja zwei echte Profis, wie es aussieht! Und ihr wolltet mir tatsächlich erzählen, dass ihr das noch nie gespielt habt? Netter Versuch, aber Understatement ist bei uns weniger gefragt!«

»Was soll das heißen?«, fragte Engai.

»Nichts weiter als dass ihr 'ne Revanche geben müsst«, erwiderte Tyler.

»Revanche?«

»Stimmt genau, Bruder! - Und zwar gegen ein anderes Team!«

»Wieso das denn?«

»Weil der Sieger bei uns immer gegen ein anderes Team antritt, kapiert?«

»Okay, okay! Alles cool, Mann!«

»Okay«, nickte Tyler nun mit befriedigter Miene. Und er machte einen durchaus zufriedenen Eindruck als er rief: »King! - Komm!«

Auf den Zuruf erhob sich einer der Zuschauer von seinem Platz und trat zu Tyler. »Ach du heiliger Strohsack«, entfuhr es Engai, »der hört ja gar nicht mehr auf!«

Der Ausspruch war nicht untertrieben, der Kerl, den Tyler als 'King' bezeichnet hatte, war weit über zwei Meter groß und wog nahe an die dreihundert Pfund. Er streifte eine leichte Trainingsjacke ab und ermöglichte Engai und Oshoshi einen Blick auf seine gewaltigen Arme, die in etwa den Umfang der Oberschenkel eines neben ihm sitzenden Mädchens hatten.

»Das sollten mal Elefantenbeine werden, was?«, scherzte Engai, doch Oshoshi merkte ihm an, dass ihm nicht ganz wohl bei der Sache war. Das würde keine leichte Aufgabe werden!

Die vier traten jetzt in die Mitte des Platzes, auch Tyler hatte sich seiner Jacke entledigt, und Engai stellte fest, dass er der muskulöseste aller Spieler war. An ihm schien es kein Gramm Fett zu geben, obwohl er deutlich der älteste und von allen Spielern der kleinste war.

»Zeig's ihnen King!«, brüllten einige Zuschauer, und der Angerufene sonnte sich sichtlich in dem Sturm der Anerkennungen und Begeisterungen des gesamten Publikums.

»Der scheint hier ja ein recht hohes Tier zu sein, so wie der angefeuert wird«, flüsterte Engai während er die Zuschauer unauffällig musterte. Sie schienen ein richtiges Spektakel zu erwarten.

»Ja, hoch trifft es ziemlich genau«, gab Oshoshi zurück. Er schritt zum Kreis und kam nun neben dem 'King' zu stehen. Dieser konnte problemlos über ihn drübersehen, Oshoshi war einen halben Kopf kleiner. *»Na, das kann ja heiter werden!«*

Diesmal warf ein Mädchen den Ball, den Tyler ihr zuvor gegeben hatte, und der 'King' gewann das Duell locker. Oshoshi hätte sonst aber auch einen Sprung hinlegen müssen, der für einen Erden-Menschen schon nicht mehr normal erschienen wäre. Engai und Oshoshi verständigten sich kurz: »Das wird nicht leicht!«

»Klar, aber ich habe uns hier hingebracht, jetzt bringe ich uns auch wieder raus!«, bekräftigte Oshoshi leise.

»Okay, dann mach mal«, meinte Engai mit deutlich ironischem Unterton in der Stimme. »Und natürlich immer hübsch unauffällig.

»Genau!« Oshoshi sprang in die Luft und fing einen Pass von Tyler auf King ab. Blitzschnell drehte er sich und nach vier schnellen, raumgreifenden Sprüngen und einem gefühlvollen Wurf von jenseits der Drei-Punkte-Linie gingen die beiden Außerirdischen in Führung.

»Alle Achtung«, staunte Engai, »eine Basis haben wir, dann wollen wir mal...!«

Oshoshi grinste nur. Er schien an dem Spiel Gefallen zu finden.

*

A'ísha schritt nervös in ihrem Raumschiff auf und ab. *»Wenn er nun doch etwas weiß!«*, überlegte sie angestrengt, *»Er könnte damit meine ganze Mission gefährden! – Ja, im Extremfall könnte sie sogar schon enden, bevor sie noch überhaupt richtig begonnen hat!«*

Unentschlossen und gedankenverloren schritt sie weiter auf und ab. Sie stand kurz davor, mit dem Mutterschiff Kontakt aufzunehmen und ihre Eltern um Rat zu fragen, doch dann raffte sie sich sichtlich zusammen: »Nein!«, rief sie laut aus und ballte energisch die Hände zu Fäusten. »Das ist noch längst kein Notfall! Ich werde sein Spiel mitspielen, und zwar solange bis er die Maske von sich aus fallen lässt! Wir werden ja sehen! Und dann kann ich immer noch weitere Maßnahmen ergreifen!«

Sie atmete tief durch. *»Und wenn ich merke, dass es nicht mehr geht, dann muss ich halt die Initiative ergreifen! Wie hatte meine Mutter schließlich zu mir gesagt: die Natur hat uns Frauen mit wunderbaren Waffen ausgestattet... – also denn! Zur Not muss ich ihn heute Abend mit den Waffen einer Frau bezwingen!«*

Sie atmete nochmals tief ein und aus. »*Jetzt werde ich mich erstmal ausruhen und dann nachher umziehen!*«, beschloss sie und begab sich in den Schlaf- und Ruheraum.

*

Die Übertragung des Fußballspiels war zu Ende, und Tom'ás' Tischnachbarn, die während des Spiels dem Bier fleißig zugesprochen hatten, erhoben sich und verließen den Pub.

Er sollte indes nicht lange allein bleiben, denn im Gang erspähte er aus den Augenwinkeln kurze Zeit später vier junge Mädchen, die nach einem kurzen Rundblick zielstrebig auf ihn zusteuerten.

»Hi! Ist hier noch frei?«, hörte er kurz darauf eine glockenreine Stimme auf Deutsch fragen, und als er hochblickte, sah er in ein hübsches, junges Mädchengesicht mit einem Paar dunkler Augen, die ihn fragend anblickten.

»Klar«, erwiderte er und betrachtete die Neuankömmlinge mit offenem aber nicht zu aufdringlichem Blick.

Die vier setzten sich an die beiden langen Seiten des Tisches, jeweils einander gegenüber. Die ihm gegenüberliegende Stirnseite blieb nach wie vor frei und diente als Durchgang, auch zum Nachbartisch. Sie alle hatten jeweils ein Glas in der Hand, das sie jetzt vor sich auf den Tisch stellten. Die, die ihn angesprochen hatte, trank ebenfalls Kilkenny, allerdings war ihr Glas kleiner als das seiner Tischnachbarn während des Fußballspiels. Der Inhalt des Glases der neben ihr Sitzenden war dunkler – »*Guiness*«, stellte er fest. Ein Rest von dem charakteristischen Schaum verriet auch dem Nicht-Kenner, wobei es sich hier handelte. Was die anderen beiden tranken, konnte er auf Anhieb nicht erkennen. Die unmittelbar zu seiner Linken sitzende größte der vier hatte ein schmales, längliches Glas mit rotem und gelbem Inhalt, den sie mit Hilfe eines Strohhalmes durcheinandergerührt hatte – *»irgendein Saft«*, mutmaßte er. Ihre Nachbarin trank offensichtlich Kaffee oder Cappuccino, wie er der Art der Tasse entnehmen konnte.

»Mein Name ist Noëmi«, riss ihn das Mädchen, das ihn eben schon angesprochen hatte und nun auf dem Hocker zu seiner Rechten saß, aus seinen stillen Betrachtungen. Und mit der Hand auf die beiden Gegenübersitzenden weisend, stellte sie die anderen drei Mädchen der Reihe nach vor: »Das sind Carmen und Jana, und das...«, legte sie ihre rechte Hand um die Schultern der neben ihr Sitzenden »... ist Laura, unser Nesthäkchen.«

Jetzt fingen die vier an zu kichern, bis Laura schließlich erklärte: »Ich bin die Jüngste, allerdings nur um ein Vierteljahr. Aber das reicht, um mich immer wieder als junges Küken darzustellen!«

»Und Jana ist die Seniorin in unserer Clique!«, platzte Noëmi heraus und erntete dafür einen Schienbeintritt, der allerdings nicht heftig ausfiel.

Die Mädchen schienen solche Spielchen öfter zu treiben und sich schon ganz gut zu kennen. Allerdings stellte Tom'ás schnell fest, dass sie nicht aus einem Kulturkreis stammten. *»Das ist doch perfekt, hier sind gleich mehrere verschiedene Kulturen vereint!«*, stellte er fest und sagte, indem er sich etwas aufrechter hinsetzte: »Mein Name ist Tom'ás.« Und er prostete den vier Mädchen zu.

Diese stießen ihre Gläser geräuschvoll an das seinige, und alsbald war eine muntere Plauderei zwischen den Mädchen im Gange, die hauptsächlich von Noëmi und Jana geführt wurde und zu seiner Überraschung in Englisch erfolgte. Tom'ás musterte die vier der Reihe nach unauffällig.

Zu seiner Linken saß Jana, die Älteste seiner neuen Bekanntschaften. Sie war schlank und die größte der vier. Der knallrot geschminkte Mund und die grünlich-bräunliche Farbe ihrer Augen bildeten einen faszinierenden Kontrast zu ihrer hellen Haut und dem lockigen Wuschelkopf, dessen Farbe er unmöglich bestimmen konnte. *»Sie ist hübsch«*, stellte er fest, *»aber ohne so viel Make-up wäre sie bestimmt noch hübscher, natürlicher!«* Sie schien viel zu lachen, denn Wangen und Mund bildeten dann jene unverkennbaren Grübchen, die humorvollen Menschen so eigen sind. Es gab aber auch Augenblicke, in denen ihre Augen sehr traurig wirkten. *»Ein Mädchen mit sehr extremen Stimmungsschwankungen, sie muss in ihrem Leben schon eine Menge erlebt haben!«*, konstatierte er.

Neben ihr saß Carmen, die auf jeden Fall aus einem südlicher gelegenen Land stammte. *»Mitte zwanzig, vielleicht Südamerika«*, schätzte er. Sie sah sehr rassig aus mit ihren langen schwarzen Haaren, den Glutaugen und dem Schmollmund und versprühte viel feuriges Temperament, obwohl sie nicht viel sprach. Später erfuhr er, dass sie kaum Deutsch verstand und der Unterhaltung, die in Englisch geführt wurde, zwar folgen konnte, sich aber in dieser Sprache noch ein wenig unsicher fühlte, da ihre Muttersprache tatsächlich Spanisch war, und sie nur ein bisschen Englisch in der Schule gelernt hatte. Die fehlenden Sprachkenntnisse hinderten sie allerdings nicht daran, hin und wieder eine Bemerkung zu machen, die auf Spanisch, Englisch und gelegentlich sogar auf Deutsch erfolgte.

Ihr gegenüber saß das 'Nesthäkchen', Laura. Sie hatte ihre langen dunklen Haare im Nacken zusammengenommen, wo sie von einer silbernen Haarspange gehalten wurden. Ein hübsches, frisches und junges Mädchengesicht strahlte ihm entgegen. Er schätzte sie auf Anfang zwanzig. Ihre großen, dunklen Augen und der dunkle Teint ließen in ihr ebenfalls eine Südländerin vermuten, doch ihr Akzent, den er schon vorhin wahrgenommen und im Verlauf des Gesprächs eingehender beobachtet hatte, ließ ihn eher auf eine Nordamerikanerin mit südländischen Vorfahren tippen. Auch sie sprühte vor Lebenslust, und ihren aufgeweckten Augen schien nichts entgehen zu können, aber im Gegensatz zu Carmen, der das sozusagen im Blut lag, resultierte das bei ihr eher aus einer jugendlichen Unbekümmertheit, dem Hang zu Erfahrungswerten und Abenteuern.

Neben ihr komplettierte Noëmi das Quartett. Sie gefiel ihm spontan am besten. Und je länger er sie betrachtete, um so mehr fühlte er sich zu ihr hingezogen. Sie hatte ebenfalls langes dunkles Haar, das bis weit über die Schultern fiel, und dunkle Augen, wirkte aber auf den ersten Blick viel braver und zurückhaltender als die temperamentvolle Laura. *»Ein liebes Mädchen!«*, legte er sich schon bald fest, musste zu seiner Überraschung jedoch bald erfahren, dass sie die Rolle der Wortführerin in der Runde übernahm. Sie war es vorhin ja auch gewesen, die ihn angesprochen und ihre Freundinnen an seinen Tisch gebracht hatte!

Er war mit seinen Betrachtungen gerade fertig, als sie ihn auf Deutsch fragte: »Und, woher kommst du?«

»Aus Amerika!«

»Oh, Laura kommt auch aus Amerika, aus Indiana!«, meinte sie überrascht und warf dem Nesthäkchen einen schnellen Blick zu, um dann gleich darauf festzustellen: »Aber dann können wir ja auch alle Englisch sprechen, das verstehen die anderen sehr viel besser als Deutsch!«

»Oh yeah!«, mischte sich Laura ein und beugte sich halb

über den Tisch, um ihm in die Augen sehen zu können. »Ich bin in Frankfort bei Indianapolis geboren und aufgewachsen, und jetzt lebe ich in Köln bei Frankfurt, lustig nicht? - Und aus welchem Staat kommst du?«

Sie hatte jetzt Englisch gesprochen, und er wechselte ebenfalls die Sprache. Im Geiste rief sich Tom'ás die Bundesstaaten der USA vor sein Auge: »Aus Dallas, Texas.«

»Dallas?«, rief Laura überrascht. »Da wäre ich letztes Jahr fast auf Abschlussfahrt hingefahren, aber der Direktor hat sich in letzter Sekunde für Kalifornien entschieden! Schade eigentlich..., sonst hätte ich dich ja vielleicht Zuhause kennen gelernt!«

»Ein Lob auf den Direktor!«, dachte Tom'ás, doch laut sagte er: »Na, das glaube ich nicht, immerhin wohnen da anderthalb Millionen Menschen, das wäre denn doch sehr unwahrscheinlich gewesen!«

»Ach, ich hätte dich schon gefunden«, zwitscherte Laura fröhlich.

»Da kanntest du ihn doch noch gar nicht«, warf Noëmi ungehalten ein.

Sie schien ein klein bisschen gereizt zu sein, doch Jana und Carmen kannten sie zur Genüge und wussten, dass sie ein wenig eifersüchtig auf Laura war, deren Begeisterung für den Mann am Tisch nur allzu offensichtlich war.

»Och, ich hätte ihn schon kennen gelernt!«, goss Laura jedoch weiter Öl ins Feuer, und Noëmi presste die Lippen zusammen. Doch anstatt einer dummen Bemerkung wechselte sie geschickt das Thema: »Unsere Carmen ist Argentinierin, sie ist in Santa Fe geboren und aufgewachsen, das liegt im Norden von Argentinien! Als sie die Schule beendet hatte, ging sie nach Buenos Aires, um dort zu studieren, aber sie merkte ziemlich schnell, dass das nicht ihre Welt war, und nach drei Semestern verließ sie die Universität wieder. Dann hat sie sich ein Jahr mit Gelegenheitsjobs über Wasser gehalten, hat sogar mal als Model gearbeitet...«

»Ja, aber meistens habe ich als Kellnerin gearbeitet«, fiel Carmen ihr in die Rede.

»Ja, aber immerhin, von uns hat noch keiner gemodelt, und das ist doch ein Traum für jedes junge Mädchen. Egal, wie groß er denn wird!«

»Aber es war nicht so toll, wie man sich das immer vorstellt«, warf Carmen wieder ein, »da musst du echt was für tun, also mein Ding wäre es auf Dauer sicherlich nicht! Vor einem Jahr bin ich dann nach Europa gekommen, ich wollte endlich mal was von der Welt sehen, und schließlich landete ich hier in Köln. Hier arbeite ich nun schon fast ein Jahr als Au-Pair-Girl in einer sehr netten Familie mit zwei unheimlich süßen Mädchen. Die eine ist fast fünf und geht schon in den Kindergarten, und die andere ist letzte Woche drei Jahre alt geworden, und ist jetzt ebenfalls dafür angemeldet.«

»Und dabei hat sie Argentinien vorher noch nie verlassen! Und dann gleich so ein Riesenschritt..., bis nach Köln!«, erzählte Noëmi nun weiter.

Sie machte den Eindruck, dass sie die Südamerikanerin ein bisschen bewunderte. In halb ironischem und halb schwärmerischem Tonfall fuhr sie fort: »Bis nach Uruguay oder Brasilien hatte sie es ja nicht weit von ihrem Heimatort..., sogar Paraguay ist noch fast um die Ecke! Aber nein! Ihre erste größere Reise führt sie direkt nach Europa..., und dann später bis hierher nach Köln!«

»Ja, mir war Buenos Aires zu groß, zu hektisch, trotz der südländischen Lebensart, und ich wollte mal weg, ganz weit weg, und die ganzen wirtschaftlichen und sozialen Probleme mit denen meine Landsleute seit Jahren kämpfen, hinter mir lassen! Und woher die Stadt ihren Namen hat, der übersetzt 'gute Lüfte' heißt, weiß inzwischen auch keiner mehr, und sie verdient ihn auch nicht wirklich, denn wenn die Sonne heiß herniederbrennt, vermag man es in der schwülen, drückenden Hitze kaum auszuhalten. Ich habe da mittelfristig einfach keine Perspektive mehr gesehen, es gab so viele Firmenpleiten..., und dann die Seilschaften der Politiker! Schließlich wollte ich schon immer mal nach Europa, aber dann in eine größere Stadt, wo ich keine Probleme mit der Sprache und so gehabt hätte...«

»Warum bist du dann nicht nach Spanien, nach Madrid oder Barcelona, gegangen?«, wollte Tom'ás wissen.

»Bin ich zuerst ja..., und dort habe ich auch das Ehepaar mit den beiden Mädchen kennen gelernt. Der Mann arbeitete damals bei einem Autohersteller in Spanien, als sie ein Au-Pair-Girl suchten, weil die Frau, also die Mutter, sich den Arm gebrochen hatte und allein im Haushalt mit den beiden relativ hilflos war. Tja, und als sie nach Deutschland zurückgingen, haben sie mich gefragt, ob ich nicht mitkommen wollte, da sie mit mir zufrieden waren, und auch die Kinder fanden mich sehr nett, das gab wohl den Ausschlag!«

»Und hier haben wir sie dann eines Tages kennen gelernt, sie war ganz allein, aber sie schien sich schon fast wie Zuhause in Argentinien zu fühlen«, sagte Jana. »Und nun bilden wir vier so etwas wie eine kleine Familie.«

»Ja, das hier ist alles überschaubarer als der Riesenmoloch Buenos Aires mit seinem hektischen Verkehr und...«

»Aber in Köln ist auch ganz gut was los«, warf nun Tom'ás ein, »diese Stadt ist mit Sicherheit auch nicht gerade als Kleinstadt zu betrachten!«

»Nein, natürlich nicht«, gab Carmen zurück, »aber kein Vergleich zu Buenos Aires! – Ich denke, du kannst das mit gar keiner europäischen Stadt vergleichen, vielleicht noch mit so Metropolen wie New York oder Mexiko-City!«

»Aha... - und willst du denn länger hier bleiben?«

»Erstmal ja«, strahlte sie, »die beiden Mädchen sind echt süß und die Eltern super in Ordnung. Da fühle ich mich wohl, und die Stadt ist auch okay.«

»Hast du denn kein Heimweh?«

»Ab und zu, aber es gibt ja Telefon, und zweimal im Jahr fliege ich für zwei Wochen nach Hause, das ist schon alles verabredet! Dann besuche ich meine Eltern und Großeltern und Geschwister!«

»Schön! Die Hauptsache ist, dir gefällt es! Und du bist ja noch jung, wer weiß, ob du später noch mal so eine Gelegenheit bekommen würdest!«

»Das denke ich auch, und meine Eltern sind der gleichen Ansicht!«, nickte Carmen bedächtig und lächelte.

»Und immerhin hast du hier ein paar tolle Mädels kennen gelernt«, meinte Jana ironisch, »dafür lohnt sich eine so weite Reise doch wohl auch!«

»Na klar«, lachte Carmen, »ohne euch wäre ich schon längst wieder in Argentinien!«

»Ja, wir haben schon eine tolle Zeit gehabt«, meldete sich nun auch Laura wieder zu Wort, »die möchte ich nicht missen! Um nichts auf der Welt!«

Nun drehte sich Tom'ás zu Jana und fragte: »Und wo kommst du her? Und was trinkst du da eigentlich?«

Sie hatte gerade einen Schluck getrunken und stellte das Glas lächelnd ab: »Das ist Kiba..., Kirsch-Bananen-Saft, echt lecker!« Sie hielt ihm das Glas hin: »Magst du mal probieren?«

»Ja, gern«, ergriff er das angebotene Glas und nahm einen Schluck: »Nicht übel, wirklich nicht übel«, meinte er dann anerkennend.

Er bot ihr nun sein Wasser an, doch sie lehnte dankend ab: »Danke, das schmeckt mir zu fad – ich brauche da ein bisschen mehr Pep! Tja..., und was meine Person angeht, meinen Namen kennst du ja schon. Ich bin sechsundzwanzig Jahre alt und komme aus Tula, einem kleinen Städtchen in Russland, knapp zweihundert Kilometer südlich von Moskau. Geboren bin ich in Kiew, aber als ich zwei Jahre alt war, sind wir umgezogen. Mein Vater hatte damals gerade seinen Wehrdienst abgeleistet, und er und meine Mutter hatten gerade erst geheiratet als ich geboren wurde.«

»Oh, dann bist du also der Anlass zur Hochzeit gewesen«, stellte Tom'ás fragend fest.

»Gewissermaßen ja«, grinste Jana verlegen. »Mein Vater wollte unbedingt in die Nähe der Hauptstadt, weil er sich da am ehesten Hoffnung auf Arbeit machte, aber meine Mutter wollte eher in einer Kleinstadt wohnen. So haben sie sich geeinigt und als mein Vater es dann vier Jahre später wieder mit der Armee zu tun bekam, und Moskau seine berufliche Heimat wurde, blieb ich mit meiner Mutter in Tula.«

»Dann ist dein Vater also Soldat..., Berufssoldat?«

Jana schüttelte verneinend den Kopf: »Nein, er bekam dort nur eine weitere Ausbildung..., eigentlich ist er Politiker, jedenfalls noch eher als Soldat..., auch wenn das nicht ganz der Wahrheit entspricht.«

Sie flüsterte, und Tom'ás hörte sie kaum noch als sie weitersprach, so leise wurde sie plötzlich: »Er ist nämlich der Sicherheitsberater des Präsidenten«, blickte sie ihn mit verschwörerischer Miene eindringlich an und legte dann einen Zeigefinger zum Zeichen der Verschwiegenheit auf den Mund: »Aber pssst!«

»Aber klar«, gab er augenzwinkernd zurück, »von mir erfährt keiner etwas!«

»Danke! Es ist zwar eigentlich nicht viel weiter schlimm..., aber mein Vater hat immer sehr viel Angst um mich...«, sie geriet ins Stocken, »... denn er hat nur noch mich.«

Er blickte sie fragend an, und sie erklärte: »Meine Mutter starb als ich dreizehn war. Das war damals eine sehr schwere Zeit..., mein Vater war unglaublich niedergeschlagen..., und ich..., ich flippte echt völlig aus. Damals wechselte ich meine Haarfarbe und auch meine Freunde wie andere Leute ihre Unterwäsche oder so..., ich glaube, es gibt keine Farbe auf dieser Welt, in der mein Haar noch nicht erstrahlte. Egal ob pink, grün, gelb, rot oder sämtliche Schattierungen zwischen blond, grau und schwarz..., einmal war ich sogar weiß, aber das machte mich richtig alt!« Sie lachte nervös auf. »Das, was ihr jetzt seht, ist das Endergebnis..., ich glaube, meine ursprüngliche Farbe werde ich wohl nie mehr bekommen..., ich weiß auch gar nicht mehr wie sie ursprünglich aussah!«

»Und dein Vater hat zu diesen ganzen Veränderungen nichts gesagt?«, wunderte sich Tom'ás.

»Ja, Wahnsinn was? – Meiner hätte mich ganz bestimmt für zig Wochen unter Hausarrest gestellt!«, ließ Carmen verlauten.

Jana sah sie traurig an: »Manchmal frage ich mich, ob meiner das nicht auch besser gemacht hätte - ich habe sehr viel Negatives erlebt..., echt! Er gab sich die Schuld am Tod meiner Mutter - weil er sie hat allein in den Urlaub fliegen lassen. Er konnte in der Zeit nicht weg, da er eine sehr wichtige Ausbildung absolvierte, und ich war damals bei meinen Großeltern in Kiew zu Besuch..., gleich nachdem die Schulferien angefangen hatten. Bis dahin war ich noch ein richtig braves Mädchen!« Eine Träne rollte ihr über die Wange, doch sie wischte sie mit einer entschlossenen

Handbewegung weg.

»Es war ein Flugzeugunglück, eine russische Passagiermaschine, die schon alt war und kaum gewartet wurde, da das zu teuer war«, ergänzte Laura ihre Freundin, die für den Moment sichtlich nach Fassung rang.

Doch Jana hatte sich schnell wieder im Griff, allerdings klang ihre Stimme noch seltsam belegt als sie weitersprach: »Mein Vater stürzte sich danach in die Arbeit, wurde ein echter Workaholic und schien für nichts anderes mehr Zeit zu haben. Und mich hat er alles machen lassen, was ich wollte..., Partys, Alkohol, Zigaretten, Jungs... - die Hauptsache war für mich ablenken und nicht mehr zurückdenken. Als dann Drogen ins Spiel kamen, und mich eines Tages die Polizei bei einer Razzia erwischte, holte mich mein Vater abends aus dem Gefängnis.«

Sie schaute Tom'ás und auch die anderen drei der Reihe nach an, fast als ob sie sich noch nachträglich dafür entschuldigen wollte: »Er hat die ganze Heimfahrt kein Wort gesagt, aber als wir zu Hause waren, da haben wir stundenlang geredet, fast die ganze Nacht durch. Da hat er mir erklärt, dass das Leben etwas Wunderbares sei, das man nicht so einfach wegwerfen dürfe!«

»Das ist ja schrecklich!« Man hörte es Tom'ás an, dass er meinte, was er sagte. »Wie alt warst du denn da?«

»Sechzehn.«

Tom'ás war bestürzt: »Und dann? Was hat dein Vater gemacht? Was hast du gemacht?«

»Tja, was soll ich sagen? - Ich habe mein Leben total umgekrempelt..., seit diesem Tage lief es wieder in meinem Leben, denn ich hatte den Bezug zu meinem Vater wieder gefunden. Und ich suchte mir neue Freunde, habe dann die Schule abgeschlossen, und vier Jahre später habe ich sogar angefangen zu studieren. So kann's gehen!«

»Wo hast du denn studiert? Bist du ins Ausland..., hier nach Köln, oder wohin?«

»Nein, ich blieb erst einmal in Russland..., zwei Semester habe ich in Moskau Politikwissenschaften studiert und noch bei meinem Vater gewohnt. Denn das Haus in Tula hatten wir schon lange aufgegeben und verkauft und waren in die Nähe von seinem Arbeitsplatz gezogen. Aber nach einem Jahr kam dann schon die nächste Veränderung - ich glaube manchmal, wir sind eine Generation der Orientierungssuchenden«, nickte sie bedeutungsvoll in Carmens Richtung, »wir müssen einfach erstmal gucken, was das Leben alles so zu bieten hat bevor wir uns endgültig festlegen... und uns dann für eine Richtung entscheiden. Auf jeden Fall stellte ich ziemlich bald fest, dass es das einfach immer noch nicht war und habe in einer ruhigen Minute mit meinem Vater darüber gesprochen. Gott sei Dank hat Geld bei uns keine so ganz wichtige Rolle mehr gespielt, denn er hatte nun schon seit Jahren seinen recht gut bezahlten Job, und meine Mutter hatte auch etwas für meine spätere Ausbildung gespart! – Bereits seit meiner Geburt!«

Zum Schluss war sie wieder etwas leiser geworden, und die Worte kamen nur noch zögerlich über ihre Lippen. Die drei Mädchen störten sie nicht und auch Tom'ás ließ sie für den Moment in Ruhe ihre Erinnerungen durcharbeiten und sah sich ohne größeres Interesse im Pub um. An einem der großen Tische hinter ihnen rechts in der Ecke bemerkte er fünf Männer, darunter einen ziemlich alten, die wiederholt zu ihnen hinüberstarrten. *»Die sind wohl eifersüchtig, dass ich hier allein mit vier Mädchen sitze!«,* dachte er. Er schenkte ihnen allerdings keine weitere Aufmerksamkeit, sondern ließ seinen Blick weiter durch den Pub schweifen.

*

Der älteste der Männer saß an der Stirnseite des Tisches und mochte bereits über siebzig Jahre alt sein, doch seine Gesichtszüge verrieten eine ungeheure Vitalität, die sich durchaus mit der eines zehn Jahre jüngeren Mannes messen lassen konnte. Er war wie ein ehemaliger Boxer oder Schwergewichtsringer gebaut, von nur mittelgroßer aber ungemein breitschultriger und kräftiger Statur. Seine dunklen Augen und schwarzen Haare ließen in ihm einen Südeuropäer vermuten. Ein schwarzer Schnauzer gab ihm ein seriöses Äußeres, doch bei genauerer Betrachtung musste jedermann zu dem Schluss kommen, um was für einen Typ Mensch es sich handelte. Seine Augen versprühten keinerlei Wärme, sogar seine Tischnachbarn zuckten bisweilen vor seinem kalten, stechenden Blick zurück wie vor einer giftigen Viper. Er war der Einzige, der nichts trank, er war offensichtlich nicht zu seinem Vergnügen hierhergekommen.

Zu seiner Linken saß ein etwa fünfundvierzigjähriger Typ, der fast sein Sohn hätte sein können. Er war von ähnlich kräftiger Statur, mit dichtem, schwarzem Haar, einem ebenfalls schwarzen, allerdings dünneren Schnauzbart und einem Paar kalter, dunkler Augen in dem runden Gesicht versehen, das gleichfalls menschliche Wärme vermissen ließ. Bei dessen Betrachtung musste jeder schnell zu der Einsicht gelangen, dass sein Besitzer schon den einen oder anderen Boxhieb verpasst bekommen hatte. Er machte den Eindruck eines Mannes, mit dem nicht zu spaßen war, und dieser Eindruck täuschte durchaus nicht. Seine Nase war bereits zweimal gebrochen, und über der rechten Wange verlief eine breite Narbe, die ihm ein verwegenes Aussehen gab - Spuren von einem Kampf. Er hörte dem Alten fast nur zu, und manchmal nahm er einen kleinen Schluck aus seinem Glas, das schon fast leer war.

Seine Kumpane waren schmaler aber nichtsdestoweniger durchaus kräftig gebaut, aber sie alle konnte man einem gewissen Milieu zuordnen, und sie gaben sich auch keine Mühe darüber hinweg zu täuschen, dass sie einfache Schläger, Kleinkriminelle waren. Alle trugen durchweg dunkle Jeans und Lederjacken, was zu dieser Jahreszeit einigermaßen ungewöhnlich schien, denn selbst jetzt am Abend konnte man bequem in T-Shirt oder Hemd herumlaufen.

Der Jüngste war mit seinen einsdreiundneunzig der Größte. Er war stark und voll gebaut. Sein Gesicht mit den kurzgeschorenen Haaren wirkte hart, wozu die dünnen, verkniffenen Lippen ein Übriges beitrugen. Die beiden anderen waren einige Jahre älter als er und hatten richtige Galgenvogel-Gesichter. Unrasiert und zerstreut, mit wirren Augen, die ruhelos die Anwesenden im Pub musterten, hinterließ der schmächtigere der beiden einen regelrecht süchtigen Eindruck, wozu sein Drei-Tage-Bart, der nur aus sehr wenigen Haaren bestand, und der blasse Gesichtsausdruck sehr gut passten. Seine Jacke war eine Nummer zu groß und täuschte Proportionen vor, über die nur seine Kumpane wirklich verfügten. Die Luft über seinem Platz war durch dichten Tabakqualm vernebelt, so dass die Lampe über dem Tisch Mühe hatte, sein hageres, spitzes Gesicht zu erleuchten. Der andere war mittelgroß und kräftig. Seine braunen Haare trug er nach modischem Kurzhaarschnitt hochgegelt, seine glattrasierten Wangen ließen ihn ein wenig deplatziert in dieser Runde wirken. Doch ein Blick in seine kalten Augen brachte einen auch hier auf die richtige Spur. In Rücksichtslosigkeit stand er dem Großen jedenfalls in nichts nach. Er war der Anführer und Wortführer der drei Schläger, die alle ein volles Kölsch-Glas vor sich stehen hatten.

Wie es aussah hatte sich ihr Chef – das Narbengesicht – mit dem älteren Mann gerade in Verhandlungen befunden, denn die Zwei taten sehr geheimnisvoll, und der Alte schob ihm jetzt unauffällig einen recht gut gefüllten Briefumschlag hin, den er rasch zu verbergen wusste. Anschließend erhob sich der Viperntyp ohne einen von den Schlägern oder Tom'ás und die Mädchen noch eines Blickes zu würdigen und verließ die Kneipe, ohne sich noch einmal umzudrehen.

Der links neben ihm sitzende Braunhaarige fragte nun den Chef der drei: »Und, wie viel hat er ausgespuckt?« Man hörte es ihm an, dass er nicht aus dem Rheinland stammte, sondern eher aus der Berliner Gegend.

Er erntete ein bösartiges Lächeln und einen vernichtenden Blick von dem Narbengesichtigen: »Genug, dass ich von hier bis nach Rom zu Fuß laufen würde!«

Der Fragende lehnte sich erstaunt zurück und die beiden anderen beugten sich vor. »Also, der Kleine da ist es, ja?«, winkte der Süchtige mit den Augen unmerklich in Tom'ás' Richtung und brachte eine Rauchwolke aus seinen Lungen hervor. Offenbar hatte ihn der Gedanke an baldige Arbeit in eine gewisse Ekstase versetzt.

Ein kaum bemerkbares Nicken von seinem Chef bestätigte, dass er der Unterhaltung mit dem Viperntypen einigermaßen hatte folgen können. »Und wir sollen ihn mal so richtig in die Mangel nehmen, ja?«

Wieder ein Nicken.

»Und was ist mit den Mädchen?«

»Egal«, brummte das Narbengesicht, »die werden euch ja wohl keine Schwierigkeiten bereiten, oder wie sehe ich das?«

»Nein, natürlich nicht«, beteuerte der Gefragte. »War nur Interesse halber«, beeilte er sich zu sagen.

»Gut«, ließ der Narbengesichtige verlauten und nahm den letzten Schluck aus seinem Glas, »ich werde mich jetzt auf den Weg zu unserem morgigen Job machen, den Kleinen aufmischen könnt ihr ja wohl auch ohne mich!«

»Aber klar – kein Problem!«

Der Chef erhob sich und verließ den Pub ebenso unauffällig und von den anderen Kneipenbesuchern unbeachtet wie kurz zuvor der geheimnisvolle Auftraggeber. Die beiden anderen Schläger rückten nun auf die freigewordenen Plätze, und alle drei beobachteten den Tisch mit Tom'ás und den vier Mädchen unauffällig, aber aufmerksam.

*

Tom'ás hatte seinen Rundblick durch den Pub beendet und Jana sich in der Zwischenzeit wieder beruhigt. Sie erzählte weiter: »Ja..., also..., meine Mutter hatte einiges gespart und mein Vater wie gesagt seinen Job..., und so war es kein Problem, dass ich studieren konnte. Und als ich dann feststellte, dass Politikwissenschaften mich eigentlich gar nicht interessierten, habe ich mir etwas anderes überlegt.«

»Hast du das denn ursprünglich nur auf Wunsch deines Vaters studiert?«, fragte Tom'ás.

Sie blickte ihn nachdenklich an: »Das haben mich schon viele gefragt..., ich glaube fast..., ja! Ich wollte mich ihm annähern, er war immerhin mein einziger Halt gewesen. - Ja, ich denke schon, dass ich es für ihn getan habe..., aber es führte halt nicht weit!«

»Dann sei froh, dass du das so schnell erkannt hast, manche brauchen dafür ihr ganzes Leben!«

»Ja, im Nachhinein betrachtet hast du sicherlich Recht, es ist dann alles auch sehr schnell gegangen. Ich wechselte die Uni, das Land und die Leute und bin nach Deutschland gezogen, hierher nach Köln. Meine Urgroßeltern waren Russland-Deutsche, und die Sprache hat mir meine Oma in meiner Kindheit noch ein bisschen beigebracht. Ich war sogar besser als meine Mutter, die verstand zwar eine Menge, aber reden konnte sie fast gar nicht. - Aber ich bin wohl auch ein Sprachentalent..., wobei in der Familie keiner so genau weiß, woher ich das habe. Ich spreche nämlich auch noch Polnisch, Englisch und Französisch.«

»Ist ja toll!« Er war sichtlich angetan. »Das sind ja ganz unterschiedliche Sprachfamilien, das war sicherlich nicht einfach!«

»Naja, es ging so. Ich studiere jetzt schon seit drei Jahren Fremdsprachenkorrespondentin, mein Traum ist es, zu den Vereinten Nationen nach New York oder Genf zu gehen, und dort als Übersetzerin zu arbeiten. Aber das ist noch ein langer und ganz bestimmt auch harter Weg, in drei Wochen ist erstmal eine Zwischenprüfung in Französisch, eine sehr merkwürdige Sprache!«

»Ja, die Grammatik ist allerdings ein bisschen umständlich, aber es klingt doch ganz hübsch«, meinte Tom'ás.

»Oh, sprichst du auch Französisch?«, war Jana sichtlich überrascht.

»Un petit – ein bisschen«, erwiderte er, »für den Hausgebrauch reicht's, und durch Frankreich würde ich auch noch kommen.«

»Ihr könnt euch ja weiter auf Französisch unterhalten«, mischte sich Noëmi jetzt mit leicht säuerlicher Miene ein, »ich lerne dann mit Carmen Spanisch!«

»Ups, da haben wir wohl jemanden vergessen«, lachte Jana, »na komm, dann erzähl du noch deine Lebensgeschichte, dann kennt er uns alle!«

»Nee..., ich wollte euch auf keinen Fall unterbrechen, erzähl ruhig weiter«, forderte sie die Russin schmollend auf.

»Du wirst mir doch wohl nicht böse sein?« In Janas Augen blitzte es verräterisch auf, und sie strahlte so viel Wärme aus, dass Noëmi unwillkürlich lachen musste: »Na gut, ich verzeihe dir, war ja auch nicht wirklich schlimm!«

»Na also! – Aber jetzt komm, jetzt bist du dran mit Erzählen!«

»Bist du denn fertig?«

»Sicher.«

»Na gut«, wandte sie sich nun Tom'ás zu, »dann musst du noch meine Lebensgeschichte über dich ergehen lassen, sonst sind wir unvollständig.«

»Ach, das ist doch keine Strafe, das höre ich gern!«

Sie lächelte erfreut: »Wirklich? Und ich dachte schon, wir langweilen dich mit unseren Geschichten zu Tode!«

»So ein Quatsch, wie kommst du auf die Idee?«

»Hmm, du scheinst mir irgendwie zu ruhig...«

»So bin ich nun mal.«

»So so, ein ruhiger, stiller Junge aus einem fernen Land«, schmunzelte Laura. Tom'ás schaute sie an und Laura hielt seinem Blick mit einem Lächeln stand.

»Hee! Jetzt nicht ablenken!« Noëmi gab Laura einen leichten Ellenbogenstoß in die Seite.

»Hey!« Laura knuffte sie zurück, »man wird ja wohl noch mal einen Scherz machen dürfen!«

»Schon, aber nicht so...«

»Was soll das heißen, nicht so?«

»Du weißt es ganz genau, tu nicht so scheinheilig!«, wurde Noëmi etwas lauter als beabsichtigt. Ihre Augen funkelten streitsüchtig, und ihre Wangen waren leicht gerötet.

»Ja, was denn, ich habe doch gar nichts...«, war Laura verblüfft.

»Sie ist verliebt«, stellte Carmen fest und blinzelte den anderen mit einem Auge zu.

Noëmi wurde nun ganz rot: »Das ist nicht wahr!«

»Oh doch, denkst du, ich habe Tomaten auf den Augen? Das sieht doch ein Blinder!«

»Mädels, entschuldigt mich für einen Moment, ich muss mal dringend was wegbringen!« Tom'ás ließ die vier allein und verschwand in Richtung Toilette. Bevor die Szene zu peinlich wurde, ließ er das die Mädchen lieber untereinander regeln.

Aber er musste sich eingestehen, dass Noëmi ihm ausnehmend gut gefiel – wie sehr, war ihm allerdings noch nicht bewusst. *»Wenn sie die gleichen Gefühle für mich hegt, dann könnte das noch ein ganz lustiger Abend mit der Bande werden!«*

Er erreichte die Toilettentür und schaute schnell noch einmal unauffällig zurück. Die vier Mädchen waren in eine eifrige Diskussion verfallen, deren Inhalt er sich fast denken konnte.

*

Shango trat in den Raum der Ältesten und erstattete Bericht: »Wir haben das große Schiff der weißen Rasse wieder entdeckt und beobachten es jetzt bereits seit fast einer Viertelstunde. Es hält seit dieser Zeit unverändert seine jetzige Position!«

»Aha! Sehr gut!«, ließ sich Erinle vernehmen.

Obatala nickte nur, und Ogun fragte: »Wie weit sind wir denn jetzt von denen entfernt?«

»Dreitausend Kilometer, fast genau in westlicher Richtung. Sie kamen uns von Europa entgegen und blieben dann aber dort halten, wo sie jetzt sind.«

»Das bedeutet, sie haben inzwischen auch ihren zweiten Agenten abgesetzt und warten jetzt auf die Rückkehr der beiden«, schlussfolgerte Erinle.

Obatala nickte wieder, ein eindeutiges Zeichen, dass er genauso dachte. Ogun wertete dies als Aufforderung zur Einleitung weiterer Schritte und befahl: »Wir werden unsere jetzige Position ebenfalls halten. Soweit wir wissen, haben die beiden Agenten eine Frist von drei Erden-Tagen um ihre Untersuchungen durchzuführen. Dann können wir sie wieder zurückerwarten, denn dann erfolgt der Bericht an die mitgekommenen Ratsmitglieder. Aber bis dahin wird sich wohl relativ wenig ereignen.«

»Jawohl«, verließ Shango den Raum wieder.

»Sollten wir nicht Kyala nach Europa schicken?«, fragte Ogun, als die drei Ältesten wieder allein waren und blickte die anderen beiden Ratsmitglieder fragend an.

»Noch nicht«, erklärte Obatala jedoch entschieden, »denn solange deren erster Agent von Oshoshi und Engai überwacht wird, kann eigentlich nicht viel passieren. Die Reaktionszeit ist für uns so auf jeden Fall ausreichend.«

Erinle war der gleichen Meinung: »Wir behalten Kyala noch hier..., für den Notfall. Es kann nie schaden, noch einen Trumpf in der Hinterhand zu haben!«

»Stimmt auch wieder«, brummte Ogun, »zum Beispiel, wenn Engai und Oshoshi wider Erwarten Schwierigkeiten bekommen oder ihren Auftrag aus irgendeinem Grund nicht mehr durchführen können. Es ist schon richtig, man muss in unserer Lage mit allen Eventualitäten rechnen und sich alle Optionen offenhalten.«

»Oder wenn das zweite Raumschiff der Weißen Rasse plötzlich eingreift und wir uns zu erkennen geben müssten. Dann würden natürlich auch wir Verstärkung anfordern«, sagte Obatala, »und Kyala wird unmittelbar auf einen wichtigen und höheren Entscheidungsträger der Erde angesetzt und muss ihn dann unter allen Umständen zu uns bringen. Dann wird es allerdings unsere Aufgabe sein, ihn von der Situation, in der sich die Erde und somit die Menschheit befindet, zu überzeugen. Aber ich denke, wenn wir die Menschen mit den Tatsachen konfrontieren, werden sie es schnell einsehen.«

Ogun nickte. »*Hoffentlich kommt es nicht so weit, sondern die Weißen erkennen aus eigener Kraft, wie die Dinge stehen! Denn nicht alle Erdenbewohner sind schlecht – das würde echt eine drastische Maßnahme sein, wollte man alle das Fehlverhalten einiger Weniger büßen lassen.*«

*

Als Tom'ás wiederkam, saßen die vier Mädchen ganz ruhig am Tisch und taten als wäre nichts geschehen. »*Na, dann scheint ja alles wieder in Ordnung zu sein!*«, dachte er und setzte sich wieder auf seinen Platz.

Er stellte jedoch schnell fest, dass die Mädchen auf irgendetwas zu warten schienen, eine fast schon greifbare Spannung lag in der Luft. Er überflog den Tisch mit einem schnellen aber gründlichen Blick. Sofort merkte er, dass alle Gläser leer waren, vielleicht hatten sie mit einer neuen Bestellung gewartet, bis er wieder da war?

Er griff nach seinem Glas und trank ebenfalls aus. Als er es auf dem Tisch abstellte, ergriff Jana das Wort: »Hast du jetzt noch etwas vor?«

»Nein, wieso?«, fragte er verwirrt. So eine Einleitung hatte er denn doch nicht erwartet.

»Weil wir jetzt noch in ein anderes Lokal gehen wollen, das ist unsere übliche Tour am Samstag Abend. Also, wenn du mitkommen magst...«

Er sah vier liebevolle Augenpaare auf sich gerichtet, die von ihm offensichtlich nur eine Antwort erwarteten. Er gab sich den Anschein als ob er kurz überlegen würde, doch war er sich seiner Sache sofort sicher gewesen.

»Okay, gern«, gab er also sein Einverständnis, und Noëmis Augen strahlten. Sie schien sich merklich zu dem ruhigen Außerirdischen hingezogen zu fühlen, wollte sich aber noch nicht eingestehen, weshalb. Dafür war es ihrer Meinung nach noch zu früh, und sie handelte zunächst einmal instinktiv – aus dem Bauch heraus.

Auch Laura freute sich merklich: »Fein! Dann wird das bestimmt noch ein lustiger Abend.«

Er ging jedoch nicht weiter auf ihre Äußerung ein, sondern erkundigte sich im Plauderton: »Wo wollt ihr denn hin?«

»Och... erstmal an 'n Rhein runter«, antwortete Jana in einem Ton als ob sie über's Wetter sprechen würde, und die neben ihr sitzende Carmen konnte sich ein Grinsen nicht verkneifen.

»Ich bin dabei«, stand er auf und tat so, als ob er es nicht gesehen hätte. Die Mädchen folgten ihm geschwind. Er ließ Jana voraus gehen. Die anderen folgten umgehend, und sie verließen den Pub. Draußen empfing sie frische, kühle Abendluft, und er stellte fest, dass inzwischen alle Tische und Stühle verschwunden waren.

»Sperrstunde!«, überlegte er sich, dann schritten sie langsam quer über den Alter Markt in Richtung Rhein hinunter.

Die drei Typen am Ecktisch erhoben sich unmittelbar, als die fünf an ihnen vorbeigegangen waren. Sie gaben sich einen äußerst harmlosen Anschein, aber einem aufmerksamen Beobachter wäre es mit Sicherheit nach kurzer Zeit aufgefallen, wem ihre Aufmerksamkeit trotz aller zur Schau getragenen Unbedarftheit galt.

Sie folgten der Gruppe in einigem Abstand, dass es einem unbeteiligten Zuschauer nicht aufgefallen wäre, und den Verfolgten fiel es auch nicht auf. Sie hatten genug mit sich selbst zu tun.

Die drei Verfolger schlenderten wie Touristen über den Platz und stellten bald fest, dass sich ihr Zielobjekt mit einem der Mädchen etwas zurückfallen ließ.

*

Auf dem Weg zum Rhein hinunter hielt Noëmi Tom'ás auf einmal am Arm fest.

Er blieb stehen und blickte sie fragend an.

Sie blickte für einige Momente still vor sich hin. »Willst du unbedingt mit in das andere Lokal?«, fragte sie ihn dann mit zaghafter Stimme, blickte ihm dabei jedoch fest in die Augen.

Er schüttelte den Kopf: »Warum?«

»Weil ich lieber ein bisschen am Rhein spazieren gehen würde, aber allein macht das natürlich keinen Spaß!«

»Oh Weiberlist!«, freute er sich, *»das läuft ja besser als erwartet!«* »Ich würde einen Spaziergang mitmachen«, willigte er dann großmütig ein, wobei er es ausgezeichnet verstand, in seine Stimme nicht zu viel Freude hineinzulegen, sondern die Sache ganz nüchtern zu nehmen. »Ein bisschen frische Luft zu schnappen ist nach der verrauchten Luft da drin bestimmt nicht schlecht.«

»Okay..., ich sage den anderen Bescheid«, verkündete sie. Noëmi beschleunigte ihre Schritte und verfiel fast in einen Lauf, denn die anderen Mädchen hatten schon einen beachtlichen Vorsprung gewonnen. Sie hielt sie an und redete kurz aber heftig auf sie ein, dann kehrte sie zu Tom'ás zurück.

»Das ging aber schnell!«, stellte er lachend fest.

»Ja«, lachte sie etwas nervös, »die wissen, dass ich gerne draußen spazieren gehe.«

»So so«, sagte er und dachte sich seinen Teil.

»Komm, zum Rhein geht es da entlang«, ergriff sie seine Hand und zog ihn vorwärts.

Er folgte ihr, und wieder einmal musste er feststellen, dass ihm dieses junge und bis vor wenigen Stunden vollständig unbekannte Mädchen unheimlich gut gefiel. *»Gleiche Wellenlänge nennt man das wohl«*, überlegte er sich im Stillen, und gespannt wartete er, wohin sie mit ihm gehen würde.

VI. Erklärungen

»Der Meister sprach, 'Wenn ein Mann des Morgens den rechten Weg erführe, könnte er des Abends ohne Bedauern sterben.'«
Konfuzius – Gespräche IV, VIII

Die drei Verfolger waren stehen geblieben, als Noëmi von ihren Freundinnen zurückkehrte, doch jetzt folgten sie ihnen zum Rhein hinunter. Langsam kamen sie den beiden näher, denn Noëmi und Tom'ás schlenderten den Weg entlang, als ob sie alle Zeit dieser Welt hätten. Der Anführer zog ein Messer aus der Tasche und verbarg es sorgfältig in seiner Hand. Plötzlich blieb er jedoch stehen. Gerade vor ihnen war ein junges Mädchen aufgetaucht, das ihnen allen einen sehr verführerischen Blick zuwarf, kurz stehenblieb und sich vergewisserte, dass sie auch bemerkt worden war, und dann in die entgegengesetzte Richtung schritt.

»Moment mal«, meinte auch schon der Süchtige, »habt ihr die Kleine gesehen?«

»Klar! Denkst du, ich bin blind?«, schnauzte der mit dem Messer zurück. »Nicht übel, was?«

»Allerdings nicht! – Die wäre was für Papas Sohn!«, trat ein merkwürdiger Glanz in die Augen des Süchtigen.

»Das wollen wir erst noch sehen, ich habe sie zuerst gesehen!«, murrte der Große.

»Ach ja? Wo kam sie denn her, he?«, herrschte ihn sein Kumpel an.

»Na, von da«, deutete der Gefragte in eine Richtung, doch er wusste es genauso wenig wie seine Kumpane, denn allen war das Mädchen erst aufgefallen, als sie direkt vor ihnen stand und ihnen zulächelte.

»Hinterher!«, kommandierte der Messer-Typ jetzt und machte Anstalten, dem Mädchen zu folgen.

»Und unser Auftrag?«, wollte der Große noch einwenden und blieb zögernd stehen.

»Interessiert jetzt nicht, die laufen uns nicht weg! Siehste doch selber, dass die beiden 'ne Stunde für zehn Meter brauchen!«, nickte der Anführer kurz in die Richtung der von ihnen Verfolgten. Der Große war überzeugt, und die Typen schlugen nun eine neue Richtung ein und folgten dem Mädchen, das sie so dermaßen aus der Fassung gebracht hatte. Es hatte sich schon etliche Meter von ihnen entfernt, doch es schien fast so, als ob sie auf die drei wartete, denn sie verharrte solange, bis sie von ihnen wieder gesehen werden konnte. Dabei warf sie aus ihren großen dunklen Augen wiederholt geheimnisvolle Blicke auf ihre Verfolger.

Diese holten rasch auf.

»Wie alt die wohl ist?«, fragte der Süchtige. Er machte einen sehr erregten Eindruck.

»Die ist doch noch blutjung..., sieht man doch!«, vermutete der Große.

Der Anführer war der gleichen Meinung: »Bestimmt gerade mal achtzehn!«, nickte er gedankenverloren. Er beschleunigte seine Schritte.

Doch seine beiden Kumpane waren – wenn auch nur in feinen Nuancen - anderer Ansicht.

»Ach Quatsch, die ist schon zwanzig!«, meinte der Große.

»Mit Sicherheit ist die schon über zwanzig!«, stellte der Süchtige jetzt mit Bestimmtheit fest.

»Und wen von uns meint sie eigentlich?«, wunderte sich der gebürtige Kölner, dem die Sache allmählich etwas merkwürdig vorkam.

»Egal, wenn wir sie nur erst haben!«, nahm ihm der Anführer jedoch jede Spur eines Zweifels und ermunterte die beiden anderen noch mal zum schnelleren Folgen.

Als das Mädchen in eine kleine Gasse abbog, beschleunigten die drei ihre Schritte noch mehr und sahen sie nach etwa dreißig Metern in eine Einfahrt gehen. »Jetzt haben wir sie«, frohlockte der Anführer, der sein Messer längst wieder in der Tasche verstaut hatte, »die wartet auf'm Hof auf uns!«

Sie bogen auch in die Einfahrt ein, liefen noch ein paar Schritte, und standen in einem Hinterhof, der an allen Seiten von dunklen hohen Mauern eingefasst war. Nirgends war eine offene Tür oder ein offenes Fenster zu sehen.

»Wo ist sie denn hin?«, fragte der Anführer verblüfft, doch seine beiden Kumpane konnten sich das auch nicht erklären und guckten ihn für einen Moment sprachlos an. Dann begannen sie den Hof abzusuchen, stellten jedoch schnell fest, dass alle Türen, die zu kleinen privaten Kellern führten, und die wenigen erreichbaren Fenster im Erdgeschoss und im ersten Stock ausnahmslos fest verschlossen waren.

»Das gibt's doch gar nicht! Die kann sich doch nicht in Luft aufgelöst haben!«, schimpfte der Anführer.

Da erstarrte der Jüngste schlagartig, doch die anderen rissen ihn aus seiner Trance: »Hey! Was ist denn mit dir?«

»Ich..., ich dachte, ich hätte was gesehen...!«

»Was gesehen? - Was denn?«

»Ein Licht..., und ihr Gesicht...«

»Ja? Wo denn?«

»Da oben«, wies er mit ausgestrecktem Arm auf eine der dunklen Mauern.

»Du spinnst ja! Und was für ein Licht soll das wohl gewesen sein, Mensch?«

»Ich... weiß nicht, irgendwie unheimlich..., komisch.«

»Ja Wahnsinn, lassen wir uns so 'ne Perle durch die Lappen gehen, die es offenbar unbedingt wissen will, und du kommst mir jetzt mit so 'nem Dreck!«, regte sich der Ganove auf.

Der Angesprochene gab keine Antwort, es war auch unnötig, denn in diesem Moment sahen sie alle ein helles, blendendweißes Licht, das nach und nach die Gestalt des von ihnen verfolgten Mädchens annahm und von der Mauer geradewegs in den Himmel fuhr.

Wie vom Donner gerührt standen sie eine Weile da, dann fluchte der Süchtige: »Das darf ja wohl nicht wahr sein! Was war denn das?«

Niemand antwortete ihm. Für weitere Sekunden standen sie still und starr, und ein unbeteiligter Beobachter hätte sich sehr gewundert, was diese ansonsten so abgefeimten Burschen dermaßen erschüttert haben könnte, dass sie für Momente zu keiner Regung mehr fähig waren.

»Ich weiß es nicht! – Und ich will es auch gar nicht wissen. Los kommt, wir haben noch einen Auftrag zu erfüllen!« Ihr Anführer schüttelte sich wie benommen und riss sie schließlich mit.

Doch der Große hatte die seltsame Begegnung offensichtlich nicht so schnell verdaut: »... wie ein Engel«, murmelte er, und fast konnte man den Eindruck gewinnen, dass er sich ein bisschen fürchtete.

*

Tom'ás und Noëmi waren inzwischen auf der Rhein-Promenade unterwegs. »In welche Richtung?«, hatte sie ihn gefragt.

»Ist mir egal, ich kenne mich hier nicht aus«, hatte er unentschlossen und schulterzuckend geantwortet.

»Dann gehen wir da entlang«, hatte sie bestimmt und rheinaufwärts gedeutet.

»Okay, darf ich bitten«, hielt er ihr daraufhin seinen Arm hin. »Erzähl mir doch mal ein bisschen von dir!«

»Was denn?«, fragte sie und hakte sich unter.

»Hmm..., einfach alles«, sagte er und blickte ihr träumerisch in die Augen, »wo kommst du her, hast du Geschwister..., von deinen Eltern, Großeltern und so!«

»Ja« meinte sie, »also..., ich komme aus Israel, bin in Jerusalem geboren, und wie vorhin schon gesagt, bin ich einundzwanzig Jahre alt, werde aber bald zweiundzwanzig. Ich habe einen Bruder, der ist vier Jahre jünger, der geht noch zur Schule. Und später will er nach Amerika, in das Land der unbegrenzten Möglichkeiten! Und studieren will er dort, irgendwas mit Raumfahrt oder so, denn er meint, dass wir nicht allein im Universum sind, sondern dass es ganz viele verschiedene Lebensformen gibt. Und er hofft, dass die Wissenschaft in zehn Jahren soweit ist, dass wir dann längere Weltraumflüge durchführen können, quer durch's ganze Universum!«

»Glaubst du das auch?«

»Was?«

»Dass die Menschen nicht allein auf der Erde sind, also dass es da draußen - er deutete auf die funkelnden Sterne - noch anderes Leben gibt?«

»Ich weiß nicht..., vielleicht! Meine Oma sagt immer, dass es noch so viele Dinge zu entdecken gibt, dass ein einziges Menschenleben dazu gar nicht ausreicht!«

»Im Universum?«

»Ja, auch. Aber auch auf der Erde! – Denk doch nur an die unerforschten Meere..., in der Tiefe der Ozeane! Was da wohl für Tiere leben, die noch nie ein Mensch gesehen hat!

– Oder die Regenwälder in Südamerika oder auch Asien! Es gibt immer etwas zu entdecken, sogar in meiner Heimat!«

»In Israel?«

»Ja, da und in anderen arabischen Staaten. Nur leider ist da so oft Krieg!«

»Ja, das stimmt, die Gegend ist mit Sicherheit nicht die ruhigste auf der Welt.«

»Aber seit einiger Zeit ist es sehr ruhig, in ganz Israel! Und ich gehe am Montag ja auch zur Armee, dann wird es dort noch ruhiger!«, lachte sie etwas unsicher.

»Du?«, wunderte er sich. »Warum?«

»Es ist halt einfach so, okay?«, fuhr sie ihn an. »Ich habe jetzt hier als Au-Pair gearbeitet und ein bisschen Urlaub gemacht nach der Schule, und übermorgen muss ich dann dahin. Aber ich möchte die letzten Tage hier noch genießen, also lass uns bitte über etwas Anderes reden, ja?«, bat sie jetzt zaghaft.

»Okay, okay!«, willigte er ein.

»Na ja, ist ja auch eigentlich egal..., auf jeden Fall hat sich bei uns in Israel und den angrenzenden Staaten schon eine Menge ereignet.«

»Ja ja«, seufzte er, »die Erde ist ja schon ein bisschen älter und könnte bestimmt zahlreiche Geschichten erzählen!«

»Auf jeden Fall«, stimmte sie ihm zu. »Ja, und meine Oma, von der ich gerade sprach, die ist die Mutter von meiner Mutter. Meine anderen Großeltern sind leider alle schon tot. Mein Opa ist vor fünfzehn Jahren an Lungenkrebs gestorben - sie unterdrückte ein Schluchzen - obwohl meine Oma und meine Mutter ihm immer wieder gesagt haben, dass er nicht so viel rauchen soll! - Er war leider ein sehr starker Raucher. Aber das ist schon so lange her..., das weiß ich fast nur aus Erzählungen von meinen Eltern und kann mich kaum mehr erinnern, denn da war ich gerade mal fünf!«

»Und deine anderen Großeltern?«

»Die habe ich nie kennen gelernt.« Sie schüttelte den Kopf. »Mein Vater hat mir viel von ihnen erzählt und auch ein paar Bilder gezeigt. Sie kommen ursprünglich hier aus Deutschland, haben sich in den sechziger Jahren in Hamburg kennen gelernt und sind dann nach Israel ausgewandert. Mein Urgroßvater ist im Zweiten Weltkrieg gefallen und mein Großvater wurde insofern nur von seiner Mutter großgezogen. Das war damals wohl eine wirklich schlimme Zeit, Vater hat immer noch ein Tagebuch von ihr, da steht drin, wie sie geflohen sind..., zum Ende des Krieges, und dann der harte Kampf, um überhaupt leben zu können...!«

Sie brach ab und lehnte ihren Kopf an seine Schulter. Er legte seinen Arm um sie und schweigend blickten beide für eine Weile auf das Wasser.

Aber bald darauf fuhr sie mit entschlossener und fester Stimme fort: »Tja, das bringt der Krieg wohl mit sich, kann man nichts machen! Als dann 1967 der Krieg hier war, war mein Vater gerade vier Jahre alt und bei seiner Großmutter zu Besuch, als meine Großeltern bei einem Bombenangriff ums Leben kamen. Seine Großmutter hat dann wieder einen Jungen großgezogen, ganz allein..., diesmal ihren Enkel - meinen Vater!«

Die letzten Worte hatte sie nur noch stockend rausbekommen und schluchzte jetzt hemmungslos. Tom'ás drückte sie etwas fester an sich und meinte mit beruhigender Stimme: »Ist ja gut..., ist doch alles vorbei!«

Noëmi riss sich von ihm los: »Nichts ist gut! Gar nichts! – Seine Mutter war schwanger, als die Bombe fiel! Noch einen Monat und er hätte ein Schwesterchen bekommen!«

Sie ballte ihre kleinen Hände zu Fäusten und schlug in einer Mischung aus Wut und Trauer auf die Bank. Er ließ ihr die Augenblicke um sich abzureagieren, dann war sie mit ihren Kräften am Ende und sank wieder an seine Seite.

*

Die drei Schläger standen ziemlich ratlos auf der Rheinpromenade. Sie waren zur Stelle, wo sie Tom'ás und Noëmi verlassen hatten, zurückgekehrt, doch hatten sie sie nach intensivem Suchen in der unmittelbaren Umgebung nicht wieder entdeckt. Dann hatten sie die weitere Umgebung systematisch abgesucht, doch auch dann hatten sie von ihrer Zielperson und seiner Begleiterin nicht das Geringste entdeckt.

»Das gibt's doch gar nicht!« ärgerte sich der Anführer »Das ist ja, als ob die sich in Luft aufgelöst hätten!«

»Ja«, stimmte ihm der Süchtige zu, »die können in der kurzen Zeit doch gar nicht so weit gekommen sein! Eigentlich müssten wir die auf jeden Fall hier irgendwo sehen!«

»Verstehe ich auch nicht«, meinte der Große kopfschüttelnd, der sich als gebürtiger Kölner in der Altstadt-Szenerie immerhin recht gut auskannte, »die wussten doch gar nicht, dass wir sie verfolgen..., oder etwa doch?«

»Nee, natürlich nicht«, erwiderte der Braunhaarige, »so ein verfluchter Mist!«

»Da hilft alles nichts, wir müssen sie halt suchen!«, dachte der Kölner laut. »So viele Möglichkeiten gibt es hier ja nicht, wo die in der kurzen Zeit geblieben sein könnten!«

»Na, du machst mir vielleicht Spaß«, grollte der Anführer, »in dieser Menschenmenge und ohne Richtungsvorgabe? Vergiss es!«

»Und, was machen wir jetzt?«, fragte der Süchtige. Er

hatte das Ereignis mit dem jungen Mädchen und dem Hinterhof noch immer nicht ganz verdaut. Wenn es nach ihm gegangen wäre, wären sie sicherlich noch einmal zurück gegangen.

Aber es ging nicht nach ihm. Der Anführer erklärte: »Na was schon! Wir gehen zum Chef zurück und helfen ihm noch bei den Vorbereitungen für die morgige Aktion! - Ist halt Pech, dumm gelaufen!«

»Hmm, ob der so begeistert davon sein wird!«, versuchte der Große einzuwenden. »Vielleicht sollten wir noch ein bisschen weiter suchen!«

»Natürlich nicht, aber was sollen wir denn sonst machen? Weg ist weg!«, entgegnete der Anführer jedoch in einem Ton, der jede weitere Diskussion überflüssig machte, und so schlugen die drei schließlich den Weg zu ihrem Auto ein.

*

Tom'ás strich Noëmi die Haare aus dem Gesicht und streichelte behutsam ihre Wange. Still saßen sie eine Zeitlang so da, dann hatte sich Noëmi wieder gefangen: »Es ist so gemein. Das Baby konnte sich ja nicht einmal wehren!« Nach einem tiefen Atemzug schüttelte sie energisch den Kopf: »Meine Urgroßmutter hat meinen Vater dann genau so wie seinen Vater groß gezogen, die ganze Jugend und Schulzeit mit ihm mitgemacht. Und Ende der Achtziger hat er schließlich meine Mutter kennen gelernt..., tja, und 1990 kam ich dann..., und kurz darauf mein Bruder!«

Sie lächelte müde. Er wischte ihr noch eine Träne aus dem Gesicht, dann sagte er: »Das ist ja Wahnsinn! – Was es nicht für Schicksale und Familienverhältnisse gibt!«

Sie setzte sich kerzengerade hin: »Ja, nicht? Manchmal

bewundere ich meine Urgroßmutter, dass sie zwei Kinder, also Babys, so groß gezogen hat. Immerhin war sie schon fünfundfünfzig als mein Vater geboren wurde!«

»Lebt sie denn noch?«, wollte Tom'ás wissen.

Noëmi schüttelte energisch den Kopf: »Nein, sie starb als ich neun war. Aber ich habe noch viele Erinnerungen an sie. Mein Vater bewundert sie auch, ihre Kraft...!«

Wieder schwieg sie, und er störte sie nicht in ihren Gedanken, sondern blickte still auf den Strom.

»Und darum will ich auch zur Armee«, brach sie schließlich ihr Schweigen. »Ich glaube manchmal, mein Vater hätte lieber zwei Söhne bekommen. Er findet es auch gar nicht gut, dass mein Bruder mit dem Militär nichts zu tun haben will, aber er kann ihn ja schließlich nicht zwingen. Die Zeiten sind vorbei! - Aber ich gehe hin, auch für das Baby, das eigentlich meine Tante werden sollte! Damit so was nicht noch einmal passiert!«

»Meinst du denn, dass das eine gute Idee ist?«

»Warum?«, fragte sie erstaunt. »Natürlich! Ich sorge damit für die Sicherheit des Landes, und also auch für die meiner Familie!«

»Aber ist es nicht eigentlich total irrsinnig, sich gegenseitig zu bekämpfen und sogar zu töten?«

»Natürlich ist es das! Aber man muss sich doch verteidigen, wenn man angegriffen wird!«, blickte sie ihn zweifelnd an. Und nach einer kurzen Pause fügte sie hinzu: »Und dass ausgerechnet du das fragst... - die Amerikaner sind doch wohl die Kriegsherren überhaupt!«

Er nickte: »Ja, das stimmt, aber mein Großvater hat immer gesagt, man soll aus seinem Leben und aus seinen Fehlern lernen und danach handeln. Wenn man also festgestellt hat, dass Krieg sinnlos ist, warum gibt es dann immer noch so viele? Niemand will doch eigentlich Krieg, und doch töten sich die Menschen überall gegenseitig! Und das Schlimmste ist ja wohl, wenn Frauen Soldaten sind! Die sind doch eigentlich zum Leben erschaffen und nicht zum Leben vernichten da!«

Sie schaute ihn nachdenklich an: »Wie du redest! Wie ein Philosoph!«

Er lächelte, erwiderte aber nichts.

»Warst du denn nicht in der Army?«, wollte sie wissen.

»Nein! – Aber nun lenk nicht ab! Du musst doch zugeben, dass es total hirnrissig ist, Frauen in Uniform zu stecken und auf's Schlachtfeld zu schicken, oder nicht?«

»Hmm«, grummelte sie, »ja, ich geb's ja zu, aber auch Frauen dürfen sich ja wohl verteidigen!«

»Sicherlich dürfen sie das! Aber eine aktive Verteidigung ist eigentlich schon ein Angriff, und hast du erst einmal eine Waffe in der Hand und bist...«

»Ist ja auch egal«, unterbrach sie ihn, »ich will mir diese paar Stunden noch keinen Kopp darüber machen, lass uns nun wirklich über etwas anderes reden! - Jetzt erzähl doch mal was von dir! Wie alt bist du überhaupt? Und hast du auch Geschwister?«

»Ich bin achtundzwanzig, und ich habe eine Schwester.«

»Wie heißt sie denn?«

»A'ísha.«

»Und wie alt ist sie?«

»Sie ist se..., ähh, zwei Jahre älter als ich«, hätte er sich fast verraten.

»Also schon dreißig!«, stellte Noëmi erstaunt fest.

»Ja..., richtig«, war Tom'ás erstmal erleichtert, dass sie keinen Verdacht geschöpft hatte.

»Sind denn deine Eltern schon ein bisschen älter?«, wollte sie nun wissen.

»Nein, die sind beide noch ziemlich jung, bei uns ist das

alles auch ein bisschen anders als bei euch. – In der Familie«, fügte er schnell hinzu.

»Tja, Amerika, da gibt es bestimmt Hunderte oder Tausende verschiedene Sachen, nicht wie in Israel, das ist ja klar!«, schwärmte sie ein wenig.

»Och, so schlimm ist es nun auch wieder nicht«, beschwichtigte er.

»Und dein Opa?«

»Mein Opa?«

»Ja, du hast doch vorhin schon von ihm erzählt! Lebt der noch?«

»Ähh..., nein«, stotterte er und überlegte fieberhaft nach einer glaubwürdigen Erklärung. Er hätte sich doch eine etwas umfangreichere Familiengeschichte ausdenken sollen, das nahm jetzt Dimensionen an, die er vorher nicht für möglich gehalten hätte. Doch er hatte den Vorteil, dass sie Amerika oder speziell die Vereinigten Staaten ja nicht so gut kannte, und so hatte er sich schnell etwas Glaubwürdiges zurechtgelegt: »Der ist auch schon..., ähh, gestorben, genau wie meine Oma. Schon vor zehn Jahren!«

»Oh, das ist ja schade«, meinte Noëmi bedauernd. »Wessen Eltern waren sie denn? Die von deinem Vater?«

»Nein, von meiner Mutter! Die von meinem Vater wohnen ganz woanders, sehr weit weg von uns!«, erklärte er. Langsam fühlte er wieder eine gewisse Sicherheit in sich, die ihn noch vor kurzem beim Berichten über die erfundenen Familienverhältnisse zu verlassen drohte.

»Ja, wo denn? Bestimmt irgendwo an der Ostküste, in New York oder so, stimmt's?«, blickte sie ihn fragend an.

»Nein, nicht in New York, in Seattle wohnen sie, kurz vor der kanadischen Grenze. Das sind über zweitausend Kilometer Luftlinie von uns aus. Da müssen wir jedes mal hinfliegen, denn mein Großvater fliegt nicht, der hat Flugangst!«

»Ach, das ist ja schade! - Aber ihr besucht sie ab und zu?«

»Ja, klar! So ungefähr drei bis viermal im Jahr, und natürlich zu Weihnachten!«

Sie nickte verstehend. »Ja, das kann ich gut nachvollziehen.«

Es war inzwischen recht frisch geworden und sie schauderte leicht. »Ist dir kalt?«, fragte er.

»Ein bisschen, aber noch auszuhalten. – In Israel ist es wärmer!«, lächelte sie.

»Ja, das glaube ich«, blickte er in den Himmel: »Da sieh mal, eine Sternschnuppe!«

»Oh schnell, du musst dir was wünschen, aber nicht sagen, sonst geht es nicht in Erfüllung!«, schloss sie ihre Augen.

Beide blieben für eine Weile ruhig, jeder hing seinen eigenen Gedanken und Träumen nach. Schließlich drehte er ihr den Kopf zu und sah sie an. Sie hatte die Augen wieder geöffnet und blickte auf den Fluss.

»Es ist echt wunderschön hier«, schwärmte Noëmi.

»Ja, das stimmt«, bestätigte Tom'ás, »der Himmel über mir, ein wunderbares Mädchen neben mir und die Erde unter mir – was will man mehr?«

»Oho, jetzt wird der Herr auch noch poetisch! Ich bin also ein wunderbares Mädchen, ja?«

»Würde ich sagen, ja.«

»Würdest du dem Mädchen auch etwas zu trinken holen, während es mal für ganz kleine Mädchen geht?«

»Könnte ich mir durchaus vorstellen, ja.«

»Dann tu das bitte, ich muss nämlich mal«, erhob sie sich und steuerte direkt auf eines der Lokale am Rheinufer zu.

Er folgte ihr, und wenig später betraten sie das Lokal. Sie lief direkt weiter in Richtung Toiletten, drehte sich aber noch mal kurz um und rief ihm zu: »Ich hätte gern eine Limo!«

»Werd's mir merken«, rief er ihr hinterher, dann war sie auch schon außer Hörweite. Er schritt zur Theke und bestellte zwei Limos. Als sie wiederkam, steckte sie gerade ihr Handy in die Tasche zurück.

»Hast du auf Klo telefoniert?«, fragte er mit einem leichten Augenzwinkern.

»Klar«, gab sie ironisch zurück, »was sollte ich denn sonst da machen?«

»Auch wieder wahr! - Tja, dumme Frage, dumme Antwort!«

Sie strahlte ihn mit großen Augen an. »Nee, im Ernst, ich hab' 'ne Mail geschrieben.«

»Ach so«, gab er sich zufrieden und drückte ihr die Limo in die Hand: »Prost!«

»Prost!«, gab sie zurück, und sie tranken, während sie die Leute, die draußen vorbeigingen, beobachteten.

»Auffallend viele Paare unterwegs«, stellte er bald fest, und es klang als ob er über's Wetter redete.

»Ja, Samstagabend um diese Uhrzeit ist das auch kein Wunder!« Ihr entging sein Unterton in der Stimme, und sie blickte gedankenverloren nach draußen: »Da haben sich dann auch etliche neue gefunden!«

»Aha!« Er suchte nach einem anderen Thema und glaubte schnell, eines gefunden zu haben: »Ist dir eigentlich schon mal aufgefallen, dass die Leichtathleten in der gleichen Richtung ihre Rennen austragen, wie die Erde, ja sogar alle Planeten, um die Sonne laufen?«

Noëmi überlegte kurz. »Stimmt!«, meinte sie dann fröhlich, »sie laufen immer gegen den Uhrzeigersinn! Aber über was machst du dir eigentlich alles Gedanken, das würde ich...«

Ein zweimaliges Piepen, das aus ihrer Tasche zu kommen schien, unterbrach sie. »Oh, Moment«, reagierte sie und kramte das Handy hervor. Sie las die eingegangene Mail laut vor: »Von Jana! – Gute Nacht! – Sie hat meine Mail also bekommen und verstanden«, kicherte sie.

»Was hast du denn geschrieben?«

»Och..., nur dass sie heute nicht mehr mit uns rechnen müssen«, entgegnete sie harmlos, »vielleicht sehen wir sie noch morgen irgendwann.«

»So so, schickst deine Freundinnen einfach in die Wüste!«

»Na, so schlimm ist es ja nun auch wieder nicht«, wiegelte sie ab, »die verstehen das schon!«

»Dann bin ich ja beruhigt! – Sonst hätte ich noch ein schlechtes Gewissen bekommen!«

»Keine Angst, das musst du nicht«, erklärte sie fröhlich, »wir sind schon sehr gute Freundinnen!«

»Ja, den Eindruck hatte ich im Pub auch!«

»Hmm? – Ach, du meinst die kleinen Kabbeleien vorhin? Aber das ist doch ganz normal, redest du etwa nicht so mit deinen Freunden?«

Da hatte sie seinen wunden Punkt getroffen, denn seine Freunde verhielten sich in der Tat etwas anders, aber das mochte natürlich auch an den Lebensumständen auf seiner Heimatwelt liegen.

Aber er beschloss nun blitzschnell, zu einer kleinen Notlüge zu greifen, da er ja als Amerikaner gelten wollte: »Klar doch! Das ist wohl überall so!«, bekundete er also im Brustton der Überzeugung.

Sie hatte wohl auch keine andere Antwort erwartet und gab sich schnell zufrieden: »Siehste! Gehört alles zum Spiel des Lebens!« Sie stellte ihr leeres Glas auf die Theke.

Er nahm noch einen letzten Schluck, dann stellte er seines

dazu: »Gehen wir?«

Sie nickte, ergriff seine Hand und zog ihn nach draußen und wieder zum Rhein hinunter. Am Ufer blieben sie stehen und blickten träumerisch auf das Wasser. Die Lichter am anderen Ufer und die Beleuchtung der festliegenden Rheinschiffe spiegelten sich in den Wellen und zauberten ein tolles Bild in die nächtliche Dunkelheit.

»So könnte ich stundenlang zubringen«, flüsterte er.

Sie gab keine Antwort, drückte aber seine Hand fester.

»Nimm dir Zeit zum Träumen. Das ist der Weg zu den Sternen«, sagte er, und nach einer kurzen Pause fügte er hinzu: »Das ist ein altes irisches Sprichwort!«

Nun schaute sie ihn mit großen Augen an: »Was du nicht alles weißt! – Wo hast du das nun wieder her?«

»Habe ich mal gelesen«, erwiderte er, was nicht mal gelogen war, denn er hatte es tatsächlich gelesen. Nur dass der Ort Lichtjahre von der Erde entfernt war, sagte er nicht, und sie fragte glücklicherweise auch nicht danach, sondern lehnte sich sanft an seine Schulter.

*

»Seid ihr so unfähig, dass ihr nicht einmal einen Jungen und ein Mädchen verfolgen könnt? Das darf ja alles nicht wahr sein! Alles muss man selber machen! Beim nächsten Mal nehme ich das lieber gleich von Anfang bis Ende selber in die Hand!«

Der Chef der drei Ganoven war nicht eben bester Laune. Sie waren in ihr gemeinsames Quartier zurückgekehrt und hatten ihm von ihrem Misserfolg berichtet. Nun brüllte er bereits seit Minuten, ohne dass ihn irgendjemand zu unterbrechen wagte. Schließlich wurde er wieder leiser, und seine Stimme war fast ein Flüstern als er mit drohendem Unterton fragte: »Und? Was gedenkt ihr nun zu tun?«

»Ja, Chef..., also...«, begann ihr Wortführer, doch er kam nicht weit: »Ihr werdet euch morgen in aller Frühe wieder auf den Weg machen! Mit Sicherheit treffen die beiden sich noch einmal, so wie ihr mir von denen berichtet habt! - Und dann werdet ihr sie hoffentlich nicht noch einmal verlieren und noch mal versagen!«

Ein harter, unerbittlicher Zug trat ins Gesicht des Chefs. Keiner wagte eine Antwort und so bellte er: »Verstanden?«

»Ja Chef«, meinten jetzt alle drei zerknirscht, und der Große fragte mutig: »Ist es denn gar so wichtig? Wir hatten da ein so komisches...«

Seine beiden Kumpane warfen ihm jedoch einen drohenden Blick zu, und er verstummte.

»Was? Was hattet ihr?«

»Nichts, gar nichts, Chef! Wir machen das morgen klar«, gab der Wortführer Bescheid und zog sich mit den beiden anderen zurück.

*

Die beiden, denen das Interesse der Rowdies galt, schritten in diesem Moment Hand in Hand in Richtung Hauptbahnhof. Tom'ás begleitete Noëmi bis hinunter auf den U-Bahnsteig und wartete bis ihre Bahn kam. Zum Abschied hielt er ihre Hand etwas länger als notwendig, und sie machte keine Anstalten, sie ihm wegzuziehen. Er küsste sie auf die linke Wange: »Also, dann bis morgen!«

»Bis morgen«, verabschiedete sie sich, küsste ihn ebenfalls auf die Wange und stieg in die Bahn. Diese war sehr gut besucht, viele Nachtschwärmer nutzten die letzte Gelegenheit, kostengünstig nach Hause zu gelangen. Sie setzte sich an einen Fensterplatz und schaute zu ihm heraus. Als die Bahn anfuhr, hob sie ihre Rechte und winkte ihm zu. Er winkte zurück bis sie außer Sichtweite war und trat dann den Rückweg zu seinem Raumschiff an.

»Ein tolles Mädchen!«, dachte er sich. *»Hübsch, intelligent und humorvoll – da habe ich es gut getroffen! Aber was mache ich denn morgen mit ihr? Ach egal, wir werden schon sehen, wie sich die Dinge entwickeln!«*, machte er sich noch keine allzu großen Gedanken.

*

Es war Abend geworden in Kalifornien, als sich John in sein Cabrio setzte und zu seiner heutigen Verabredung fuhr. *»Da bin ich ja mal gespannt..., sie sieht ja ganz hübsch aus, und man kann gut mit ihr reden - könnte interessant werden!«*, machte sich bereits Vorfreude in ihm breit.

Pünktlich um Viertel vor Acht fuhr er auf den Parkplatz des Tennis-Centers, aber von A'ísha war noch nichts zu sehen. *»Weiber!«*, dachte er sich. *»Na gut, geben wir ihr zehn Minuten.«*

Er parkte, stieg aus und überlegte gerade, ob zehn Minuten wohl ausreichten, und er vielleicht noch einen schnellen Drink in der Bar des Tennis-Centers nehmen sollte, als sie um die Ecke auf den Parkplatz bog und ihm zuwinkte. »Wow!«, entfuhr es ihm. *»Sie sieht ja noch toller aus als heute Mittag!«*, dachte er. A'ísha hatte sich umgezogen und trug nun das Outfit, welches sie vormittags mit Melissa zusammen gekauft hatte.

Sie begrüßten sich mit einer leichten Umarmung, und John konnte es sich nicht verkneifen, einen Kommentar zu ihrem neuen Outfit abzugeben: »Wie macht ihr Frauen das bloß? Ihr zieht euch zwei andere Sachen an, und seht aus wie ein neuer Mensch! - Wenn wir Männer das machen, dann fällt es noch nicht einmal auf!«

»Tja, das ist wohl Schicksal«, lächelte sie ihn an, »aber so ganz stimmt das auch nicht, die Frauen merken schon, wenn sich die Männer verändern. Die Frage ist nur, ob die Männer merken, dass es die Frauen merken!«

Er sah sie etwas verwirrt an, für tiefergehende Psychologie war er heute Abend eigentlich nicht zu haben. Aber sie erwartete offenbar auch keine Antwort, denn sie ging ein paar Schritte auf das Auto zu und sagte über die Schulter zurückblickend: »Nun komm schon, sonst geht die Sonne noch ohne uns unter!«

Er nickte und führte sie zu seinem Wagen.

»Wow!«, meinte sie als sie dort angelangt waren und betrachtete das Auto ausgiebig, indem sie es einmal komplett umrundete und dann auf Höhe der Fahrerseite stehen blieb.

»Ja, nicht wahr», reagierte John, »ist ein Klassiker, ich habe ihn jetzt schon fast fünf Jahre, und er gefällt mir wie am ersten Tag. Er galt mal als das beste Auto der Welt, hat zig Preise gewonnen, ziemlich schnell nachdem er überhaupt auf'm Markt war. Und für mich ist er das nach wie vor auch«, stellte er fachmännisch fest.

»Sieht sehr elegant, sehr schick aus«, streichelte sie über die lange Motorhaube.

»Ja, und unter der Haube hat er auch ordentlich was zu bieten«, ging er nun mit der Begeisterung eines kleinen Jungen in die technischen Details. »Einen Achtzylindermotor mit fünf Liter Hubraum, dreihundertdreiunddreissig PS und ein Drehmoment von fünfhundert Newtonmetern. Dazu eine Sechs-Stufen-Automatik mit manueller Schaltfunktion am Lenkrad. Damit beschleunigt er in sechs Sekunden von null auf sechzig Meilen pro Stunde.«

A'ísha blickte ihn aus ihren großen blauen Augen an,

sagte aber nichts.

»Und er ist gerne mal schneller als die Polizei erlaubt«, fügte er hinzu, »aber ich bin kein Raser«, wiegelte er sofort wieder ab, »man kann auch ganz entspannt mit ihm dahin cruisen und die Natur genießen. - Dann verbraucht er auch nur elf Liter auf hundert Kilometer. In Anbetracht der Fahrleistungen ein recht ordentlicher Wert, denn immerhin schafft der zweihundertfünfzig Sachen, und er liegt dabei wie ein Brett!«

Jetzt machte sich ein Grinsen auf ihrem Gesicht breit: »So so.« Sie schritt zur Beifahrertür: »Dann lass uns doch mal zum Sonnenuntergang cruisen!«, forderte sie ihn auf.

Galant öffnete er ihr die Tür und machte eine einladende Handbewegung: »Darf ich bitten?«

Sie fädelte ihre langen, schlanken Beine in den Fußraum, wodurch ihr Rock noch um ein paar Millimeter nach oben rutschte. John konnte es gar nicht übersehen und musste sich sehr beherrschen, um seine Gefühle unter Kontrolle zu halten und den Abend nicht mit einer plumpen Bemerkung zu versauen. Als sie saß und den Rock wieder ein paar Millimeter nach unten zupfte, schlug er die Tür energisch zu und ging zur Fahrerseite. Auf Höhe des Kofferraums atmete er tief durch und schüttelte kurz mit seinem Kopf, als ob er einen Gedanken verscheuchen wollte.

A'ísha triumphierte innerlich, denn ihr waren seine Gemütsbewegungen natürlich nicht entgangen. *»Es ist doch überall im Universum das Gleiche – sobald die Frauen Haut zeigen, setzt bei den Männern der Verstand aus! Immerhin scheint mein Plan, ihn mit weiblichen Waffen zu beeinflussen, zu funktionieren...«*

Mit dem Vorsatz, sie lieber erstmal nicht anzusehen, stieg John nun ein. Der Vorsatz hielt allerdings nicht lange, denn er musste ihr beim Anschnallen behilflich sein: *»Hat sie* *wohl auch noch nicht sehr oft gemacht, komisch!«*, wunderte er sich, dachte sich sonst aber nichts dabei.

Nachdem er sie beide angeschnallt hatte, fuhr er los, und schon bald waren sie unterwegs zum Griffith Park. *»Oh oh!* dachte sie nach wenigen Minuten. *»Das ist der Weg zurück zu meinem Schiff! Genau so ist der Taxifahrer gefahren! Aber ich hoffe, dass es nur Zufall ist!«*

Doch schon nach kurzer Zeit wurde es Gewissheit, und sie überlegte, wie sie ein unverfängliches Gespräch beginnen konnte: »Erzähl mir doch mal was von deinem Kalifornien!«

»Hmm?«, wunderte sich John.

»Ja«, bekräftigte sie, »man hört so viel von diesem tollen Bundesstaat, aber wie siehst du das denn hier alles?«

»Tja, was soll ich dir groß erzählen?«, guckte er sie kurz an. »Die meisten Dinge, die du gehört hast, sind doch mit Sicherheit Vorurteile! – Aber an den meisten ist auch irgendwo was dran!«, fügte er gleich darauf lächelnd hinzu.

»Ja«, war A'ísha froh, ein Thema gefunden zu haben, »jede noch so verrückte Geschichte hat meistens irgendwo 'nen wahren Kern, der ihr zu Grunde liegt!«

Nun lachte John: »Tja, verrückt trifft es vielleicht am ehesten! Ich glaube, die Extreme liegen nirgendwo auf der Welt weiter auseinander als hier. Du findest hier einfach alles! In der Natur das Death Valley, das bis zu knapp neunzig Meter unter dem Meeresspiegel liegt, und auf der anderen Seite über viertausend Meter hohe Berge, wo natürlich der höchste der ganzen USA dabei ist, jedenfalls wenn man von Alaska absieht«, schränkte er ein. »Aber wo sonst in den Staaten kannst du in einem Staat morgens Ski fahren und nachmittags in den Fluten des Ozeans surfen oder baden gehen?«

»Auf Hawaii«, entgegnete sie ernsthaft.

Er sah sie überrascht an. »Ja, das mag sein«, gab er dann zögernd zu, »aber das ist ja auch eine extreme Insel – wenn auch nicht ganz so extrem wie Kalifornien, denn wir haben hier die verrücktesten und extremsten Typen überhaupt, vom erfolgreichen Manager, Industriellen oder Hollywoodstar bis hin zu illegalen Einwanderern oder anderen armen Schluckern, die abends nicht wissen, was sie am nächsten Tag essen sollen.«

»Die gibt's auf Hawaii bestimmt auch«, neckte sie ihn.

»Klar«, gab John in leicht ironischem Tonfall zurück, »aber längst nicht so viele! Allein San Diego hat schon so viele Einwohner wie ganz Hawaii, und Kalifornien hat mehr als Kanada, so viele wie Florida und Texas zusammen!«

»Wow! Das ist ja regelrecht ein eigenes Land!«, staunte sie ehrfürchtig.

»Ja, so könnte man sagen«, nickte er. Er stoppte an einer roten Ampel. Neben ihnen hielt ein Auto mit Elektroantrieb, von dem nur ein leises Summen zu vernehmen war.

Er deutete unauffällig zur Seite: »Und wer hätte früher gedacht, dass wir vor vier Jahren den einmillionsten Elektrowagen zulassen würden? In den Neunzigern wären die jetzt mit 'nem Pick-Up vorgefahren. Aber die kalifornischen Abgasnormen zählten schon immer zu den schärfsten der Welt, und ein nicht unerheblicher Nebeneffekt ist, dass sich der Smog, der in den Neunzigern noch über dem Los-Angeles-Becken hing, mittlerweile ganz aufgelöst hat. Aber nach wie vor gibt es natürlich Machtkämpfe zwischen den Anhängern von fortschrittlichen und sehr umweltbewussten Technologien und den herrschenden Ölkonzernen, die ihre Finger bis in die obersten Reihen der Politik ausstrecken. Seit einigen Jahren verbuchen die Ersteren aber mehr und mehr Erfolge. Dadurch hat sich die Anzahl der Wind- und Solarkraftwerke vervielfacht..., also mit einem Wort, es ist hier ein bisschen mehr Lebensqualität eingezogen. Obwohl sich früher sicherlich niemand beschwert hätte!«

»Ja, das habe ich auch schon gehört«, sagte A'ísha mit leichtem Bedauern, »Melissa erzählte mir schon davon.«

»Ja, aber das war noch nicht alles«, fuhr John nun weiter, denn die Ampel hatte auf 'grün' geschaltet, »total bekloppt sind die Kalifornier beim Thema Erdbeben! Jeder wartet auf das so genannte 'Big-One', das seit Jahrzehnten für möglich gehalten und jederzeit erwartet wird, das wird einem Kalifornier quasi schon mit in die Wiege gelegt. Es kann theoretisch jeden Moment passieren, und dann bricht hier die Hölle los – so wie in vielen anderen Ländern in den letzten Jahren. Aber ein kleines Erdbeben, das gerade einmal eine Fünf vor 'm Komma hat, nimmt hier keiner ernst! - Dabei flüchten sie in anderen Staaten schon wegen ein paar Hurrikans...«

Er sah ihre versteinerte Miene und lenkte sofort ein: »Okay, das war sicherlich nicht witzig, aber das zeichnet uns Kalifornier nun mal aus – wir sind ganz einfach so!«

»Aha«, sagte sie nur und dachte sich ihren Teil.

Sie konnte den Park nun schon sehen und bereitete sich auf alle Eventualitäten vor. John hatte während des Gesprächs zwar nichts Verdächtiges verlautbaren lassen, aber man wusste ja nie! Er erläuterte ihr nur die Straßen und Gegenden, durch die sie fuhren, doch sie war jetzt so mit ihren Gedanken beschäftigt, dass sie gar nichts mitbekam. Am Park angekommen, fuhr er bis hoch auf den Hügel und parkte den Wagen auf dem Parkplatz vor dem Observatorium. Während des Aussteigens überlegte sie: *»Oh, verdammt noch mal! Ob er nun was weiß oder nicht? Das ist ja ganz genau meine Stelle von heute morgen! – Egal, erstmal* *nichts anmerken lassen!«* »Lässt du den Wagen denn so offen?«, fragte sie ihn unverfänglich.

Da betätigte er einen Knopf an seinem Schlüssel, und innerhalb von fünfzehn Sekunden schloss sich das Dach. Gleichzeitig waren die Seitenscheiben hochgefahren und die Blinklichter signalisierten schließlich mit einem dreimaligen Aufblinken, dass der Wagen geschlossen war. Er bemerkte mit einem breiten Grinsen: »Oder so.«

»Männer und ihre Spielzeuge«, grummelte sie, aber dann hakte sie sich bei ihm ein und forderte ihn auf: »Na dann, bester Fremdenführer der Stadt, wo geht's denn lang zum Sonnenuntergang?«

Er blickte in ihre offenen blauen Augen, und sie sah ihn mit echter Unschuldsmiene an. *»Nur nichts anmerken lassen!«*

Er war jedoch weitab von solchen Gedanken wie sie sie hegte. *»Na warte, gleich wirst du dahin schmelzen!«,* dachte er sich, legte einen Arm um ihre Hüfte und führte sie auf den Weg: »Hier entlang, bitte sehr!«

Vom Observatorium aus präsentierte er ihr den Blick über das Häusermeer der Stadt, der in der Tat fantastisch war, allerdings mit dem aus ihrem Raumschiff nicht mithalten konnte. Aber das behielt sie lieber für sich: »Wahnsinn! Das ist ja echt riesig!«, lobte sie stattdessen die Aussicht.

Er schien eine ähnliche Reaktion erwartet zu haben, denn er lächelte leicht: »Du kannst von hier aus sogar meine Wohnung sehen.«

»Ach ja? Wo denn?«

Er trat einen halben Schritt hinter sie und wies mit dem rechten Arm an ihrem Kopf vorbei gen Südwesten: »Siehst du die lange Straße am Fuß der Ausläufer der Berge?«

A'ísha nickte, und er fuhr fort: »Das ist der Sunset Boulevard. Den immer lang und dann dort, wo er so einen kleinen Rechts-Knick macht, ein Stück in die Berge rein, so ungefähr zehn Minuten mit dem Auto, da wohne ich.«

»Aha«, machte sie und fragte interessiert, »wie groß ist die Wohnung denn?«

»Hundertzwanzig Quadratmeter, fünf Zimmer...«

»Und da wohnst du allein?«, wunderte sie sich.

»Er lachte. »Ja, wir haben hier doch genug Platz im Land, ist es in Schweden denn anders?«

»Oh je, was habe ich jetzt wieder getan!«, dachte A'ísha. »Nee, wir haben nicht so große Wohnungen, die sind alle ganz klein«, meinte sie mit einem kleinen Augenzwinkern.

John lachte. »So so, na dann muss ich dir ja mal eine echte amerikanische Wohnung zeigen, oder?«

»Später vielleicht«, entgegnete sie erleichtert. *»Er hat nichts gemerkt, puhh!«*

Nun zog er sie weiter in den angrenzenden Park hinein: »Jetzt geht's erstmal zum Sonnenuntergang! Ich kenne hier in der Nähe ein wunderschönes Plätzchen mit einer fantastischen Aussicht, da sind wir fernab den Touristenwegen und ganz ungestört...«

»Wer sollte uns denn hier auch stören?«

Er hatte den Sarkasmus in ihrer Stimme wohl vernommen, aber er führte sie dennoch zu der Parkbank, wo er in früheren Zeiten auch schon einmal mit Vicky gewesen war, und sie setzten sich.

Wenig später ging die Sonne am fernen Horizont in einem rotglühenden Feuerball unter und tauchte die nicht allzu fernen Santa Monica Mountains und das nahe Hollywood in ein unvergleichliches buntes Lichtermeer, das beinahe minütlich Farbe und Intensität wechselte.

Sie kosteten diesen unbeschreiblichen Anblick bis zuletzt aus, dann zog er sie dichter an sich heran und versuchte sie zu küssen.

»Moment«, wehrte sie ihn jedoch ab, »was ist jetzt mit deinem Raumschiff?«

»Mein Raumschiff?«, fragte er verwirrt und sah sie verwundert an. Doch dann besann er sich: »Ach so!«, und er lachte laut: »Ha ha ha ha!«

Sie schaute ihn wieder mit ihren großen blauen Augen an, und er erklärte schnell: »Ich meinte natürlich mein Auto. Ja, den Wagen, mit dem wir hergekommen sind. - Du erinnerst dich?«, fragte er ironisch.

»Ja, wie!«, rief sie aus. »Dann hast du also gar kein Raumschiff?«

»Oh Mann, wie bekloppt ist die denn?«, fragte er sich, doch laut sagte er: »Nein, natürlich nicht, das war ein Witz! - Ein Männerspruch halt.«

Er hatte seinen Arm von ihrer Schulter genommen, doch jetzt legte sie den ihrigen erleichtert um seine Schulter. *»Nur ein Witz, alles nur ein blöder Spruch!«,* stellte sie still fest und sah ihn mit einem Lächeln an: »Dann nehmen wir das nächste Mal wohl besser meins!«

»Was wird das wohl sein!«, dachte er. *»Bestimmt so ein avantgardistisches Neuzeitmobil, das aussieht, als ob es bei Captain Future mitgespielt hätte. Das seh' ich mir auf jeden Fall an!«*

Sie unterbrach seine Gedankengänge, indem sie ihn näher an sich heranzog und ihm tief in die Augen sah.

»Du bist auch eine von denen, die gern selbst bestimmen, wann es losgehen soll, was?«, fragte er.

Statt einer Antwort küsste sie ihn, und schnell hatte er jegliche Gedanken über das Thema Raumschiff vergessen.

*

Tom'ás wälzte sich hin und her. Es war inzwischen sechs Uhr durch, und er hatte in der vergangenen Nacht kaum drei Stunden geschlafen.

»Das darf doch alles nicht wahr sein!«, dachte er. *»Warum muss auch ausgerechnet ich auf diese Mission! Jetzt haben wir den Salat!«* Seine Gedanken kreisten pausenlos um Noëmi und das eine Thema. Er wusste partout nicht, wie er ihr erklären sollte, was er hier tat und woher er kam.

»Nur gut, dass sie gestern nicht weiter nachgefragt hat, wo ich hier wohne«, überlegte er, *»schickt sich wohl für ein junges Mädchen nicht!«* Mit einem Ruck fuhr er hoch und sprang aus dem Bett. *»Das bringt ja alles nichts und schlafen kann ich jetzt sowieso nicht mehr! Also aufstehen!«*

Er ging ins Bad-Abteil und genehmigte sich eine ausgiebige kalte Dusche, die seine Lebensgeister vollständig weckte, ihm aber noch immer keinen optimalen Gedanken für die Bewältigung seines Problems eingab.

»Ach was!«, rief er ärgerlich, »ich werde jetzt einfach losgehen. Vielleicht fällt mir auf'm Weg oder dort am Wasser ja etwas ein!«

Er zog den zweiten Satz Kleidung an, und nachdem er sich vergewissert hatte, dass die Umgebung sicher war, verließ er sein Schiff ungesehen und verschwand schnell in den nahen Büschen. Hier lauschte er für eine kleine Weile den Klängen der Natur, dem Vogelgezwitscher und den anderen Klängen, die die Großstadt auch so früh am Morgen schon bereit hält. Dann raffte er sich schließlich auf und schlug den Weg zum Rhein hinunter ein.

*

John und A'ísha hatten es noch recht lange auf der Parkbank ausgehalten, doch als es immer dunkler und auch kälter geworden war, hatte sie schließlich vorgeschlagen, den Park zu verlassen und woanders hinzugehen.

Er war einverstanden, und sie verließen den Griffith Park wieder, was ihr sichtlich angenehm war. Sie wurde auch gleich viel lockerer, und die beiden schlugen den Weg zu seiner Wohnung ein. Er fuhr über den Hollywood Boulevard, was ihr die Gelegenheit gab, die Strecke, die sie heute tagsüber gelaufen war, auch einmal bei Nacht zu sehen, und diesen bis zum Ende durch. Dann bog er in Richtung Süden und schon wenig später auf den Sunset Boulevard, auf dem noch reger Verkehr herrschte. Er steuerte das Roxbury an, das um diese Zeit sehr gut besucht war, doch nach einer Viertelstunde Wartezeit konnten sie endlich rein.

John erbot sich, für Getränke zu sorgen: »Halt solange die Augen auf! Mit ein bisschen Glück kriegst du hier nämlich den einen oder anderen Star aus Hollywood zu sehen!«

»Hmm?«, wunderte sie sich.

»Ja, ist ein Geheimtipp – naja, so einigermaßen jedenfalls! Hier verkehren ab und zu echte Stars, junge und alte!«

»Aha, ja, ich werde mal gucken«, versprach sie, doch als er nach wenigen Minuten mit zwei großen und bunt garnierten Cocktail-Gläsern wieder kam, meinte sie: »Habe noch niemanden gesehen.«

»Macht nix, bist ja wohl noch ein paar Tage hier, und außerdem bist du dann vielleicht auch enttäuscht, denn im wirklichen Leben sehen die oft ganz anders aus als im Kino oder im Fernsehen!«

»Ich würde es überleben«, spottete sie und nahm einen langen Schluck: »Lecker! Gute Cocktails zu machen scheint hier ein beliebter Sport zu sein!«

Er lachte. »Ja, die kann man schon gut trinken, das stimmt, aber die besten gibt's am anderen Ende der Stadt – und die allerbesten sowieso auf Hawaii!«

»Warum fahren wir dann nicht dahin?«, fragte sie spontan und unvorsichtig und hätte sich noch im selben Moment klatschen können.

»Na, du bist lustig, da kann man schließlich nicht mal so eben hin fahren! – Das sind ein paar Meilen!«, lachte er.

»Schon okay«, meinte sie hastig und suchte fieberhaft nach einem anderen Thema. Um ein Haar hätte sie sich jetzt total vergaloppiert! »Wie sieht's denn mit Tanzen aus? Wollen wir?«, fragte sie nach einer kurzen Pause.

»Ist nicht so mein Ding.« Er schüttelte den Kopf. »Aber wenn du magst, ich halte solange dein Glas.« Er streckte seine freie Rechte aus.

Sie drückte ihm das Glas in die Hand, gab ihm einen schnellen Kuss auf die Wange und verschwand in der Menge. Als sie nach vier Titeln wiederkam, hatte er seinen Cocktail bereits ausgetrunken und meinte: »Deiner schmeckt auch nicht schlecht, schade, dass da Alkohol drin ist!«

»Ouh, Alkohol? – Den vertrag' ich doch so schlecht«, scherzte sie und tat ein paar komische Schritte.

»Ja? Und wie äußert sich das?«

»Ich werde wild«, flüsterte sie, »und kann mich kaum mehr beherrschen, wenn ich einen netten Mann sehe!«

»Oh«, machte er, und während er noch überlegte, wie viel Ernst in dieser zumindest ernsthaft vorgetragenen Aussage stecken könnte, trank sie ihr Glas aus, stellte es auf einem nahen Tisch ab und griff seine Hände: »Komm!«

Sie zog ihn zum Ausgang und unter den Blicken der erstaunt schauenden Vergnügungssüchtigen auf der Straße auch weiter bis zum Auto.

Er öffnete ihr galant die Tür, und sie stieg schwungvoll ein. Er umrundete das Fahrzeug und setzte sich ans Steuer.

»Wohin denn nun?«, startete er schon mal den Motor

und blickte sie erwartungsvoll an.

»Nach Hause«, kommandierte sie und legte den Kopf an seine rechte Schulter.

»Okay«, war er schnell einverstanden und lenkte den Wagen weiter den Boulevard hinunter, an der Kings Road und an der Queens Road vorbei, bis er abbog.

»Jetzt noch zehn Minuten«, murmelte sie.

»Ja, willst du die Zeit stoppen?«, spottete er.

»Nein, nur zeigen, dass ich vorhin aufgepasst habe und noch nicht schlafe.«

»Auf den Gedanken wäre ich nie gekommen!«, rief er gespielt enthusiastisch.

»Auf was? Dass ich dir vorhin im Park nicht zugehört hätte...?«

»Nee, dass du jetzt schlafen würdest«, gab er zurück.

»Hmm«, machte sie, lehnte sich in ihren Sitz zurück und schloss die Augen.

*

Die Sonne stand bereits über dem Horizont des westlichen Atlantiks als Ogun die Kommandozentrale des Raumschiffes der Schwarzen Rasse betrat.

»Guten Morgen«, begrüßte ihn Shango, der die Nacht durchgewacht hatte.

»Morgen, irgendwas Neues? – Anzeichen dafür, dass sie uns inzwischen entdeckt haben?«

»Keine«, verneinte der Kapitän kopfschüttelnd, »sie haben ihre Position nicht verändert und wir haben keinerlei ungewöhnliche Aktivitäten beobachtet.«

»Gut.« Ogun drehte sich um und verließ die Zentrale wieder.

*

John und A'ísha waren bei seiner Wohnung angekommen. Er ging voran und zeigte ihr die Wohnung, die sie mit sichtlichem Vergnügen bestaunte. Dann bot er ihr etwas zu trinken an. Doch statt einer Antwort kam sie langsam auf ihn zu, sah ihn mit einem eigentümlichen Gesichtsausdruck an und blieb nur Zentimeter vor ihm stehen.

»Du hast wunderschöne Augen«, flüsterte er.

»Ach ja?«, fragte sie neckisch.

»Ja! – Augen sind der Spiegel der Seele!«

»Und was spiegeln sie jetzt gerade wider?«, fragte sie und legte ihre Arme auf seine Schultern.

Er betrachtete sie mit verlangendem Blick, und sie wusste, dass sie gewonnen hatte. Er zog sie an sich und küsste sie, und sie erwiderte seinen Kuss. Wenig später spürte sie seine Hände auf ihrem Körper, die bald den Weg zu den Knöpfen ihrer Bluse fanden. Sie löste sich kurz von ihm und schnell war sie von ihrem neuen Kleidungsstück befreit. Sie öffnete den Knopf ihres Rockes. Mit seiner rechten Hand löste er den Reißverschluss, half ein bisschen nach, und der Rock fiel zu Boden. Nun zog sie ihm sein T-Shirt über den Kopf und ließ es achtlos hinter ihm fallen. Er beugte sich leicht vor und küsste ihre nackte Schulter. Ein Kribbeln durchfuhr sie, und sie fragte: »Ist das jetzt Sex?«

»Nein, das ist Erotik«, erwiderte er und küsste sie weiter. Sie schloss ihre Augen und genoss seine Zärtlichkeiten.

Langsam streifte er ihr die Träger des Tops über die Schulter. Er stutzte kurz, als er spürte, dass A'ísha ihn von seiner Hose befreite. Mit flinken Fingern hatte sie den Knopf und den Reißverschluss geöffnet. Er schaute ihr in die Augen: »Du legst aber ein nettes Tempo vor!«

»Dann sieh mal zu, dass du mithalten kannst«, erwiderte

sie keck und ging in die Knie. Er hatte ihr Top weiterhin in den Händen behalten und ihr somit über den Kopf gezogen.

Als sie schließlich seine Hose runterzog und ihn nun auch mit einem verlangenden Blick aus ihren blauen Augen anschaute, war es um den letzten Rest seiner Selbstbeherrschung geschehen, und wenig später lagen sie nebeneinander auf dem Teppich vor seiner Couch. Er küsste sie innig, und während er mit der Hand ihren Arm entlangfuhr, flüsterte er leise: »Um nochmal auf deine Frage von vorhin zurückzukommen: das ist jetzt gleich Sex – aber der Übergang ist fließend!«

»Wie Wasser, wenn es kocht!«, flüsterte sie zurück.

*

Tom'ás stand auf der Rheinpromenade und wartete auf Noëmi. Es war ein schöner Sonntag Morgen, einige Jogger und Spaziergänger kamen an ihm vorbei, doch er nahm sie kaum wahr: *»Wie mache ich es ihr nur klar?«*, dachte er noch immer. *»Ich muss ihr jetzt eigentlich die Wahrheit sagen, ich kann dieses Versteckspiel nicht mehr länger spielen! – Was würde meine Schwester wohl tun?«*

Er starrte gedankenverloren auf den Rhein. Einige Enten schwammen auf dem Wasser, zwei Männer und zwei Frauen paddelten in zwei Kanus stromabwärts und hinterließen ein friedliches, idyllisches Bild. *»Wie schön das ist! Wir haben wirklich kein Recht, uns hier einzumischen oder gar diese Welt zu zerstören!«*

Schnell löste er sich jedoch von seinen Betrachtungen, er musste einen Weg finden, Noëmi die Wahrheit zu sagen.

Da erinnerte er sich an den Ausspruch seines Vaters: *»Denkt an die Seelenverwandtschaft und nehmt Kontakt mit sol-*

chen Leuten auf, die euch positiv ansprechen! Es ist dabei sehr leicht möglich, dass ihr Wesen vom anderen Geschlecht kennen lernt. Dann hütet euch davor, euch in sie zu verlieben! Denn das würde eure gesamte Mission gefährden. Einem voreingenommenen Bericht wird man im Kreis des Rates keine Bedeutung beimessen!«

Er überlegte, wie er sich aus dieser Misere befreien konnte. Er brauchte eine schnelle Lösung, denn Noëmi konnte jeden Moment kommen. Was sollte er ihr bloß sagen? Ihm mochte partout kein geeigneter Gedanke einfallen. - Da gingen zwei junge Männer hinter ihm vorüber und er hörte den einen sagen: »...habe ich ihr gesagt, dass ich verheiratet bin, aber ihr an dem Abend nicht widerstehen konnte. Für mich war es ein One-Night-Stand, und ich hoffe, für sie auch. Meine Frau erfährt davon nichts, denn wir wohnen sehr weit weg von...«

Mehr hörte Tom'ás nicht, denn die beiden Männer waren außer Hörweite. Aber in seinem Gehirn reifte ein Entschluss, und er entwickelte einen Plan.

*

»Also, ich glaube, hier ist sie nicht!«, schrie Oshoshi Engai an. Die beiden hatten sich am späten Nachmittag wieder in ein Taxi gesetzt und sich abermals dorthin bringen lassen, 'wo was los war'. Dieses Mal wurden sie mitten in Bel Air rausgelassen, und Engai meinte schon nach kurzer Zeit: »Komisch! Mir ist als wäre ich hier irgendwann schon einmal gewesen!«

»Wohl in einem früheren Leben, was?«, hatte Oshoshi gelacht, dann aber schnell zu seiner eher missmutigen Laune zurückgefunden. Sie suchten intensiv, doch schon bald stellte Engai fest, dass das eher die berühmte Nadel im

Heuhaufen sei, und er nicht mehr weiter wisse. Bald entdeckte Oshoshi jedoch einen Club auf dem Sunset Boulevard, vor dem etliche Leute standen, deren Alter dem der von ihnen gesuchten Person in etwa entsprach: »Lass uns mal da rein gehen! Vielleicht ist sie ja irgendwo drin und wir suchen uns hier draußen dumm und dusselig!«

Engai war sofort dabei, und die beiden betraten den Jazz- und Rockclub. Doch nach einigen Stunden, in denen sie die Gäste eingehend betrachtet hatten, stellte Oshoshi schließlich fest, dass sie weder in dem Club war, noch dass es sehr wahrscheinlich war, dass sie dort auf einmal erschien. Daher beschloss er zu gehen, und Engai, der allmählich müde wurde, hatte wider Erwarten nichts dagegen. Er musste wirklich müde sein, denn er hatte schon im Club ganz gegen seine sonstige Art weit weniger geflirtet als sonst und auch kaum Mädchen angebaggert.

Still trotteten sie wenig später die Straße entlang. Sie hatten ihr Zielobjekt nicht gefunden, waren müde und zerschlagen, und Oshoshi auf seinen Partner demzufolge nicht gerade gut zu sprechen. Insofern herrschte zwischen den beiden Funkstille, bis Engai auf einmal eine Idee hatte: »Ich hab's! Wir lassen uns von einem Taxi zurück zu unserem Schiff bringen und schlafen erstmal 'ne Runde! So müde wie wir beide sind, reißen wir heute eh keinen Hering mehr vom Teller! Und morgen setzen wir uns dann in aller Frühe vor ihr Schiff und fangen sie ab, wenn sie wiederkommt!«

»Na endlich mal was Vernünftiges von dir! Wurde auch Zeit!«, brummte Oshoshi und trat auf die Straße.

Kurz darauf saßen sie in einem Taxi, das sie auf direktem Weg zum Griffith Park brachte. Sie erreichten ohne Zwischenfälle ihr Schiff, und der immer noch äußerst übellaunige Oshoshi schlug seinem Partner vor: »Wir sollten uns aber noch davon überzeugen, dass ihr Schiff auch noch da ist! - Nicht, dass wir morgen früh...«

»Okay, okay«, gab Engai diesmal schnell nach, »ich check' das schon, du kannst dich von mir aus hinhauen.«

»Gut«, war Oshoshi einverstanden, schaute ihn aber noch mal ernst in die Augen: »Aber schieb's nicht auf die lange Bank, am besten erledigst du das jetzt gleich!«

»Kein Problem!« Engai schwang sich auf den Pilotensitz und startete das Schiff. Nach wenigen Augenblicken hatten sie die Stelle erreicht, wo A'ísha ihr Schiff gelassen hatte, und Engai überprüfte die Gegend. Die Scanner waren noch vom Vortag auf die Frequenz des Schutzschildes des Schiffes eingestellt und entdeckten es ohne Probleme.

»Alles okay!«, befand er und steuerte das Schiff zurück zu seinem alten Landeplatz. Er schaltete wieder den Automatik-Modus ein und begab sich ebenfalls in seine Schlafkabine.

Oshoshi hatte ihn gehört und wollte sich vergewissern: »Und? Ist es noch da?«

»Klar! Hätte es einer klauen sollen, oder was?«, gab Engai flapsig zurück. *»Dieser Sicherheitsexperte!«*, dachte er.

Oshoshi sparte sich eine längere Antwort: »Gute Nacht!«

»Jo..., schlaf gut Partner!« Engai lauschte noch dem Vogelgezwitscher, doch schon bald schlief auch er.

*

Tom'ás und Noëmi spazierten Hand in Hand auf der Uferpromenade entlang. Es war inzwischen nach elf Uhr an diesem Sonntag Morgen, und die beiden schlenderten nun seit einer guten Viertelstunde am Rhein entlang. Tom'ás gab seiner Verwunderung Ausdruck, dass schon so viele Menschen auf den Beinen waren: »Sehr seltsam, ich dachte immer, die schlafen hier Sonntags aus!«

»Oh je, wo hast du das denn her?«, lachte Noëmi. »Natürlich schlafen auch noch ein paar Leute, aber hier wohnen doch über eine Million Menschen! – Denkst du, die schlafen hier alle so lange?«

Irritiert sah er sie an: »Nein, natürlich nicht, man muss jeden einzeln betrachten!«

»Sehr richtig, du Philosoph, und Einige mögen sich zwar noch von innen betrachten, aber es gibt auch viele, die schon recht früh munter sind und den Tag genießen - so wie wir!«

Sie spazierten schweigend weiter, und jeder hing für einige Minuten seinen eigenen Gedanken nach.

»Hallooo!«, wurden sie jedoch wenig später von mehreren Stimmen hinter ihnen aus ihren stillen Betrachtungen geweckt. Sich umdrehend gewahrten die beiden Jana, Carmen und Laura, die vergnügt lachten, als sie ihre verblüfften Gesichter sahen: »Halloo!«

»Was..., was macht ihr denn hier?« Noëmi fiel es auf Anhieb schwer, die richtigen Worte zu finden.

»Überraschung«, lautete die Antwort von Jana, »wir dachten uns, dass ihr heute morgen hier entlang spazieren würdet, und haben uns so postiert, dass wir euch begegnen!«

»Und wie es aussieht, ist uns das ja auch ganz gut gelungen«, fügte Laura hinzu und warf Tom'ás einen schmachtenden Blick zu.

Dieser ging jedoch nicht darauf ein, wie Noëmi mit einiger Genugtuung bemerkte, sondern begrüßte die drei der Reihe nach sehr herzlich, aber mit der nötigen Distanz.

Noëmi umarmte ihre Clique ebenfalls, und kurze Zeit später setzten sie den Weg gemeinsam fort.

»Wo wollt ihr denn hin?«, erkundigte sich Carmen.

»Och, wir haben so kein festes Ziel«, erwiderte Noëmi und hoffte, dass die drei weitergehen würden.

»Einfach nur den Rhein entlang«, erklärte Tom'ás.

»Fein! Nehmt ihr uns ein Stück mit?«

»Na klar«, gab Tom'ás zurück während Noëmi unhörbar seufzte. »Seid ihr denn schon lange wach?«

»Och, es geht so«, meinte Laura, »wir haben uns um halb elf getroffen und sind dann zur Promenade runter.«

»Es war uns nämlich gestern Abend schon klar, dass ihr hier irgendwann auftauchen würdet«, fügte Jana hinzu.

»So so, ihr solltet 'nen Klub der Hellseher aufmachen!«

»Ja, ich glaube die Überraschung ist uns wirklich gelungen«, freute sich Carmen, der der Zynismus in Noëmis Stimme völlig entgangen war.

»Allerdings«, grummelte Noëmi, die mit Tom'ás lieber allein gewesen wäre.

Die drei merkten das jedoch nicht, und Jana erkundigte sich: »Habt ihr denn schon gefrühstückt?«

Tom'ás schüttelte verneinend den Kopf und Noëmi erklärte: »Nicht wirklich, ich habe nur etwas getrunken und ein halbes Brötchen gegessen, das war alles. Ich hatte aber auch gar keinen Hunger heute morgen!«

»Oh, prima! Dann lasst uns doch brunchen gehen«, schlug Jana vor.

»Brunchen?«, fragte Noëmi irritiert.

»Ja, da hinten ist ein Hotel mit Restaurant, die bieten heute für wenig Geld ein richtig tolles Frühstücksbuffett an!«

»Was haltet ihr davon?«, schaute nun auch Carmen die beiden hungrig an.

»Klingt ganz okay«, meinte Noëmi, »aber...«

»Kein aber, wenn ihr beide auch noch nichts gegessen habt, dann werden wir da jetzt erstmal einfallen und uns den Bauch vollschlagen«, entschied Jana resolut, und die fünf legten die restlichen Meter bis zum Hotel schnell zurück.

Tom'ás stellte schnell fest, dass das Angebot durchaus gut genutzt wurde, denn es waren neben ihnen über zwei Dutzend Personen in der Frühstückshalle. Er trat als Letzter ein und folgte den anderen bis zu einer langen Tafel, die aus sechs nebeneinander stehenden Tischen bestand. Auf dieser war das Frühstück aufgetragen, und er musste zugeben, dass es sehr einladend aussah. Frisch gebrühter Kaffee verbreitete sein Aroma, daneben standen Kannen mit drei verschiedenen Teesorten und diverse frisch gepresste Säfte. Die zweite Abteilung bildeten Brot und Brötchen, goldgelb gebackene Croissants lockten die hungrigen Esser an diesen Tisch. Den Schluss der Tafel bildete eine Doppel-Tischreihe, auf der Aufschnitt, Käse in mehreren Variationen, Salate und andere Köstlichkeiten warteten.

»Hmjahm«, machten Jana und Carmen und standen im Nu mit Tellern, die vor der Tafel auf einem Extra-Tisch aufgestapelt waren, in der Warteschlange vor den Brötchen.

Tom'ás kümmerte sich zunächst um Noëmi: »Was möchtest du denn trinken?«

»Hmm«, überlegte sie kurz, »Orangensaft, bitte!«

»Okay, ich hole uns beiden zwei Gläser!«

»Ist gut«, nickte sie, »dann besorge ich schon mal Brötchen, oder magst du lieber Croissants?«

»Nein, Brötchen sind okay«, gab er mit einem Lächeln zurück, dann stellte er sich in der Schlange an, die zu den Getränken führte.

Es verlief alles wohldurchdacht und geordnet, und so dauerte es nicht lange, bis er Noëmi am Käse-Tisch wiedertraf. Er reichte ihr das Glas Orangensaft hinüber und bekam dafür zwei Brötchen. Nun bedienten sich die beiden noch an den Käse- und Salatplatten und guckten dann suchend umher.

»Da sind sie«, nickte er in Richtung eines Tisches, an dem Jana und Carmen bereits saßen und soeben ihre Brötchen und Croissants aufschnitten. Die beiden setzten sich zu ihnen, und Laura, die etwas länger an der Kaffee-Schlange warten musste, komplettierte wenig später das Quintett.

»Guten Hunger«, meinte Jana, dann herrschte für eine gewisse Zeit erst einmal Ruhe, alle ließen es sich schmecken.

Als sie gesättigt waren, verließen die fünf das Restaurant und spazierten für eine Weile gemeinsam am Rheinufer entlang. Mittlerweile waren deutlich mehr Spaziergänger unterwegs, und die fünf bildeten manchmal eine regelrechte Barriere. Immer wieder mussten sie sich kurz trennen, um ihnen entgegenkommende Passanten vorbeizulassen.

So schlenderten sie die Promenade entlang, doch es wollte kein rechtes Gespräch aufkommen. Noëmi gab sich sehr einsilbig, und Tom'ás suchte noch immer nach einer passenden Gelegenheit, ihr seine wahre Herkunft zu offenbaren.

Jana merkte denn auch bald, dass sie Tom'ás und Noëmi jetzt lieber wieder allein lassen sollten. Sie gab den beiden anderen einen Wink. Carmen sprang direkt darauf an und meinte auf ihre Uhr blickend: »Oh, es ist ja schon Mittag, da muss ich jetzt leider wieder gehen, die Kleinen warten! – Wir sehen uns dann ja später, nicht?«

»Ja«, erwiderte Noëmi, »bis nachher!«

»Oh ja«, beeilte sich nun auch Laura, die von Jana einen aufmunternden Ellenbogenstoß in die Seite bekam, zu sagen, »ich muss auch wieder, habe gleich noch eine Verabredung!«

Und sie blickte Tom'ás noch einmal verlangend an, doch

dieser ging wieder nicht weiter auf sie ein, was Noëmi sichtlich freute.

So verabschiedeten sich die beiden herzlich, und Jana schloss sich an mit den Worten: »So, dann werde ich euch auch mal wieder allein lassen, macht's gut, ihr beiden!«

»Ja, bis später!« Noëmi umarmte die drei, die hierauf den Weg zurück zum Hauptbahnhof einschlugen.

*

»Los! Raus aus den Federn!«, herrschte Oshoshi Engai an, »wir haben 'ne Menge vor heute!«

»Hmm«, brummte Engai, »ist ja gut..., nur noch 'ne Minute«, drehte er sich auf die andere Seite.

Oshoshi brachte jedoch kein Verständnis auf und stieß seinen Partner aus dem Bett. Engai landete recht unsanft auf dem Boden: »Autsch! Sag mal, spinnst du?« Er blickte ihn zornig an.

»Kein blabla, zieh dich an, wir müssen los!«

»Hrmpf«, kam es zurück, doch das kümmerte Oshoshi nicht. Er ging in die Versorgungsabteilung des Schiffes und stellte sich ein kleines aber sehr nahrhaftes Frühstück zusammen, das er mit in die Kommandozentrale nahm. Er scannte die Umgebung, bemerkte nichts Ungewöhnliches und startete das Schiff.

Als Engai, dessen Zorn schnell wieder verraucht war, wenig später die Zentrale betrat, schwebte es schon über der Stelle, wo A'íshas Raumschiff noch immer verweilte, und Oshoshi stoppte das Schiff und ließ es verharren: »Wir werden hier warten bis sie rauskommt!«

»Okay«, mampfte Engai. Auch er hatte sich mit einem schnellen Frühstück versehen und ganz offensichtlich die Absicht, nichts schlecht werden zu lassen.

Als beide fertig gegessen hatten, stand er auf und meinte misstrauisch: »Vielleicht ist sie ja gar nicht mehr da drin!«

»Wie, nicht drin?«, erntete Engai von seinem Partner einen verständnislosen Blick.

»Vielleicht ist sie heute Nacht ja gar nicht hierher zurückgekommen, sondern hat irgendwo anders geschlafen!«

»Irgendwo anders? Wo denn?«

»Woher soll ich das wissen? – Bei irgend 'nem Typen halt!« Engai schien ein wenig eifersüchtig zu sein.

»Hmm«, brummte Oshoshi und grübelte eine Weile. Dann sagte er: »In Ordnung, wir können es ja überprüfen, indem wir die Energieversorgung wieder umleiten. – Aber mach nicht wieder irgendeinen Quatsch!«

Engai guckte ihn an wie ein unschuldiger Hund, der gerade Herrchens Zeitung zerrissen hat. Oshoshi musste lachen. Dann betätigte er zwei Schalter, und auf einem Bildschirm wurde das Innenleben des unter ihnen liegenden Raumschiffs abgebildet.

»Ist tatsächlich niemand an Bord«, stellte er bald fest und schaute Engai missmutig an: »Und was machen wir nun?«

»Tja, ich sehe da nur zwei Möglichkeiten: entweder warten wir hier bis sie wiederkommt...«

»Das kann aber dauern, je nachdem wo und wen sie kennen gelernt hat«, warf Oshoshi ein.

»Eben! Oder wir ziehen nochmal los und versuchen sie an einer anderen Stelle zu finden. Immerhin ist die Stadt ja nicht gerade klein. – Wir können dem nächsten Fahrer ja sagen, wo wir schon waren, und dass er uns woanders hinbringen soll!«

»Das ist gut! – Aber wir werden, sobald es Nacht wird, wieder hierher zurückkehren! Ich glaube nämlich nicht, dass sie zwei Nächte in der Fremde verbringt!«, bestimmte Oshoshi.

»Okay, machen wir's so«, stimmte Engai dem Vorschlag in versöhnlichem Ton zu.

»Also gut, dann wollen wir mal!«

Die beiden steuerten das Schiff zurück, und bald darauf schritten sie zur Straße, wo Engai laut pfiff und wieder ein gerade ankommendes Taxi heranwinkte, das hart vor ihnen stoppte.

Und während er sich noch freute, dass das hier so gut klappte, gab Oshoshi an: »Wir waren schon in Bel Air und an der Santa Monica Bay von Venice bis hinauf nach Santa Monica und West Los Angeles. Und jetzt würden wir gern mal etwas ganz anderes sehen - eine andere Gegend, wo aber auch was los ist!«

»Wie wär's denn mit Downtown oder dem Echo Park und dem Dodger Stadium?«, fragte der Taxifahrer.

»Stadion? Was für ein Stadion?«, fragte Engai.

»Ihr kennt die Dodgers nicht? Oh wei!« Der Taxifahrer machte ein Gesicht als ob er auf eine Zitrone gebissen hätte. »Wie lange seid ihr denn schon hier?«

»Hmm, einen Tag«, meinte Oshoshi.

»Ach so, na dann geht's ja noch. Aber für heute stehen dann Downtown und das Stadion der Dodgers auf dem Programm. Bitte anschnallen, es geht los!«

*

Tom'ás und Noëmi waren still - jeder in Gedanken versunken - einige Schritte gegangen, und nun hielt er den richtigen Zeitpunkt für gekommen, um Noëmi endlich die Geschichte, die ihm schon so lange Kopfzerbrechen verursachte, zu erzählen.

Er ergriff ihre Hand: »Du?«

»Ja?«, gab sie verwundert zurück.

Er stockte: »Es gibt da etwas..., ich muss dir..., da noch was sagen!«

»*Er hat eine andere!*«, durchfuhr es sie.

»Du erinnerst dich doch noch an gestern Abend, oder?«, begann er zögernd.

»Ja! Natürlich!«

»Auch an das mit den fremden Welten und Sternen?«, fragte er weiter.

»Ja«, nickte sie verwundert.

»Also, ich habe dir da gestern nicht die ganze Wahrheit gesagt...«

»*Jetzt kommt's!*«, dachte sie und setzte ihre kühlste Miene auf, doch ihr Puls schlug merklich schneller.

»*Verdammt, warum tut man sich nur so verflixt schwer, wenn man jemandem die Wahrheit sagen muss, und dabei auch noch Gefühle im Spiel sind?*«, fragte er sich. »Ich bin von einer dieser Welten.«

So, nun war es heraus. Er blickte sie an und wartete auf eine Reaktion.

Doch sie reagierte überhaupt nicht.

»Hast du mich verstanden? Ich komme nicht von hier!«, redete er eindringlich auf sie ein.

Sie nickte. »Natürlich nicht«, bekräftigte sie, »du kommst aus den Staaten, und dass das 'ne andere Welt ist, musst du mir nicht erzählen!«

»Nein! Ich komme eben nicht aus Amerika! – Das war gelogen, eine Notlüge!«

»Eine Notlüge«, stellte sie emotionslos fest.

»Ja!«, bekräftigte er.

»Wo kommst du denn dann her? – Australien?«

»Nein! Aber das versuche ich dir doch schon die ganze Zeit zu erklären! Ich stamme nicht aus dieser Welt, von der Erde! Ich komme aus einem anderen Sonnensystem, viele

Lichtjahre von hier entfernt!«

Sie schaute ihn an. In ihrem Blick konnte er Bestürzung und Ärger, gepaart mit tiefem Misstrauen, feststellen, aber sie lachte als sie fragte: »Willst du damit sagen, dass du von den Sternen kommst? – So wie wir gestern Abend da hoch geguckt haben?«

Er nickte nur.

»Das darf ja wohl nicht wahr sein! – Und das soll ich dir glauben?«

Wieder ein Nicken.

»Tsss...!« Sie trat einen Schritt zurück und musterte ihn von oben bis unten. »Für einen Außerirdischen siehst du aber noch recht menschlich aus«, stellte sie dann mit deutlich sarkastischem Unterton in ihrer Stimme fest.

»Humanoide gibt es in vielen Welten, nicht nur hier auf der Erde! Ihr seid beileibe nicht einzigartig!«, bekundete er.

Sie trat noch einen weiteren Schritt zurück und hob abwehrend die Hand: »Behauptest du das allen Ernstes, oder ist das wieder einmal einer von deinen Witzen?«

»Es ist die Wahrheit. – Und mein voller Ernst«, bekräftigte er.

Sie holte tief Luft, dann stieß sie hervor: »Beweise es!«

»Beweisen?«, fragte er verwundert.

»Ja«, forderte sie, »beweise es, dass du von einem anderen Planeten kommst!«

»Wie denn?«

Sie überlegte einen Moment, dann kam ihr eine Idee: »Wie bist du hergekommen?«

»Mit einem Raumschiff natürlich!«

»Und wo ist es?«

»Ich habe es westlich von hier abgestellt, in einem Park.«

»Zeig es mir!«

»Waaas?«

»Ja, ich will es sehen!«

»Das geht nicht.«

»Warum nicht?«

»Es könnte uns jemand sehen!«

Sie blickte ihn trotzig an: »Hat dich schon jemand gesehen, als du da rein oder raus bist?«

»Ich denke nein, aber...«

»Na also! Wo ist das Problem?«

»Nein, das geht nicht! – Es gibt bei uns gewisse Sicherheitsbestimmungen, die muss ich einhalten.«

»Gute Ausrede!«, lachte sie.

»Das ist keine Ausrede!«

»Ja ja, schon gut«, tat sie beleidigt und blickte ihn forschend an: »Dann will ich einen anderen Beweis!«

»Tja, ich wüsste nicht, was...«, zögerte er.

Sie sah ihn nachdenklich an: »Bist du genau wie ein Mensch von der Erde?«, fragte sie dann.

Er blickte verständnislos zurück.

»Ich meine, hast du irgendwas, was ein normaler Mann nicht hat?«, ergänzte sie. »Vielleicht nur vier Zehen, oder...«

Er lachte hell auf: »Nein, damit kann ich leider nicht dienen! – Du wirst mir schon so glauben müssen - ich bin durchaus menschlich.«

Sie sah ihn durchdringend an. »Hmmm...«, überlegte sie dann, »wie alt bist du?«

Er schüttelte den Kopf: »Das bringt dich auch nicht weiter! Unser Planet legt innerhalb eines Jahres einen längeren Weg zurück als die Erde um eure Sonne. Und außerdem werden wir prinzipiell viel älter als ihr, da wir ganz anders leben und uns anders entwickelt haben.«

Sie wurde ein bisschen ungeduldig: »Schon wieder eine Ausrede!«, schimpfte sie.

»Nein«, widersprach er, »was würde es dir nützen, wenn ich dir sagte, ich bin hundertachtundsechzig Jahre alt?«

Sie wich erschrocken zwei Schritte zurück, fasste sich jedoch schnell: »Jetzt hättest du mich beinahe erwischt! Aber das glaube ich nicht, das hast du dir ausgedacht!«

Er schüttelte den Kopf: »Nein, habe ich nicht!«

»Das gibt's ja gar nicht, du hast zu viele Science-Fiction-Filme gesehen!«

»Ein paar, das ist wahr. Aber ich bin tatsächlich so alt.«

Sie sah ihn unentschlossen an. Auf der einen Seite sah er in ihren Augen nicht wie ein Lügner aus, andererseits klang seine Angabe in ihren Ohren ziemlich unwahrscheinlich.

»Nun gut«, sagte sie nach einer Weile zweifelnd, »tun wir mal so als ob du tatsächlich von einem anderen Planeten kommst. – Was willst du dann hier auf der Erde?«

»Das darf ich dir nicht sagen«, bedauerte er.

»Als hätte ich es nicht geahnt!«, triumphierte sie. »Also, du hast auch für alles eine Ausrede!«

»Nein, das sind keine Ausreden! – Na gut, damit du mir nicht total misstraust, will ich dir sagen, dass ich hier eine Mission zu erfüllen habe.«

»Eine Mission?« Der Sarkasmus in ihrer Stimme war einem interessierten Zweifel gewichen.

»Ja, so etwa wie bei euch die Agenten...»

»Du bist ein Spion?«, unterbrach sie ihn und tat erschrocken zwei Schritte zurück.

»So würde ich das nicht sagen«, wiegelte er ab, »eher ein Kundschafter und Berichterstatter!«

»So?« Ihre Miene drückte deutlich aus, dass sie ihm kein Wort glaubte. »Für wen kundschaftest du denn?«

»Für mein Volk, oder vielmehr im Auftrag des Ältestenrates, auf Anweisung meiner Eltern.«

»Und denen erstattest du natürlich auch Bericht?«

»Ja, genau!«

»Aha!« Sie klang nicht sehr überzeugt und zog die Mundwinkel nach unten.

»Du glaubst mir noch immer nicht«, stellte er mit leichtem Bedauern in der Stimme fest.

»Ja, genau«, äffte sie ihn nach.

»Tja, das kann ich dann ja wohl nicht ändern, immerhin habe ich deine Frage beantwortet.«

»Na danke!« Die Ironie in ihrer Stimme war unschwer zu überhören. »Das war ja aber auch eine tolle Antwort! Märchenstunde am Rhein würde ich das nennen!«

Er schüttelte betrübt den Kopf: »Nein, es ist wahr! - Frag doch noch was, ich werde dir alles sagen, was du wissen willst, vorausgesetzt, es betrifft keine unmittelbaren...«

»Ja ja, ich weiß schon! Ist alles streng geheim! - Ist bei unseren Geheimdienstlern und Agenten ja auch so«, unterbrach sie ihn mit spöttischer Miene, um wieder zwei Schritte auf ihn zu zu machen und ihn gleich darauf prüfend anzuschauen: »Na gut, dann erzähl mir mal von deiner Heimatwelt! Wie sieht es bei euch aus?«

»Wie es aussieht? – Du meinst, ich soll dir meinen Planeten beschreiben?«

»Ja, genau!«

»Hmm..., also gut! – Er ist etwas größer als die Erde..., misst über tausend Kilometer mehr im Durchmesser, und ist auch viel weiter von der Sonne entfernt als dein Planet..., fast so weit wie der Mars, nämlich zweihundertzwanzig Millionen Kilometer. Das ist allerdings auch ganz gut so, denn unsere Sonne ist um einiges heißer als die eurige.«

»Aber nachts ist es dann doch bestimmt bitterkalt, oder nicht?«

»Nein, recht angenehm, die Tage sind nicht zu heiß und die Nächte nicht zu kalt, jedenfalls da, wo wir wohnen! An den Polen sieht's natürlich anders aus!«

»Hmm«, brummte sie, »und wie lange braucht der Planet nun für ein Jahr um die Sonne?«

»Fast vierhundertzehn Tage, ein Viertel eines Tages weniger, das müssen wir alle vier Jahre ausgleichen, dann hat der erste Monat keine sechsundvierzig sondern nur fünfundvierzig Tage.«

»Was? Eure Monate haben sechsundvierzig Tage? Das ist doch viel zu viel!«

»Wieso«, lachte er, »unser Jahr hat neun Monate, fünf mit sechsundvierzig und vier mit fünfundvierzig Tagen.«

»Aber das geht doch gar nicht! Wie viele Tage haben denn eure Wochen?«

»Neun!«

»Häh? Und ein Monat hat dann...«

»Ein Monat hat fünf Wochen, in Erinnerung an die fünf Elemente, aus denen alles besteht. Und die neun Tage drücken im Kleinen das aus, was die neun Monate im Großen ausdrücken, nämlich die Zahlen von eins bis neun, was ja ein Zyklus ist! Dann geht es wieder von vorne los.«

»Aha.« Noëmi klang überhaupt nicht überzeugt, »und wie viele Stunden hat dann ein Tag?«

»Achtundzwanzig und eine Viertelstunde, er braucht etwas länger, um sich um sich selbst zu drehen, aber er ist ja auch schwerer als die Erde«, scherzte er.

Doch sie ging nicht darauf ein, ein gewisses Fieber hatte sie gepackt: »Okay, das mag ja alles so sein, aber wenn ihr auch so seid wie wir, wie lange dauert dann eine Schwangerschaft bei euch? Ein Jahr? - Das wären neun Monate!«

Er schüttelte den Kopf: »Nein, die berechnet sich bei den Menschen doch nach zehn Mondmonaten. Daher kommt doch auch das Wort Monat..., von Mond. Das ist ursprünglich der Zeitraum gewesen, den der Mond zu einem Umlauf um die Erde benötigt. Da sowohl unsere Wochen als auch unsere Monate mehr Tage haben als eure, brauchen wir nicht so lange. Babys gibt's bei uns schon nach sechs Monaten..., Kalendermonaten! Die sind allerdings in Bezug auf die Sonne so festgelegt worden, auch bei uns sind es ungefähr zehn Mondmonate. Und der Zeitraum entspricht dann euren neun Monaten des Sonnenjahres!«

»Puuh«, stöhnte sie. »Also entweder bist du ein sehr charmanter aber notorischer Lügner oder...«

»Was?«

»Ich weiß es nicht! Erzähl mal weiter, immerhin kann man dir gut zuhören!«

»Oh danke«, lächelte er, »zu gnädig! Auch der leckerste Quark bleibt Quark, da kann man erzählen wie man will!«

Sie musste lachen. »Stimmt, aber er schmeckt dann immerhin noch!«

»Na gut, was willst du denn noch wissen?«

»Naja, zum Beispiel..., habt ihr denn auch einen Mond?«

»Wir haben sogar drei Monde!«

»Drei?«, echote sie verblüfft und schielte ihn misstrauisch von der Seite an.

»Ja, aber alle sind etwas kleiner als eurer und laufen auch...«

»... und bei euch sind alle mondsüchtig, was?«, scherzte sie.

»Nein!«, widersprach er lächelnd. »Die verlaufen unregelmäßig um den Planeten, sind alle von einer Seite aus zu sehen, dann ist auf der anderen Seite gar keiner zu sehen, oder umgekehrt! Der erste Mond hat so viel Vorsprung vor dem letzten, dass die sich gerade noch sehen können, und der zweite ist knapp vor dem letzten.«

»Als wenn Monde gucken könnten!«

»Ja, vielleicht können sie das«, grinste er. »Als ich noch ein Kind war, hat mir meine Mutter erzählt, dass der erste Mond ein Mädchen und die anderen beiden zwei Jungs seien. Diese würden dem Mädchen immer hinterherlaufen, weil sie es beide mögen, aber nie bekommen.«

»Fast wie im richtigen Leben«, spottete Noëmi.

»Ja, genau! Und dann sagte meine Mutter, wenn der letzte Mond clever wäre, würde er stehen bleiben und auf das Mädchen warten!« Er schaute ihr tief in die Augen: »Ist auch fast wie im richtigen Leben, nicht?«

»Vielleicht«, erwiderte sie schnippisch, »aber lenk jetzt nicht ab! Was gibt es denn sonst noch? Tiere? Fische?«

»Tiere? – Oh ja, einige schon, aber bei weitem nicht so viele verschiedene wie es hier auf der Erde gibt. Wir haben bei uns auch keine Haustiere wie Hunde oder Katzen oder so etwas, sondern die sind eigentlich eher alle wild, wobei die wenigsten richtig gefährlich sind. Und viele leben überhaupt im Wasser, in den Meeren.«

»Also Fische?«

»Ja, Fische und andere Meerestiere, aber auch Wale, die allerdings beträchtlich größer sind als hier – die größten können bis zu vierzig Meter lang werden!«

»Och, da liegen wir gar nicht so viel dahinter.«

»Nun ja, soviel ich weiß, ist der Blauwal das größte Tier auf der Erde. Und der wird nur bis zu dreiunddreißig Meter lang. Das ist immerhin ein knappes Viertel weniger!«

»Hmm«, rechnete sie schnell nach, »stimmt. Ist wohl doch 'ne ganze Menge.«

»Das denke ich auch. Stell dir nur vor, ich wäre fünfzig Zentimeter größer als du!«

»Warum nicht?«, meinte sie, »es gibt solche Zwei-Meter-Menschen, sogar noch größere!«

»Ich weiß, aber ich gehöre in meiner Welt zu den eher kleineren, der Durchschnitt liegt bei knapp einsneunzig und bei den Frauen etwas unter einsfünfundsiebzig.«

»Waas? Der Durchschnitt?«, staunte sie und vergaß für einen Moment ihre zweifelnde Position. »Dann muss es ja auch Frauen geben, die fast zwei Meter groß sind!«

»Die gibt es auch, aber nur wenige. Sehr viele Frauen sind fast so groß wie ich.«

»Oh! - Und ich? Ich würde wohl als Kind durchgehen, was?«

»Nun ja«, schmunzelte er, »es gibt nicht viele, die so klein sind, aber«, fügte er hinzu, »du bist mit Abstand die hübscheste!«

»Danke.« Sie verarbeitete das Kompliment ganz cool. »Und wie groß werden die Männer?«

Die kleinsten sind so ungefähr einssiebzig..., und die größten zwei Meter zwanzig. – Die größten sind aber auch zumeist auf dem größten Planeten anzutreffen...«

»Auf dem größten Planeten? Wie viele habt ihr denn?«

»Unser ganzes Sonnensystem besteht aus acht Planeten. Meiner ist der dritte..., von der Sonne aus gesehen. Ist wie bei euch, die Erde ist ja auch der dritte Planet von eurer Sonne aus gesehen.«

»Ja, so weit kann ich auch alleine zählen«, konterte sie scharfzüngig, »aber wie willst du mir denn beweisen, dass du dir das nicht alles ausgedacht hast?«

»Tja, ich weiß nicht! Ich kann die Planeten ja schlecht herholen, oder?«

»Nee«, lachte sie, »aber vielleicht hast du ja irgendwas von deiner Welt mit, was es bei uns nicht gibt!«

»So einen Wal zum Beispiel, ja?«, scherzte er. »Nee, habe ich nicht. Ich habe mich natürlich auch so ausgerüstet, dass ich in dieser Welt nicht auffalle. Du musst schon meinen

Worten vertrauen!«

»Hmm«, machte Noëmi und überlegte angestrengt. »Seid ihr uns denn sehr weit voraus?«, wollte sie auf einmal wissen.

»Wie meinst du das?«, fragte er.

»Na, mit der Technik..., die Entwicklung insgesamt halt. Dass ihr so durch das All fliegen und zu anderen Sternen reisen könnt!«

»Ach so, na ja, ein paar tausend Jahre auf jeden Fall. Aber wenn ihr euch nicht vorher gegenseitig umbringt, werdet ihr diese Technik auch noch entwickeln – in einigen Ländern seid ihr sogar schon kurz davor. Darum haben bei uns auch einige Leute Angst oder zumindest Respekt, denn wenn ihr in der Entwicklung eurer Moralvorstellungen so weitermacht wie bisher, dann kann man davon ausgehen, dass ihr eines Tages bei uns aufkreuzt und mal wieder etwas erobern wollt!«

»Also darum die Mission!«, rief sie erstaunt aus. Langsam begann sie zu verstehen.

»Ja. Aber ich habe dir jetzt auch schon fast zuviel verraten«, bekundete er.

»Keine Panik, ich werd's nicht ans Schwarze Brett hängen«, versprach sie in feierlichem Ton.

»Und ich muss dir da noch etwas sagen«, meinte er nun mit bedrückter Stimme.

Sie spürte an seinem Tonfall, dass jetzt ein sehr kritischer Punkt erreicht war: »Jaaa?«

»Also, es gibt auf unserer Heimatwelt seit ewigen Zeiten so eine Art..., mmh, also vielleicht kann man es in gewisser Weise mit eurer Verlobung vergleichen!«

Sie sagte kein Wort, sondern sah ihn nur aus großen Augen erwartungsvoll an.

»Und zwar..., bei uns werden wir in der Regel schon als

Kinder untereinander zugesprochen..., also quasi verlobt..., und ich bin...«

»Du bist...?«

»Ich bin also auch verlobt. – Sozusagen jedenfalls!«

Sie brachte das Kunststück fertig, die Augen noch ein bisschen weiter aufzureißen. Sie hatte seinen Ausführungen bisher weitgehend emotionslos zugehört, jetzt allerdings sah man ihr an, dass das Gesagte sie nicht unberührt ließ. *»Jetzt ist es also raus! Und die ganze Zeit hatte ich gehofft...!«*

Die Enttäuschung wandelte sich in Ernüchterung und diese in Zorn: »Du Mistkerl! Du bist genau wie die anderen! Es hätte gar nicht mehr viel gefehlt, und wir wären im Bett gelandet! Ich weiß es!«

Sie ballte ihre Hände zu Fäusten, stand für Momente starr, und schließlich lief sie mit einem lauten Schluchzen davon.

Tom'ás versuchte sie zurückzuhalten, »Noëmi, warte! Ich kann dir alles erklären, es ist nicht so wie du vielleicht denkst!« Aber sie hörte seine Worte schon nicht mehr.

Ratlos blieb er eine Weile stehen, dann fasste er einen Entschluss und lief ihr hinterher. Aber schnell sah er ein, dass das in dem dichten Gewirr der Gassen und Straßen ein hoffnungsloses Unterfangen war und gab auf.

»Vielleicht entdecke ich sie vom Raumschiff aus!«, überlegte er sich und machte sich schnell auf den Weg zu seinem Schiff, welches er nach einem mehrminütigen Dauerlauf erreichte. Er flog sofort in Richtung Rhein. An der Stelle beginnend, wo sie eben davongelaufen war, flog er in einer Höhe von fünfzig Metern die Straßen ab.

»Das bringt ja gar nichts, so ein Mist!«, stellte er jedoch schon sehr bald fest. *»Am besten gehe ich wieder zurück und warte, ob sie nicht auch wieder kommt!«,* dachte er schließlich,

flog wieder zurück zum Stadtgarten und verließ sein Schiff wie vorher im Schutze der Büsche und Bäume. Dann marschierte er gemächlich zum Rheinufer. *»Vielleicht sehe ich sie ja zufällig unterwegs!«*

Er kam jedoch am Rhein an, ohne ihr begegnet zu sein und setzte sich dort erstmal auf eine Bank, wobei er die Vorübergehenden neugierig betrachtete. Doch das Objekt seiner Begierde war nie dabei. Nach einer weiteren Stunde des Wartens erhob er sich von der Bank und schlenderte reichlich niedergeschlagen auf der Promenade nach Norden.

Irgendwie fühlte er eine große Leere in sich.

VII. Götterdämmerung

»Versuche die Wahrheit zu erfahren, indem du dich an einen spirituellen Meister wendest. Stelle ihm in ergebener Haltung Fragen und diene ihm. Die selbstverwirklichten Seelen können dir Wissen offenbaren, weil sie die Wahrheit gesehen haben.«
Bhagavad-Gita, 4.34

Mit einer Fläche von weniger als acht Millionen Quadratkilometern ist Australien noch kleiner als Europa, und demzufolge der kleinste Kontinent der Erde, der jedoch zu den am meisten betroffenen Gebieten der Erde in Bezug auf Naturkatastrophen zählt. Die Küsten stehen unter ständiger Bedrohung durch Wirbelstürme, und im Landesinneren treten bereits seit Jahrzehnten vermehrt Dürreperioden und Waldbrände auf. Die größte Gefahr für die Menschen stellt allerdings das Ozonloch in der Erdatmosphäre dar, was zu einer erheblichen Quote an Hautkrebserkrankungen geführt hat. Beinahe siebzig Prozent der Australier leiden in ihrem Leben unter einer Form dieser Krankheit, und die Warnhinweise der Medien über die tägliche Verweildauer in der Sonne sind aus dem Alltag nicht mehr hinwegzudenken.

Nordöstlich des Kontinents liegt das größte Korallenriff der Erde, das Great Barrier Reef, in dem es über eintausend Inseln gibt, und das heutigentags unter Naturschutz steht. Die achtzehn Millionen Einwohner des Landes leben hauptsächlich in den großen Städten an den Küsten. Allein in den fünf größten Städten, Sydney, Melbourne, Brisbane, Perth und Adelaide wohnen schon über elf Millionen Menschen.

Die Zahl der Ureinwohner, den Aborigines – was sich

vom lateinischen 'ab origine' ableitet und 'vom Ursprung' bedeutet -, liegt bei ungefähr einer Viertelmillion. Diese wurden im Laufe der 'Eroberung' des Kontinents durch die Europäer aus ihren Siedlungsgebieten verdrängt, was eine fast vollständige Zerstörung ihrer über fünfzigtausendjährigen Kultur zur Folge hatte und die Aborigines fast aussterben ließ. Aber sie behaupteten sich, und nach langen Kämpfen entspannte sich die Situation gegen Ende des zwanzigsten Jahrhunderts. Und auch wenn sie noch für ein weiteres halbes Jahrhundert als Menschen zweiter Klasse galten, wurde ihnen 1967 das Wahlrecht zugestanden, und die Anerkennung in der Bevölkerung wuchs. Sie gelten als äußerst naturverbunden und haben sich sogar an die extremen Bedingungen Westaustraliens und des wüstenähnlichen Northern Territory angepasst.

Im Süden des Northern Territory, und somit fast in der Mitte des Kontinents, liegt einer der drei bekanntesten Berge der Welt, der Ayers Rock. Von den Aborigines, denen er als heilig gilt, wird er 'Uluru' genannt, was 'Schattiger Platz' bedeutet. Diesen Namen trägt er nicht zu Unrecht, denn er stellt mit seinen annähernd neun Kilometern Umfang und seiner Höhe von dreihundertfünfzig Metern eine großartige Erscheinung dar und bietet beeindruckende Licht-, Schatten- und Farbspiele im australischen Outback.

Kurz nach Mitternacht konnte man einen Aborigine, dessen Alter man auf Grund seiner Gesichts- und Körperbemalung schlecht einschätzen konnte, auf dem Gipfel dieses Berges beobachten. Er war jedoch nicht mehr jung und hatte jedenfalls die sechzig hinter sich. Er schien mit heiligen Ritualen beschäftigt zu sein, denn er kniete, murmelte nicht zu verstehende Worte und hob ab und zu beschwörend die Hände. Als im Nordosten jedoch ein sehr starker, heller Lichtstrahl, der von der Sonne zu kommen schien, seine komplette Aufmerksamkeit auf sich zog, hielt er in seinen Beschwörungen inne und verfolgte andächtig den Weg des Strahls, bis er weit außerhalb des Kontinents in den Ozean tauchte und schließlich verschwunden war.

So mancher so genannte zivilisierte Mensch hätte diesen Strahl sicherlich für eine sehr große Sternschnuppe gehalten, sofern er ihn gesehen hätte. Der Aborigine jedoch hielt mit seinen Tätigkeiten inne und verließ den Ayers Rock fast schon fluchtartig. Wäre ein Mensch wenig später an der Stelle gewesen, an der der Strahl in den Ozean getaucht war, hätte er mit Erstaunen feststellen können, dass sich hier zwei Delphine begrüßten und, wie es schien, miteinander spielten.

*

Tom'ás hatte die Zoobrücke erreicht, als er aus seiner Lethargie erwachte. *»Wo bin ich hier eigentlich?«*, fragte er sich. Nachdem er sich seiner Lage wieder bewusst geworden war, kehrte er um und ging schnellen Schrittes zurück in Richtung Altstadt. Die Sonne war mittlerweile untergegangen und es dämmerte bereits leicht. In einiger Entfernung entdeckte er auf einmal die Typen vom vergangenen Abend aus dem Pub, die sich so seltsam verhalten hatten.

Sie kamen ihm direkt entgegen.

Er näherte sich den dreien schnell, denn sie hatten ihre Schritte in dem Moment beschleunigt, als sie ihn gesehen hatten, und nutzten die ganze Breite des Weges.

»Jetzt haben wir ihn!«, zischte der Süchtige seinen beiden Spießgesellen zu. »Lasst ihn ja nicht wieder entwischen!«

Doch die Aufforderung war unnötig, sie erkannten die Lage sofort. Als Tom'ás sie erreicht hatte, versperrten sie ihm den Weg. Ungehalten versuchte er, sich zwischen ihnen durchzudrängen, aber sie stießen ihn brutal zurück.

»Na du Hosenscheißer! Wo ist denn deine kleine Freundin?«, fragte der Anführer.

Wieder an Noëmi erinnert – was seine Laune noch mieser werden ließ - knurrte Tom'ás: »Das geht euch gar nichts an! Lasst mich vorbei!«

Er versuchte wiederum an den drei vorbeizukommen, doch plötzlich blitzte ein Messer auf, und der Braunhaarige forderte ihn in fast schon arrogantem Ton auf: »Na, komm schon, lass mal sehen, ob du ein Mann bist!«

Eben wollte Tom'ás auf ihn einspringen und versuchen, ihm das Messer aus der Hand zu schlagen, da ertönte eine tiefe Stimme: »Jungens! Lasst doch den Blödsinn! Es gibt auf dieser Welt nun wirklich schon genug Mord und Totschlag!«

Die vier blickten sich erschrocken um, denn sie hatten niemand anderen bemerkt. Da erhob sich plötzlich ein älterer Herr von einer Bank, die von Sträuchern zur Promenade hin abgeschirmt war, und trat zu ihnen hin.

Er war von mittelgroßer, kräftiger Gestalt und besaß ein sympathisches Äußeres. Ein silbergrauer Vollbart umrahmte sein Gesicht und verlieh ihm etwas Würdevolles. Er schien schon weit über das Rentenalter hinaus zu sein, und dennoch verrieten seine Bewegungen eine Elastizität des Körpers, die auf den Betrachter eine faszinierende Wirkung ausübte. Wenn dieses äußerst seriöse Gesicht, das viel eher zu einem Professor im Ruhestand passen wollte, nicht gewesen wäre, hätte man ihn für einen ehemaligen Berufssportler halten können. Er strahlte eine fast schon unheimliche Ruhe und Gelassenheit aus. Dies spiegelte sich hauptsächlich im Verhalten der drei Rowdies wider, denn diese standen wie versteinert. Auch Tom'ás war achtungsvoll einige Schritte beiseite getreten.

Endlich löste sich der Anführer aus seiner Starre: »Was willst du hier, Alter? Sieh zu, dass du Land gewinnst, sonst bekommst du ganz plötzlich große Schwierigkeiten!«, Er fuchtelte wie wild mit dem Messer herum.

»Du würdest mir mit diesem kalten, spitzen Ding doch nicht wirklich etwas antun«, erwiderte der alte Mann. Es war mehr eine Feststellung als eine Frage. Nach wie vor war er die Ruhe selbst.

»Diese Stimme!«, dachte Tom'ás ehrfurchtsvoll. *»Die geht einem durch Mark und Bein.«*

Die Rowdies schienen ebenso zu denken, denn sie verharrten unentschlossen auf der Stelle.

»Gib mir das Messer, mein Junge, bevor du dich noch damit verletzt!« Die Stimme des alten Mannes war noch immer völlig ruhig und gelassen. Er machte den Eindruck, dass ihn nichts auf dieser Welt aus der Ruhe bringen konnte, und fast schien es, als ob der Anführer der drei ihm tatsächlich das Messer geben wollte, doch da schüttelte er sich, als ob er sich von einem auf ihm lastenden Druck befreien wollte, tat zwei schnelle Schritte und sprang mit erhobenem Messer auf den Alten zu.

»Kalt!« Noch im Sprung erreichte ihn dieser Gedanke, und er ließ das Messer schlagartig fallen. Beinahe wäre er jetzt umgeknickt, doch sich schnell aufraffen, umdrehen und das Weite suchen, war innerhalb von Sekundenbruchteilen vollzogen.

Die beiden anderen Rowdies schauten verdutzt zu, als ihr Kumpel plötzlich Fersengeld gab, wandten sich dann jedoch mit drohender Miene an den Alten: »Was hast du mit ihm gemacht, Alter, wir werden...«

Doch als sie ihm direkt in die Augen sahen, machte er nur eine Handbewegung, und mit einem Fluch sprangen die beiden ebenfalls von dannen und liefen ihrem Anführer hinterher, den sie nach kurzer Zeit auch einholten.

»Verdammt noch mal! Warum bist du abgehauen?«, keuchte der Süchtige.

»Ich weiß nicht, der Alte ist mir nicht ganz geheuer!«

»Aber du hattest doch das Messer und...«, wollte der Große einwenden.

»Vergiss das Messer!«, unterbrach der Anführer ihn grob. »Ich hatte auf einmal so ein Gefühl als ob mir das in der Hand gefrieren würde, und dann hat sich irgendwie Panik in meinem Kopf breitgemacht, einfach so, innerhalb von Sekundenbruchteilen! So etwas habe ich noch nie erlebt!«

»Verdammt Mann, was war das für ein Typ?« Der Süchtige blickte erregt und ängstlich zurück.

Das Gleiche fragte sich Tom'ás - einige hundert Meter weiter entfernt - ebenfalls.

»Ich bin ein alter Freund deines Großvaters. Er bat mich, ein Auge auf dich zu haben, wenn du jemals auf diesem Planeten landen solltest, und das war heute Abend, glaube ich, ganz angebracht«, stellte der alte Mann fest. Er blickte Tom'ás mit einem fast väterlichen Gesichtsausdruck an.

»Kann er etwa meine Gedanken lesen?«, fragte sich Tom'ás und warf dem Mann einen fragenden Blick zu.

»Ja«, nickte der Alte, »und ich gebe dir noch einen guten Rat für deine nähere Zukunft. Wenn du einmal nicht weiter weißt, vertraue auf deine Intuition. Sie wird dich leiten.«

Und mit einem freundlichen Lächeln verschwand er wieder hinter den Büschen, wo er vorhin so plötzlich aufgetaucht war.

Tom'ás brauchte nur wenige Sekunden um seine völlige Fassung wiederzugewinnen, doch als er suchend hinter die Büsche trat, war von dem alten Mann nichts mehr zu sehen. *»Das gibt's doch gar nicht, der kann sich doch nicht in Luft* *aufgelöst haben!«*, dachte er.

Doch als er nach fünf Minuten intensiven Suchens noch immer kein Anzeichen für einen Verbleib des Alten gefunden hatte, setzte er seinen Weg zum Alter Markt fort. In ihm herrschte immer noch der Gedanke, Noëmi dort zu finden. Außerdem war es inzwischen auch recht spät geworden, und er durfte sich von seinem Schiff nicht zu weit entfernen, zumal es seine Nachtstätte bildete.

*

»Ellen!«

Der Schrei ihres Mannes hatte gegen die Urgewalt des Meeres keine Chance. Er drang nicht einmal fünf Meter weit in die pechschwarze Finsternis der Pazifik-Nacht hinaus. *»Es ist sinnlos«*, dachte Susan Robertson, *»wir wissen ja nicht einmal, wo sie ist!«* Sie zog ihren siebzehnjährigen Sohn Marc noch näher an sich heran.

Die Familie hatte um die Mittagszeit des Vortages mit ihrer Yacht den Hafen von Brisbane mit Kurs auf Neukaledonien verlassen und wollte den Rest des Tages und die anschließende Nacht auf See verbringen. Nach vier Stunden Fahrt hatten sie die Segel gerefft und sich eine längere Pause gegönnt. Die Kinder, Marc und Ellen, konnten sogar in der unmittelbaren Umgebung des Schiffes schwimmen, denn die See weit vor der Ostküste Australiens war ruhig und klar, keine Wolke trübte den Himmel, und kaum ein Lüftchen regte sich.

Am späteren Abend rauhte die See jedoch auf, und kurz nach Mitternacht beschlossen sie nach reiflicher Überlegung, die restliche Nacht doch lieber wieder auf festem Erdboden zu verbringen und den Rückweg anzutreten. Als sich wenig später jedoch die ersten hohen Wellen vor ihnen auftürmten, erkannte Ted Robertson sofort, dass das die Anzeichen für ein sich näherndes Unwetter waren und versuchte fieberhaft, vor diesem in heimatlichen Gefilden anzukommen. Seine Frau und die Kinder waren in der Zeit damit beschäftigt, alles an Bord ausgiebig zu sichern, denn die Wellen und der Sturm gewannen kontinuierlich an Wucht.

Bald bemerkte Ted jedoch den Ernst der Lage und übergab seiner Frau das Steuer, um über Funk ihre Position durchzugeben und um die Küstenwache zu verständigen, dass diese eine Patrouille in ihre Richtung schicken möge, sofern er sich nicht wieder melden würde.

Das Unwetter war jedoch schneller, denn während er noch am Funkgerät stand, wurde das Schiff von so heftigen Stößen erschüttert, dass es den Naturgewalten nicht mehr standhalten konnte und nach mehreren noch gewaltigeren Stößen, die wie von einer Gigantenfaust zu kommen schienen, schließlich umkippte und kenterte.

Bei dieser abrupten Seitwärtsbewegung waren seine Frau und die beiden Kinder über Bord gegangen, und er hatte eine Viertelstunde gebraucht, um Susan und Marc wieder an Bord zu bekommen.

Nun schaute er verzweifelt nach Ellen aus, doch auch bei Tageslicht hätte er sie nicht gesehen, denn die meterhohen Wellen machten ein Erkennen der Umgebung schon so unmöglich. Dennoch schrie er immer wieder Ellens Namen in den Sturm hinaus und betete, dass diese noch nicht allzu weit von dem gekenterten Schiff entfernt oder inzwischen gar ertrunken war.

Marc war ein stolzer junger Mann, auf jeden Fall wollte er als ein solcher angesehen werden. Aber in dieser Situation stand er kurz davor, die Beherrschung zu verlieren. Er hatte sich ganz nah an seine Mutter gestellt und versuchte, irgendetwas in diesem Sturm zu erkennen. Doch die Situation war schier aussichtslos. Bis die Küstenwache eintraf, konnten noch Stunden vergehen, und niemand wusste, wie lange das gekenterte Schiff auf den Wogen des Meeres dem Unwetter noch trotzen konnte. *»Ein Floß müsste man haben«*, schoss es ihm durch den Kopf, *»das kommt selbst bei so einem Wetter immer wieder hoch!«*

»Ellen!«, schrie sein Vater wieder, musste allerdings sein fruchtloses Beginnen bald einsehen und kämpfte sich mit einiger Anstrengung zu den beiden hinüber: »Jetzt können wir nichts weiter machen, nur hoffen, dass sie nicht zu weit abgetrieben ist. - In der Dunkelheit und bei dem Wellengang haben wir keine Chance!«

Er blickte seiner Frau in die stark geröteten Augen. Sie hatte geweint.

»Ich habe drei Rettungswesten über Bord geworfen. Wer weiß, mit ein bisschen Glück...«, bemerkte er unsicher und versuchte Zuversicht zu verbreiten.

»Mach uns doch nichts vor! Sie ist weg! Wir werden sie niemals wiedersehen!«, schrie Marc ihn an.

Wie in Trance blickte sein Vater ihn an. Er war normalerweise nicht der Typ, der einer unvorhergesehenen Situation nicht gewachsen war. Von hoher und kräftiger Gestalt machte er nicht den Eindruck, als ob er so schnell vor irgendetwas kapitulieren würde. Hier waren ihm seine physischen und mittlerweile auch psychischen Grenzen allerdings von der Natur gnadenlos aufgezeigt worden.

»Sag so etwas nicht!«, versuchte Susan ihren Sohn zu beruhigen, aber auch sie war am Ende ihrer Kräfte. Der endlos scheinende Kampf, um wieder auf das gekenterte Schiff zu gelangen, dann die Rettung von Marc, der sich am Segel festgekrallt hatte und dieses selbst dann nicht loslassen wollte, als sein Vater ihn endlich erreicht hatte und auf das

Schiff zurückbringen wollte.

»Ellen ist auf deiner Seite verschwunden und dort habe ich die Westen getrennt hinausgeworfen. Vielleicht erwischt sie eine davon«, bemerkte sein Vater. »Nur ihr dürft nicht noch mal über Bord gehen, denn wir haben jetzt nur noch eine. - Und die brauche ich für Ellen, um sie nach dem Sturm wieder an Bord zu holen!«, fügte er mit fester Stimme hinzu.

»Das wäre ein Wunder« entgegnete sein Sohn trotzig.

»Ja, wir bräuchten schon ein Wunder!«, dachte nun auch Susan und hielt ihre Männer ganz fest.

*

Die drei Schläger, die auf Noëmi und Tom'ás angesetzt worden waren, und zum zweiten Mal eine beschämende Niederlage hatten einstecken müssen, hatten sich inzwischen wieder einigermaßen beruhigt. Sie besprachen die Angelegenheit, die sich nach und nach in ihrer Durchführbarkeit als immer schwieriger erwies.

»Und, was sagen wir nun dem Chef?«, wollte der Anführer von seinen beiden Kumpanen wissen. Von seinem sonst so sicheren Auftreten war nicht mehr viel zu bemerken. Die ganze Aktion hatte ihn sichtlich angegriffen und an seinen Nerven gezehrt.

»Unheimliche Sache, erst gestern dieses Mädchen, und dann jetzt dieser Typ...« Die Stimme des Großen klang deprimiert, und er war es auch.

»Sehr seltsam!«, meinte auch der Süchtige.

»Ja, in der Tat«, brummte der Anführer, »sehr komisch. So etwas ist mir noch nie passiert!«

»Also, mir war das gestern schon nicht ganz geheuer«, erinnerte sich der Große an die Szene am vorigen Abend im Hinterhof, »und das jetzt war bestimmt auch kein Zufall! – Wer weiß, was dahinter steckt, wir sollten vielleicht doch lieber die Finger von der Sache lassen!«

»Damit könntest du Recht haben«, stimmte ihm der Süchtige zu, »mir ist das allmählich auch nicht mehr ganz geheuer!«

»Hmm«, brummte der Wortführer weiter vor sich hin. Er mochte eigentlich nicht klein beigeben und dem Chef ergebnislos gegenübertreten. Doch bald fasste er einen Entschluss: »Also erstmal zum Chef, dann sehen wir weiter!«

»Das halte ich für keine gute Idee!«, mischte sich der Große ein.

»Wieso?«, fragte der Anführer.

»Weil es dann wieder so laufen würde wie gestern!«, rief der Süchtige und blickte ihn durchdringend an.

»Und was schlägst du vor? Sollen wir ihm vielleicht gar nichts sagen?«, meinte der Anführer daraufhin.

»Vielleicht wäre es das Beste«, zeigte sich der Gefragte einverstanden.

»Ist nicht dein Ernst!«

Der Süchtige erwiderte nichts, sondern blickte ganz ruhig vor sich hin.

»Warum denn nicht?«, fragte nun auch der Große. »Er hat Recht, es würde sicherlich wieder so laufen wie gestern..., wahrscheinlich sogar noch schlimmer, und wer weiß, was dann noch alles passieren kann, wenn wir es noch mal probieren! Hier sind Kräfte am Werk..., die möchte ich lieber nicht näher kennen lernen!«

Der Wortführer schien endlich überzeugt: »Also gut, wir fahren jetzt zurück und erzählen, wir hätten dem Jungen eine tüchtige Abreibung verpasst. Okay?«

»Jo«, erklärten sich beide sofort einverstanden und folgten dem Anführer zum Wagen.

*

»Na, du Langschläfer! – Endlich wach?«

John wälzte sich verschlafen auf die Seite, wurde sich der vergangenen Nacht jedoch schnell bewusst und öffnete nacheinander das rechte und dann das linke Auge. »Guten Morgen«, brummte er und erfasste direkt, dass A'ísha schon geduscht hatte, und in seinem Hemd verdammt gut aussah. Schlagartig war er hellwach und sprang aus dem Bett: »Gehörst du zur Sorte der Frühaufsteher?«

A'ísha schüttelte lachend ihre halbnassen Haare: »Nein, prinzipiell nicht, es kommt eigentlich immer drauf an...«

»So so..., na gut, gib mir fünf Minuten, dann mach' ich uns ein herzhaftes Frühstück«, verschwand John im Badezimmer.

»Elf Minuten und vierundzwanzig Sekunden«, stellte A'ísha spöttisch fest, als er wenig später in die Küche kam, in der sie den Frühstückstisch schon gedeckt hatte und mit übereinandergeschlagenen Beinen auf einem Stuhl wartete.

»Oh wei«, meinte er, »sind wir aber genau heute! Das ist doch aber auch nicht so gemeint gewesen!«

»Nee? – Wie denn dann?«

»Na, fünf Minuten sagt man hier, wenn man eine kurze Zeit von relativ unbestimmter Dauer angeben will...«

»Ach so..., na dann...«, grinste sie.

»Du hast schon wieder dieses Grinsen drauf! Was soll es denn diesmal bedeuten?«

Sie blickte ihn mit echter Unschuldsmiene an: »Habe ich? – Och, nichts Bestimmtes..., ist mir nur so rausgerutscht.«

»Na!... Da bin ich nicht so überzeugt«, seufzte er mit gut gespielter Entrüstung, »ich glaube eher...«

»Was?«, fragte sie vergnügt, und ihre blauen Augen

blitzten.

Er trat hart an sie ran und flüsterte: »Du Schauspielerin! Lernt man so was in Schweden, oder wo hast du das her?«

»Was soll ich wo her haben?«

»Na, dass du so gucken kannst..., aus diesem einen Blick kann man echt einen kompletten Roman stricken!«

»Wow«, meinte sie, »das spricht aber für deine Fantasie, ich wüsste nicht...«

»Ja, schon gut«, grinste nun er, »die Unschuld vom Lande! Aber mit der Nummer ist es seit spätestens heute Nacht endgültig vorbei, die zieht bei mir nicht mehr!«

»Hmm«, stützte sie ihr Kinn in die rechte Hand und musterte ihn mit offenen Augen, »dann muss ich mir wohl was Neues überlegen! - Wie wäre es denn mit Frühstück?« Und sie deutete auf den gedeckten Tisch.

»Hola!«, staunte John. »Wie hast du denn das so schnell auf den Tisch gezaubert?«

»Kleinigkeit, bei so einer tollen Küche«, gab A'ísha zurück. »Hier hat bestimmt schon mal eine Frau gewohnt, oder?«

Er schluckte verlegen. *»Ach, was soll's! - Ist doch nichts Schlimmes dabei!«* Er gab sich einen Ruck: »Ja, stimmt - ich war schon mal liiert, aber das ist einige Zeit her!«

»Einmal?«, hakte sie spöttisch nach.

Er schluckte, doch als er ihre amüsierte Miene sah, erhellte sich sein Gesicht. »Nein..., ein paar Mal – aber ich bin ja auch schon älter!«, verfiel er nun auch in Ironie.

Sie ging für den Moment jedoch nicht weiter darauf ein. »Ich habe Hunger«, erklärte sie jetzt und setzte sich erwartungsvoll an den Tisch.

»Okay, was magst du denn trinken?«, spielte er generös den Gastgeber.

»Saft! – Orangensaft, Grapefruit, oder was du sonst hast,

und Hauptsache kühl und frisch!«

Er angelte eine Saftpresse aus dem Schrank und holte einige Orangen aus dem Obst- und Gemüsefach. Dann schnitt er die Früchte auf, presste sie aus und goss den gewonnenen Saft in einen Glaskrug. A'ísha hatte bereits für zwei Gläser gesorgt, und er schenkte ihnen ein. »Ach, jetzt hätte ich doch fast vergessen...«, stieß er jedoch plötzlich hervor und verschwand schnell in Richtung Wohnungstür. Als er zurückkam, hatte er eine Tüte in der Hand, und A'ísha roch den Duft von frischen Brötchen.

»Mmmh, wie das duftet...!«, schwärmte sie.

»Ja, nicht wahr?«, wedelte er mit der Tüte. »Eine sehr lobenswerte Angelegenheit ist das bei uns am Wochenende. Wir Nachbarn haben uns hier vor Jahren schon zusammengetan, und jeden Sonntag holt ein anderer die Brötchen vom Bäcker um die Ecke..., dass heißt, wir lösen uns dabei natürlich regelmäßig ab. – Ich war letzten Sonntag mit frühem Aufstehen dran, und heute musste ich einfach nur vor die Tür gehen. Das läuft schon seit Jahren so. Recht praktisch, nicht?«

»Wenn die nur halb so gut schmecken, wie sie riechen, dann ja«, erklärte sie vergnügt.

Er schnitt die Brötchen auf, legte sie in einen Korb und stellte diesen in die Mitte des Tisches: »Es sind leider nicht sehr viele, nur drei. Mein Nachbar wusste ja nicht, dass ich Besuch habe.«

»Wird schon reichen, müssen uns ja nicht vollschlagen! Und zur Not gibt's halt Brot!«

Er nickte zustimmend, während ihr Blick über den Tisch glitt: »Warum hast du denn zwei Honigsorten?«

»Das eine ist europäischer, aus Deutschland, der ist ein wenig milder. Und der andere kommt aus Südamerika, aus Chile, der ist recht würzig«, erklärte er gestenreich. »Es ist wegen der Abwechslung, ich esse immer recht lange an so einem Glas...«

»Ach so, Abwechslung...«

Er bemerkte in ihrer Stimme einen Anflug von Ironie: »Was willst du denn damit schon wieder sagen?«

»Womit?«

»Na, so wie du gerade das Wort 'Abwechslung' betont hast!«, zog er eine Augenbraue hoch.

»Gar nichts«, guckte sie unschuldig und hob abwehrend die Hände. Doch um ihre Mundwinkel zuckte es vergnügt, und ihre Augen blitzten verräterisch.

»Da! – Schon wieder dieses Grinsen!«

»Och, lass mich doch, ich bin nun mal von Natur aus ein fröhlicher Mensch!«

»So so«, guckte er ihr direkt in die Augen.

Sie erwiderte seinen Blick, wendete sich dann jedoch abrupt dem Essen wieder zu und schmierte sich Honig auf ihr Brötchen: »Kannst du eigentlich auch Spanisch?«

Der plötzliche Themawechsel verblüffte ihn zunächst, dann aber nickte er bestätigend: »Si, hablo español. – Aber nur ein bisschen, wie jeder hier in der Nähe der Grenze. – Wieso, wie kommst du jetzt darauf? Man muss kein Spanisch können, um chilenischen Honig zu kaufen«, spottete er.

Sie musste lachen. »Nein, ich frage nur, weil du vorhin 'hola' gesagt hast.«

»Ach so..., ja, es gibt so einige Wörter, die übernimmt man nun mal in seinen Sprachgebrauch. Zum Beispiel sagt man auch 'hola guapa', wenn man eine schöne Frau sieht oder sie begrüßt. Bei euch nicht?«

»Doch, auch..., aber..., ach, ist ja auch egal. Jetzt lass uns frühstücken!«

»Sprichst du denn auch Spanisch?«, wollte er noch wissen.

»Ein bisschen, aber nicht beim Essen«, erwiderte sie und biss in ihr Brötchen.

*

Noëmi hatte sich am Kölner Hauptbahnhof von ihrer Gastfamilie und von Jana verabschiedet. Carmen und Laura mussten arbeiten, doch die Russin übermittelte schöne Grüße von ihren neuen Freundinnen, mit denen sie so viel Spaß gehabt hatte. Von Tom'ás und dem weiteren Verlauf des Tages hatte sie Jana gegenüber nichts erwähnt, und diese hatte Noëmi zum Abschied fest gedrückt und sich mit dem Hinweis verabschiedet, dass sie sich jetzt noch mit einer Freundin zum Französisch-Lernen treffen wolle. Dann war Noëmi in den Zug gestiegen, der sie direkt zum Frankfurter Flughafen brachte.

Dieser ist nach London-Heathrow der zweitgrößte in Europa, verfügt über drei eigene Hotels, knapp hundertfünfzig Geschäfte und nahezu fünfzehntausend Parkplätze. Über hundertfünfzigtausend Passagiere, die von gut sechzigtausend Beschäftigten abgefertigt werden, werden hier jeden Tag durchgeschleust und fliegen in einem der bis zu achtzig pro Stunde startenden oder landenden Flugzeuge.

Der Inter City Express von Köln nach Frankfurt hatte für die Fahrt nur eine Stunde gebraucht, und nachdem sie ihre Koffer aufgegeben und sich durch das Labyrinth der grauen Gänge und zahlreicher Kontrollen gearbeitet hatte, wartete sie nun im Vorraum auf die Aufforderung, sich ins Flugzeug zu begeben.

Sie war den Tränen nah und rang sichtlich um Fassung. So hatte sie sich den Abschied aus Deutschland nicht vorgestellt, zumal das Wochenende mit ihren Freundinnen doch so gut begonnen hatte. Aber dann tauchte dieser verrückte Kerl auf und brachte ihr gesamtes Weltbild und ihr Gefühlsleben durcheinander, und dann war sie auch noch kurz davor gewesen, sich in ihn zu verlieben, wie sie sich inzwischen eingestanden hatte. *»Eigentlich ganz gut, dass es so gekommen ist«*, dachte sie, *»es hätte für uns beide eh keine Zukunft gegeben!«*

Doch hätte sie ihn sicherlich nicht zurückgeschickt, wenn er jetzt plötzlich aufgetaucht wäre, denn sie trauerte nach wie vor und schreckte regelrecht von ihrem Sitz hoch, als ihr Flug aufgerufen wurde. Als sie die Gangway entlangging, drehte sie sich immer wieder um, um zu sehen, ob er nicht doch gekommen war, und sie vielleicht wenigstens verabschieden wollte.

Aber er kam nicht.

Sie ärgerte sich über sich selbst. *»Er hat doch eine Andere! Schon sein ganzes Leben! So eine unglaubliche Frechheit! Das habe ich ja noch nie erlebt! – Jetzt denk bloß nicht weiter darüber nach, sondern vergiss ihn!«*

Und wenig später flog sie bereits in einigen tausend Metern Höhe in Richtung Israel und verabschiedete sich schließlich von dem Gedanken, ihn jemals wiederzusehen. *»Er weiß ja nicht einmal, wo ich wohne! Außerdem liebt er mich gar nicht so wie er gesagt hat, sonst wäre er bestimmt gekommen um mich zu verabschieden! Am besten ich vergesse ihn wirklich! Morgen wird mit Sicherheit auch ein anstrengender Tag!«* Sie blickte für eine Weile träumerisch aus dem Fenster und schlief bald darauf ein.

*

Tom'ás hatte die Kölner Altstadt erreicht und hielt noch immer nach Noëmi Ausschau. Nach und nach klapperte er alle Läden ab, in denen sie zusammen gewesen waren, aber er entdeckte sie weder im Irish Pub, noch in der Cocktail-Bar oder am Rheinufer, wo sie spazieren gegangen waren.

Enttäuscht schlich er über den Alter Markt und überlegte, was er noch unternehmen konnte. Dieser alte Mann ging ihm auch nicht aus dem Kopf. *»Er sei ein Freund meines Großvaters, hat er gesagt. – Ob der auch so alt und so weit entwickelt ist wie er?«*, gingen ihm die verschiedensten Gedanken durch den Kopf.

»Höre auf deine innere Stimme!«, hatte ihm der Alte geraten. *»Toll! – Und wie kriege ich die dazu, dass sie mit mir spricht?«* Kopfschüttelnd schlug er den Weg zurück zum Pub ein. *»Vielleicht kommt ja wenigstens eine ihrer Freundinnen von gestern Abend noch vorbei - die kann ich dann fragen, ob sie ihre Adresse hat! Oder eine der Kellnerinnen kennt sie oder weiß, wo sie wohnt.«*

Der Gedanke verlieh ihm neue Energie, und er suchte so rasch als möglich den Pub zu erreichen.

*

A'ísha stellte ihr Glas auf den Tisch: »Das war lecker!«

»Schön«, sagte John und stellte das seinige ebenfalls auf den Tisch zurück. »Und..., was machen wir nun heute?«

Sie war ihre Sorgen vom Vortag auf einen Schlag wieder losgeworden und überlegte, wie sie sich wieder ihrem eigentlichen Auftrag zuwenden konnte, ohne John irgendwie zu verletzen. So suchte sie nun schon seit längerem nach einer eleganten Möglichkeit ihn zu verlassen, doch es wollte sich keine aufdrängen.

Allerdings musste sie sich eingestehen, dass sie auch nicht gerade mit Feuereifer suchte, sondern seine Gegenwart als durchaus angenehm empfand. Und sie beschloss, zunächst noch mal bei ihm zu bleiben. »Tja..., ich weiß nicht, was würdest du denn vorschlagen?«, entgegnete sie nun und blickte ihn fragend an.

»Hmm...«, überlegte er, »also da jetzt schon der halbe Tag rum ist - nicht allzu weit, vielleicht Richtung Süden, nach San Diego und zur mexikanischen Grenze. Warst du schon mal in Mexiko?«

A'ísha verneinte mit einem Kopfschütteln.

»Naja, eigentlich brauchen wir auch gar nicht reinzufahren, hier ist auch schon jede Menge mexikanisches Flair! – Und in San Diego ist Sea World, kennst du das?«

Wieder ein Kopfschütteln.

»Okay, dann lass uns das machen! - San Diego ist die zweitgrößte Stadt und die älteste spanische Siedlung in Kalifornien, wurde vor fast einem Vierteljahrtausend gegründet und ist immerhin eine Millionenstadt - hat über eine Million Einwohner. Außerdem hat es auch sonst eine Menge zu bieten!«

»Ja, was denn?«

»Naja, zum Beispiel ist dort der größte amerikanische Marinestützpunkt an der Westküste..., dann gibt es dort in der Nähe in Escondido den Wild Animal Park, der liegt sogar auf unserem Weg, dort kannst du Löwen, Tiger, Elefanten und Giraffen bestaunen, weiterhin gibt es den San Diego Zoo, der ist berühmt für seine Pandabären und die Koalas. Der Park widmet sich sehr intensiv so mancher gefährdeten Tierart - sofern die in sein Programm passt, versteht sich. Ja, und dann gibt's da wie gesagt Sea World.«

»Sea World, was ist das denn?«

»Sea World ist ein Park..., ein Ozeanarium mit allen möglichen Meerestieren - wie der Name ja eigentlich auch schon sagt...«

»Also Fische«, stellte sie fest.

»Jede Menge«, bestätigte er, »aber auch arktische Bewohner wie Eisbären und Pinguine und...«

»Gefällt mir«, unterbrach sie ihn und strahlte ihn an, »und das ist in San Diego?«

»Ja, knapp zweieinhalb Stunden von hier, den Sunset runter nach Süden und dann auf den San Diego Freeway. Wir müssten dann auch jetzt demnächst losfahren, damit es sich noch lohnt.«

»Okay«, war sie schnell entschlossen, »dann räumen wir noch den Tisch ab, und dann fahren wir los!«

»Gut«, nickte er und half ihr beim Abräumen. Danach verschwand sie noch mal kurz im Bad, und er kramte in seinen Reiseunterlagen.

»Was suchst du denn noch?«

»Das ging aber schnell!«, wunderte er sich, als A'ísha schon wieder bei ihm stand: »Meine Reiseunterlagen, vielleicht habe ich noch ein paar Sachen von der Gegend und von Sea World, dann kannst du dich schon mal während der Fahrt schlau machen... - ahh, da ist es ja!«, zog er zwei Prospekte und ein dünnes Buch hervor.

»Sind auch Bilder drin, in natura sieht's zwar meistens anders aus, aber als Vorgeschmack...«

»Danke«, sagte sie einfach und schenkte ihm ein Lächeln.

»Die Sonne geht auf!«, dachte er und lächelte fröhlich zurück.

Sie verließen die Wohnung und gingen zum Auto.

»Ist sogar Sightseeing-Wetter!«, stellte er mit einem Blick in den wolkenlosen Himmel fest.

»Dann kann ja eigentlich nichts mehr schiefgehen«, flachste sie und stieg ein.

Nachdem er ihre Tür geschlossen hatte, wanderte er um das Auto herum und stieg ebenfalls ein. Sie hatte sich bereits angeschnallt, und er sicherte sich ebenso. Dann betätigte er den Schalter und das Dach öffnete sich geräuschlos. »Es werde Licht«, rief er pathetisch aus, startete den Motor und schaltete das Radio ein. Er wählte eine CD aus, und wenig später ertönten die Stimmen der Beach Boys aus den Lautsprechern.

»Oh, das kenne ich!«, rief sie.

»Ach ja«, lachte er, »das überrascht mich nicht. Das sind die Beach Boys, die gehören zu Kalifornien wie die Sonne! – Und sogar in Europa hat man von denen gehört!«

»Ja, stell dir nur vor«, ging sie auf seinen Sarkasmus ein, »sogar wenn Songs und 'Boys' schon ein wenig älter sind!«

»Yeah, und immer noch verdammt gut«, meinte John vergnügt und drehte die Lautstärke noch etwas höher.

Sie schloss genießerisch die Augen, und kurz darauf befanden sie sich zusammen mit einigen anderen Verkehrsteilnehmern auf dem Santa Ana Freeway in Richtung Süden.

»Das ist der Interstate Highway Number Five, der geht rauf bis Sacramento«, erzählte er ihr, »also, wenn wir mal richtig viel Zeit haben...«

Er spürte ihren fragenden Blick mehr als dass er ihn sah: »Das sind mehr als sechshundert Meilen..., - über tausend Kilometer! – Eine ganz schöne Strecke! Darum fliegen die meisten Leute auch..., fahren tun nur ganz wenige, und das sind hauptsächlich Touristen, die dann auch etwas von der Landschaft haben wollen!«

»Verständlich«, meinte sie und sah direkt vor sich in geringer Höhe ein Flugzeug aufsteigen: »Oh, sieh mal!«

»Ja, ein Flugzeug«, nickte er, »das ist gerade gestartet, der Flughafen liegt vor uns.«

»Aha.« Sie erinnerte sich an ihren Landeanflug. »Dann muss ja auch das Meer in der Nähe sein!«

»Ja, tatsächlich, das ist nicht mehr weit. Rechter Hand ist

Marina del Rey, einer der größten Yachthäfen der Welt. Da liegen Tausende von Booten und Schiffen, alle hübsch geordnet in einem ordentlichen Muster. Da werden wir auch noch mal hinfahren, dann kannst du die schneeweißen Yachten bestaunen!«

»Oh fein«, freute sie sich. »Das war aus der Luft schon ein schöner Anblick, aber so aus der Nähe wirkt das bestimmt noch mal alles ganz anders...«

»Mit Sicherheit«, stimmte er ihr zu und reichte ihr nun ein Buch hinüber. »Hier kannst du dich schon mal ein bisschen einlesen - stehen viele Hintergrundinfos von Sea World drin.«

»Danke«, ergriff sie es und begann interessiert darin zu blättern. »Ja Wahnsinn!«, stieß sie bald hervor.

»Was denn?«

Sie hatte das Buch einmal überflogen und dann willkürlich an einer Seite aufgeschlagen. »Die lassen jeden Tag über dreitausend Kilogramm Schnee in das Pinguin-Becken. Wie machen die das?«

»Maschinen! - Das ist heutzutage kein Problem, bei der modernen Technik!«

»Aha, und ein Walbaby kann bis zu sieben Meter lang sein und fünf Tonnen wiegen«, las sie weiter vor. Sie rechnete kurz nach und schaute dann staunend empor: »Das wiegt ja mehr als doppelt soviel wie dein Auto! - Und ein erwachsener Wal wird jeden Tag mit zweihundertfünfzig Pfund Fisch gefüttert...«

»Ja, der braucht schon eine Menge, um sein Gewicht zu halten«, bemerkte er sarkastisch, »aber es gibt ja auch solche Wale und solche...«

»Wie meinst du das?«

»Na ja, die eigentlichen Wale sind doch keine Fische, sondern Säugetiere und atmen auch durch Lungen, aber dessen sind sich die meisten Leute nicht bewusst, und dann gibt's zum Beispiel einen Walhai, der ist total ungefährlich, solange man ihm jedenfalls nicht in sein Maul schwimmt. - Das ist der größte der Haie, also ein Fisch!«

»Ganz schön irreführend!«, seufzte A'ísha.

»So isses, aber na ja..., irgendjemand wird sich bei der Bezeichnung wohl schon irgendwas gedacht haben!«

»Hmm, vielleicht. Es ist schon eine ganze Menge komisches Zeugs von euren Wissenschaftlern verzapft...«

Entsetzt hielt sie inne. Sie merkte, dass sie mal wieder drauf und dran war, mehr Dinge verlauten zu lassen, als sich für ein normales Mädchen aus Schweden gehört, und somit ihre wahre Herkunft zu verraten.

»Komisches Zeugs?« Er hatte offenbar von ihrer Verunsicherung nichts gemerkt. Seine Stimme blieb im neutralen Konversationston: »Ja, unsere Wissenschaftler sind teilweise schon recht komisch, aber ich denke, dass da auch viel Politik hintersteckt..., und natürlich Geld!«

A'ísha nickte und genoss schweigend die Aussicht. *»Bevor ich wieder mal einen Kommentar abgebe, erst mal nachdenken!«*, nahm sie sich vor.

*

Tom'ás saß im Irish Pub.

Der Platz vom vorigen Abend war besetzt, aber er hatte an einem der Tische in der Mitte noch einen freien Hocker erwischt.

Gedankenverloren nippte er an seinem Glas Wasser. Weder Noëmi noch eine ihrer Freundinnen hatte sich hier heute blicken lassen, und die Kellnerinnen kannten sie auch nicht.

Es war zum Verzweifeln!

Da legte eine der Kellnerinnen eine neue CD in den Recorder, und auf einmal ertönten die lauten Klänge einer irischen Rockband aus den Lautsprechern. Er schreckte regelrecht hoch, doch als er die Ursache bemerkt und sich daran gewöhnt hatte, verfiel er wieder in seine tiefe Niedergeschlagenheit.

Mitternacht war schließlich nicht mehr fern, als ihm plötzlich einfiel: *»Sie fliegt doch heute zurück! – Nach Israel!... Oh, ich Idiot! Wie konnte ich das nur vergessen!«*

Mit einem Ruck erhob er sich und steuerte auf den Ausgang zu. Draußen atmete er die frische, klare Luft ein und überlegte: *»Wann wollte sie abfliegen? – Heute Abend! Aber die Uhrzeit weiß ich nicht. Egal, ist bestimmt schon zu spät!«*

Unentschlossen sah er gen Himmel. Die Sterne leuchteten, und er dachte an den vergangenen Abend zurück. *»Jetzt werd noch sentimental!«*, hielt er sich vor. *»Denk nach, verdammt!«*

*

»Mum! - Dad!«

Die Schreie gellten über die See. Die drei Menschen, die eben noch völlig apathisch auf dem hilflos treibenden Schiff vor sich hingeträumt hatten, waren schlagartig hellwach.

»Ellen!«, rief Ted Robertson und auch seine Frau hatte ihre Tochter schnell erblickt: »Ellen! Wie geht's dir? Bist du verletzt?«

Ellen trieb in einiger Entfernung von dem noch immer quer liegenden Schiff im Meer, dessen Wasser sich jetzt wieder so unbewegt präsentierte, als ob hier nie ein Sturm getobt hätte und winkte eifrig zu den drei hinüber.

»Sie trägt eine Rettungsweste!«, registrierte Susan. *Oh Gott,*

ich danke dir!«

Ellen paddelte fleißig mit beiden Händen und näherte sich dem gekenterten, aber ruhig schaukelnden Boot langsam aber kontinuierlich.

»Dad?«

Der gepresste Schrei seines Sohnes ließ Ted Robertson herumfahren. Er blickte in ein kalkweißes Gesicht und ließ seinen Blick dem ausgestreckten Arm von ihm folgen. Er sah sie direkt. - Haie! Es waren vier, und sie steuerten zielstrebig auf ihr hilfloses Opfer zu. In weniger als einer Minute mussten sie sie erreicht haben.

Susan hatte es bemerkt und drehte sich zu den beiden um: »Was habt...?«

Sie erstarrte. Die verräterischen Dreiecksflossen waren vielleicht noch siebzig Meter hinter Ellen, die ihre Aufmerksamkeit nun ebenfalls in die von ihrem Bruder angedeutete Richtung lenkte. *»Das sind Haie!«*, durchfuhr es sie.

Vier riesige weiße Haie. Mit ihren stromlinienförmigen Körpern wirkten sie wie vier riesige Torpedos, die knapp über der Wasseroberfläche auf ihr Ziel zusteuerten. Mit unheimlicher Geschwindigkeit schossen sie auf die Fünfzehnjährige zu, die wie gelähmt war. Es dauerte nur Sekunden, aber den Beteiligten kamen sie vor wie Stunden. Jetzt waren sie da, umzingelten Ellen, die keine Bewegung machte, kaum zu atmen wagte.

Zwei der Raubfische hatten sich sofort zwischen sie und das gekenterte Boot begeben, als ob sie ihr den einzigen – doch reichlich ungewissen - Fluchtweg abschneiden wollten. Nun umkreisten sie sie, als ob sie sich erst noch in eine geeignete Position für den Angriff begeben wollten.

Ted hielt es nicht mehr aus. Er hastete über das Boot auf der Suche nach irgendeiner Waffe. Zweimal wäre er auf den nassen Planken fast ausgerutscht und ins Wasser gefallen, aber er fing sich jedes mal und bewahrte das Gleichgewicht. In der Rettungskiste wurde er bald fündig. *»Die Leuchtpistole!«* Der Gedanke elektrisierte ihn geradezu.

Noch während er hastig die Pistole lud, hörte er zwei Schreie, die fast gleichzeitig ertönten, und direkt danach ein lautes Platschen. »Mum!«, schrie Marc.

Ted wandte sich zu der Stelle um, wo er seine Frau und seinen Sohn vor wenigen Augenblicken verlassen hatte. *»Susan ist nicht mehr da!«* Die Erkenntnis traf ihn wie ein Keulenschlag und drohte ihm die Sinne zu vernebeln. Er wankte wie ein Betrunkener, doch dann raffte er sich auf und schrie seinen Sohn an: »Wo ist sie? Wo?«

Marc konnte nur stumm auf das Wasser deuten. Panik hatte ihn ergriffen.

Susan hatte ihre Tochter immer im Auge behalten, und daher sofort mitbekommen, als ein Hai den Kreis der Raubfische verließ und auf Ellen zuschoss. Als er das Mädchen anrempelte, war es mit ihrer Beherrschung endgültig vorbei, und sie schrie in Todesangst. Diesem ersten Verzweiflungsschrei folgte direkt ein zweiter. Susan hatte ihn ausgestoßen und war ins Meer gesprungen. *»Diese Ungeheuer bekommen meine Tochter nicht!«*

Unter den Augen ihres Mannes und ihres Sohnes schwamm sie nun auf die Gruppe zu, die noch immer fünfzig Meter entfernt war. *»Aussichtslos!«*, durchzuckte es Ted, *»bis sie da ist! – Ach Schwachsinn, als ob sie etwas ausrichten könnte!«* Er hob den Arm mit der Pistole.

»Nicht Dad, nicht schießen, du triffst Ellen!«, störte ihn jedoch Marc und griff ihm in den Arm.

Hilflos blickten die beiden auf das Wasser. Die Haie hatten von Susan jedoch noch überhaupt keine Notiz genommen, sondern schienen sich ihre Beute nicht entgehen lassen zu wollen. Die Kreise um Ellen wurden immer enger.

»Lieber Gott, ich will noch nicht sterben!« Sie zitterte, versuchte ihre Beine möglichst hoch zu ziehen und alle Haie – soweit möglich - immer im Auge zu behalten. Sie stützte sich nun ganz auf die Rettungsweste. Das Paddeln mit den Händen hatte sie völlig eingestellt.

Da sah Susan, wie sich ein Hai ihrer Tochter immer mehr näherte, sich plötzlich auf die Seite legte, den halbmondförmigen Rachen mit den messerspitzen Zähnen aufriss und halb unter der Wasseroberfläche verschwand. Nur seine verräterische Dreiecksflosse war noch sichtbar, und im nächsten Moment musste er sie erreicht haben!

»Hey!«

Der schrille Ruf gellte allen in den Ohren. Ihm folgte ein lautes Klatschen. Susan versuchte in ihrer Panik verzweifelt, die Aufmerksamkeit des Hais auf sich zu lenken. Noch einmal und noch mal klatschte sie mit der flachen Hand auf die Wasseroberfläche, und tatsächlich änderte die Rückenflosse ihren Kurs, und der Hai steuerte wie durch ein Wunder auf sie zu, offenbar wohl wissend, dass ihm sein anderes Opfer einstweilen sicher war. Ihm folgte ein weiterer. Beide näherten sich zielstrebig der verzweifelten, zu allem entschlossenen Frau.

»Herr Gott, sie teilen sich auf!« Ted hob wieder den Arm mit der Pistole. *»Vielleicht kann ich sie irgendwie erschrecken!«*

Und er zielte genau auf die freien dreißig Meter zwischen seiner Frau und seiner Tochter.

Plötzlich war er da. Niemand konnte hinterher sagen, woher er auf einmal gekommen war. Aber sie alle waren froh, als der Delphin den Halbkreis der Ellen umlauernden Haie regelrecht sprengte und neben ihr Position bezog.

»Hallo«, begrüßte Ellen ihren Retter mit einem Gesicht, in dem sich die Qualen der letzten Nacht noch nicht vollständig aufgelöst hatten, und deutete dann auf ihre Mutter und die sie umkreisenden Haie: »Kannst du sie bitte auch retten?«

Der Delphin schien sie anzulächeln, dann schoss er durch das Wasser auf die anderen beiden Haie zu. Diese hatten den Neuankömmling schon bemerkt und ergriffen schleunigst die Flucht, als er ihnen näher kam.

Nun kehrte der Delphin wieder zu Ellen zurück, die sich an ihm festhaltend schnell durch das Wasser glitt. In wenigen Sekunden hatten sie ihre Mutter erreicht, die sich auf der anderen Seite des Delphins fest hielt. Schnell erreichten sie das Boot, während die Haie in respektvollem Abstand das Geschehen beobachteten. Ted half seinen erschöpften Frauen auf die rettenden Planken.

»Freund von dir?«, versuchte Marc seine Schwester mit einem Witz zu begrüßen, aber man sah ihm deutlich an, dass er noch immer unter Schock stand.

Als alle vier wieder nebeneinander an Bord standen, blickte ihnen der Delphin entgegen. Mit seinem geöffneten Schnabel schien er sie anzulachen, und Ellen stellte fest: »Seine Augen leuchten wie zwei Sonnen!«

Marc hielt nach den Haien Ausschau: »Sie hauen ab!«

Tatsächlich hatten sich die Haie von dem Schiff abgewendet und verschwanden in den Weiten des Meeres.

»Irgendetwas muss sie erschreckt haben«, meinte Susan, die langsam wieder zu Kräften kam.

Marc blickte angestrengt umher und tat ein paar Schritte, um auch in die Richtung blicken zu können, die bisher durch die querliegende Brücke verdeckt war. Von dort sah er sofort, was die Haie so schnell vertrieben hatte: »Die Küstenwache! – Da kommt die Küstenwache!«, brüllte er.

Die Eltern umarmten sich, und Ellen beugte sich zu dem Delphin hinunter und streichelte ihn: »Danke!«

Ihr Retter legte sich auf den Rücken und schwamm mit

seinen Flossen wedelnd ein paar Meter auf das Meer hinaus.

Ein Signalhorn ertönte, und ein Megaphon verstärkte die Stimme des Captains der Küstenwache: »Schiff ahoi! Hier ist die Küstenwache, wir holen Sie an Bord!«

Ted hatte sich von seiner Frau gelöst: »Ahoi Küstenwache! Ja,... danke!...« Er fand keine Worte mehr.

»Sieh mal, da ist noch ein Delphin!«, rief auf einmal Ellen, und die gesamte Familie Robertson richtete ihre Aufmerksamkeit auf den zweiten Delphin, der sich zu dem ersten gesellt hatte. Beide winkten ihnen flossenschlagend zu und entfernten sich zunehmend vom Tatort.

»Da hat Ihr Schutzengel aber ganze Arbeit geleistet!« Die tiefe Stimme riss die vier aus ihren Betrachtungen. Der Captain des Küstenwachschiffes stand hinter ihnen.

»Eigentlich sind es wohl sogar zwei gewesen«, führte er weiter aus. »Denn ohne ihn, der eigentlich eine sie ist - und er deutete auf den nachträglich dazugekommenen Delphin - hätten wir Sie nicht so schnell gefunden. Sie sind ein ganz schönes Stück von ihrer ursprünglichen Position abgekommen. Wir hatten Sie zwar per Satellit geortet, aber es gab ein halbes Dutzend Sichtungen im Umkreis von fünfzig Meilen. Wir hätten ohne diese Hilfe also nicht gewusst, welches Signal wir zuerst ansteuern sollten.«

»Wollen Sie damit sagen, dass der Delphin Sie hierher gebracht hat?«, wollte Susan wissen.

»Ja, so ist es, er tauchte auf einmal an der Position auf, wo wir Sie suchten, schwamm direkt vor unserem Bug, vollführte akrobatische Sprünge und stieß immer wieder so hohe Laute aus. Die Crew war sich denn auch schnell klar darüber, dass er uns etwas mitteilen und zu jemandem führen wollte.«

»Woher wussten Sie, dass es ein Weibchen war?«, wollte

Ted wissen.

Der Captain deutete kurz auf ein junges Mädchen an Bord seines Schiffes, dessen schwarze Hautfarbe sie als eine Aborigine kennzeichnete: »Ich habe ein Crew-Mitglied bei mir, die alle Tiere nahezu im Schlaf erkennt. – Aber jetzt folgen Sie mir an Bord. Wir bringen Sie nach Hause!«

Über die Gesichter von Marc und Ellen ging ein Strahlen, und auch ihre Mutter atmete tief und wie befreit durch. Ted jedoch ging noch einmal zu der Rettungskiste: »Einen Moment noch!«

Er holte die vierte Rettungsweste heraus. Und indem er sie seiner Tochter anlegte, flüsterte er: »Willkommen zurück, Prinzessin!«

»Jetzt können wir gehen, Captain!«, wandte er sich dann mit fester Stimme wieder dem Captain zu.

Wenig später saßen die Schiffbrüchigen, die müde und erschöpft, aber auch unheimlich glücklich aussahen, an Bord des Schiffes der Küstenwache, das den Kurs in Richtung Heimat eingeschlagen hatte. Der Captain stand auf der Kommandobrücke und war in Gedanken versunken. *»Ich habe ja schon viele Rettungsaktionen erlebt, aber so etwas wie heute ist mir noch nie passiert!«*

Sein erster Offizier, Joanne Davis, trat zu ihm. Ihr mochten ähnliche Gedanken durch den Kopf gehen, denn sie fragte: »Haben Sie so was schon mal erlebt, Captain?«

Dieser schüttelte verneinend den Kopf.

»Ich auch nicht. Aber gehört habe ich schon mal davon«, stellte sie nachdrücklich fest. »Da die Delphine ebenfalls Säugetiere sind, nehmen manche Wissenschaftler an, dass sie so etwas wie ein Verwandtschaftsverhältnis zu uns Menschen empfinden.«

Der Captain sagte noch immer nichts.

»Mir ist nur schleierhaft, wie die beiden wie ein Team

agiert haben könnten. Denn der Eine hat die Kleine vor den Haien gerettet, und der Andere hat uns zu dem havarierten Schiff gelotst«, stellte sie mit einem Achselzucken fest. »Und ich könnte schwören, dass er blaue Augen hatte. Im ersten Moment als ich ihn sah schienen sie jedenfalls blau zu sein. Doch dann habe ich noch mal etwas genauer hingeschaut, und da waren sie dann dunkel.«

»Ja. Schon merkwürdig«, brummte der Captain vor sich hin und kraulte seinen Bart.

»Ihre Zeit war noch nicht soweit.« Das jüngste Crew-Mitglied, das Aborigine-Mädchen, war soeben eingetreten und brachte den beiden einen heißen Tee.

Die beiden Offiziere blickten sie nachdenklich an, aber fanden keine Worte.

Als das Mädchen gegangen war, brummte er: »Also, manchmal frage ich mich, ob es nicht doch Dinge zwischen Himmel und Erde gibt, die wir uns nicht...«

»Ja, ich glaube, die gibt es auf jeden Fall«, bestätigte Joanne die Vermutung des Captains, noch ehe er sie ganz geäußert hatte, und sie richtete ihren Blick gedankenverloren und träumerisch auf den fernen Horizont.

Die Delphine hatten inzwischen eine sehr große Strecke zurückgelegt und sich voneinander getrennt. Der Eine steuerte auf das Festland von China zu, der Zweite machte Anstalten, den Stillen Ozean zu durchqueren. Sein weiterer Kurs musste ihn zur Arabischen Halbinsel bringen. Beide Tiere durchpflügten die Wogen in einem für Delphine ungewöhnlich hohen Tempo.

*

»Wollen wir erst bis zur Grenze und mal nach Mexiko rüber, oder willst du erst die Tiere sehen?«

»Wie bitte?«

»Erst Mexiko oder erst Sea World?«, wiederholte John.

»Ähm .., erst Sea World..., bitte!«

»Gute Idee, die haben schließlich auch nicht ewig auf..., na, wir sind ja gleich da!«

»Gleich ist auch relativ!«, dachte A'ísha. Sie hatte inzwischen auf einer Karte die Route nachvollzogen und stellte fest, dass es von hier bis zu ihrem Ziel noch gute fünfzig Kilometer waren, sie hatten gerade Oceanside hinter sich gelassen. Aber die Fahrt war wirklich schön, immer an der Küste entlang in Richtung Süden. *»Ein toller Anblick!«,* dachte sie.

»Jetzt bemerkt man den mexikanischen Einfluss schon sehr deutlich«, weckte John sie aus ihren Träumen, »viele Städte hier haben spanische Namen, wie ja auch in L. A. und in der weiteren Umgebung bis hoch nach San Francisco das Spanische einen sehr großen Einfluss ausübt!«

A'ísha nahm mehrere Schilder mit spanischen Wörtern und Hinweisen wahr. »Offensichtlich. Ist ja auch nicht zu übersehen!«

»Auch wieder wahr«, lachte er und summte die Melodie, die aus den Boxen drang, leise mit.

Sie widmete sich wieder dem Buch.

Nach weiteren zwanzig Minuten erreichten sie San Diego, und während John den direkten Weg zum Ozeanarium einschlug, wurde sie ganz ruhig.

»Was ist denn mit dir?«, wollte er daraufhin wissen und schaute sie fragend an. »Du bist ja auf einmal so still geworden!«

»Hmm«, murmelte sie nachdenklich, »es ist irgendwie komisch..., ich hab' da so ein Gefühl, als wär' ich schon mal hier gewesen!«

»Du? Hier? Oh! – Wohl in einem früheren Leben, was?«,

scherzte er.

»Ich weiß es nicht, vielleicht«, flüsterte sie, doch er hörte es nicht, da sie sehr leise gesprochen hatte und er sich jetzt überhaupt auf das Erreichen des Parkplatzes konzentrieren musste, da hier viel Verkehr war.

Er parkte, und bereits kurze Zeit später befanden sie sich in dem weitläufigen Park von Sea World.

»Was willst du denn zuerst sehen? – Oder wollen wir der Ausschilderung folgen?«, fragte er als sie den Eingang hinter sich gelassen hatten und A'ísha zunächst einmal staunend stehen blieb.

»Warst du denn schon mal hier?«, fragte sie.

»Ja, schon einige Male!«, lächelte er.

»Na dann«, meinte sie vergnügt und hakte sich bei ihm ein, »habe ich doch meinen ganz privaten Park-Führer an meiner Seite und laufe nicht irgendwelchen Schildern hinterher!«

»In Ordnung, und was nun zuerst?«

»Hmm..., vielleicht gucken wir zuerst mal, wann die Shows sind, und danach planen wir dann die weiteren Stationen...«

»Gute Idee!« Er legte seine Rechte um ihre Hüfte, und sie schmiegte sich an ihn.

*

Tom'ás flog in seinem Raumschiff über Köln. *»Wie soll ich sie nur finden? Ich müsste zum Flughafen und dort nach dem Flug schauen! - Von wo ist sie noch mal geflogen? – Sie wollte mit dem Zug nach Frankfurt und dann von dort aus fliegen. Also auf nach Frankfurt!«*

Er ließ sein Schiff auf eine Höhe von etlichen Kilometern steigen und flog gen Südosten. Unter ihm bot sich ihm ein

Gewirr von stark frequentierten Autobahnen. Im Gegensatz zu den Verkehrsteilnehmern auf der Autobahn, die für eine Fahrt von Köln nach Frankfurt etwa anderthalb Stunden brauchten, legte er die Strecke jedoch in anderthalb Minuten zurück. Dank des herrschenden Nachtflugverbotes gelang es ihm problemlos bis in unmittelbare Nähe des Flughafens zu gelangen. Er kreiste über dem gigantischen Rollfeld und den zahlreichen Gebäuden im Hintergrund und steuerte schließlich einen großen, offenen Parkplatz an. Hier brachte er sein Schiff in eine entsprechende Position hinter einem Lieferwagen. Er öffnete die Zugangsluke ohne die Leiter hinausfahren zu lassen und sprang hinunter. Mit einem Knopfdruck auf seine Uhr schloss er die Luke wieder, ließ das Schiff auf eine Höhe von zehn Metern steigen, merkte sich den Platz, wo er es zurückließ und schlug den Weg zur Ankunfts- und Abflughalle ein. Dort angekommen stellte er schnell fest, dass der Flug nach Israel schon lange abgegangen und sogar bereits seinen Zielflughafen erreicht hatte.

»Toll! Und nun?«

Niedergeschlagen ging er zurück zu seinem Schiff, das er ohne weitere Zwischenfälle erreichte und ungesehen bestieg. Er lenkte es vom Flughafen weg auf Köln zu. Die ganze Aktion hatte ihn weit über eine halbe Stunde gekostet und letzten Endes rein gar nichts gebracht. Sein Kopf brummte, er schaltete den Autopiloten ein und goss sich ein Glas Orangensaft ein.

»Wenn ich nur wüsste, wo sie hier gewohnt hat! Oder wo eine der Freundinnen wohnt! Die haben bestimmt ihre Adresse in Israel!«

Er zermarterte sich lange das Hirn, doch es wollte ihm einfach keine gescheite Idee kommen. *»Vielleicht sollte ich erstmal schlafen! Ich kann ja nicht mehr klar denken, und jetzt* *erreiche ich ohnehin gar nichts mehr!«*

Er flog wieder weiter – zurück in Richtung Köln -, stoppte jedoch auf halber Strecke über Koblenz und schaltete wieder auf Automatik. Dann verließ er die Kommandozentrale und legte sich in sein Bett, um neue Kräfte zu sammeln.

*

Eyo'kí-to erwachte.

Er und seine Frau hatten sich auf dem Raumschiff der Weißen Rasse vor einiger Zeit endlich zur Ruhe begeben, doch eine Bewegung weckte ihn. Er brauchte ein paar Augenblicke, um sich zu orientieren, doch dann stellte er fest, dass seine Frau nicht mehr an seiner Seite lag.

Sie hatte das gemeinsame Bett verlassen.

Mit einem schnellen Schwung war er auf den Beinen und schritt in den Nebenraum.

She'kí-ta blickte ihn erstaunt an: »Habe ich dich geweckt? Das tut mir leid, ich wollte nur...«

Er schüttelte den Kopf. »Kein Problem..., aber was ist denn los?«

Seine Frau antwortete nicht sofort, sondern blieb still stehen und schien zu horchen. Fast hatte es den Anschein, als ob sie Stimmen wahrnehmen konnte, die aus weiter Ferne an ihr Ohr drangen.

Schließlich trat er besorgt zu ihr und nahm sie in die Arme. Sie schmiegte sich an ihn: »Ich habe starke emotionale Regungen von Tom'ás verspürt«, erklärte sie nun.

Er nickte nur. Er wusste, dass seine Frau stark sensitiv veranlagt war. *»Mal abwarten, was dabei herauskommt!«*, dachte er.

*

A'íshas Augen strahlten. Sie befanden sich nun schon über vier Stunden in dem Park und hatten bereits zwei Shows mit Delphinen und Killerwalen gesehen.

Auch war sie mit John bei den Eisbären und Beluga-Walen und natürlich bei den Pinguinen gewesen, die sie unheimlich süß fand, und hatte Tausende verschiedener Fische und Meeresbewohner beobachten können, wie sie sich ausdrückte.

Die Eisbären waren mächtige Zeitgenossen, einer hatte sich hoch aufgerichtet und direkt hinter der Glaswand gestanden. »Der wiegt bestimmt über siebenhundert Pfund«, hatte John festgestellt und sich vor ihn gestellt – allerdings durch die Glaswand getrennt.

»Und ist weit über zwei Meter groß«, hatte A'ísha hinzugefügt - ein unbeschreiblicher Anblick war das gewesen.

Am späten Nachmittag hatten sie dann ein Café aufgesucht und erstmal ihren Hunger gestillt. Es war ein original französisches Café, und John hatte seine helle Freude an seiner attraktiven Begleiterin, die dem Kellner ihre gemeinsame Bestellung in fließendem Französisch auftrug. Sie freute sich, dass sie endlich einmal ihre in langen Jahren des Studiums erworbenen Fähigkeiten in der Praxis anwenden konnte, verriet ihm jedoch nicht, dass ihre Französisch-Lehrerin einige Lichtjahre von der Erde entfernt unterrichtete, sondern erklärte, dass in Schweden sehr viele Leute zwei oder mehr Fremdsprachen beherrschen würden.

Nachdem sie ein Baguette und zwei Croissants mit zarter Butter und Original französischem Käse vertilgt hatten, setzten sie ihren Weg durch den Park fort. Nach einer weiteren Show, bei der ein großer und ein kleiner Seelöwe für so manchen Heiterkeitsausbruch und langanhaltenden und stürmischen Applaus des Publikums sorgten, meinte John: »So, jetzt bleiben noch die Haie, komm mit!« Und er ergriff ihre Hand und zog sie weiter.

Er führte sie zum Haifischbecken. »Hier können wir die Fische in ihrem Element erleben, ganz aus der Nähe. Es führt ein gläserner Tunnel durch das Becken, in dem die Menschen die Unterwasserwelt betrachten können. Echt faszinierend!«

Sie spürte ein gewisses Maß an Aufregung und folgte ihm in den Glastunnel. »Hier gibt's mehrere hundert Haie..., Weißspitzenhaie, Sandtiger und viele andere..., bei einigen weiß ich allerdings die Namen nicht!«

»Das macht nichts, es ist fantastisch!« Sie genoss den Einblick in eine total fremde Welt, deren Zauber sie völlig gefangen nahm.

Endlich konnte sie sich von diesem Anblick losreißen, und die beiden verließen den Park. »Ein tolles Erlebnis«, schwärmte A'ísha.

»Ganz bestimmt«, bestätigte John, »der ist schon eine Reise wert! Und jetzt gehen wir eine größere Kleinigkeit essen, ja?«

A'ísha war einverstanden, und so fuhren die beiden wenig später auf dem Ocean Beach Freeway in Richtung Old Town.

»Old Town ist ein schöner kleiner Stadtteil von San Diego, mit einer historischen Altstadt und sehr viel mexikanischem Flair«, erklärte John, »hier leben sehr viele Mexikaner, wir sind ja von der Grenze auch nicht mehr weit entfernt!«

Sie fuhren auf der San Diego Avenue durch Old Town und A'ísha erspähte schnell ein Restaurant, das ihr in der Außenansicht zusagte. Daraufhin parkte er den Wagen, und kurz darauf sah sie sich mit einem Überangebot von mexikanischen Köstlichkeiten konfrontiert.

*

»Also ich weiß ja nicht, aber hier finden wir die im Leben nicht!«, brummte Oshoshi.

Er und Engai standen mitten in Chinatown und hatten jeder ein scharf gewürztes Chop-Suey nach Art des Hauses in der Hand. Sie suchten nun schon wieder eine ganze Weile, und vor kurzem hatte sich der Hunger gemeldet. Sie hatten sich in einem Imbiss Essen zum Mitnehmen bestellt, waren ein paar Schritte bis zur nächsten Straßenecke gegangen, und aßen nun, dabei bedächtig die geschäftig eilenden Menschen beobachtend.

»Damit kannst du Recht haben«, bemerkte Engai, als er den Mund leer gegessen hatte. »Ich schlage vor, wir suchen jetzt diesen Park auf, den der Fahrer vorhin noch erwähnte. Vielleicht ist sie ja da!«

»Also gut, aber wenn wir sie da auch nicht finden, dann geht's zum Schiff zurück! Wir müssen sie unbedingt wiederfinden, und meiner Meinung nach wird sie das Schiff nicht so lange allein lassen. Es stellt immerhin ein ganz schönes Risiko für sie dar, denn wie leicht könnte es durch einen dummen Zufall entdeckt werden! Und sie soll ja verdeckt agieren.«

»Alles klar..., kein Problem!«, war Engai einverstanden.

Die beiden Außerirdischen aßen in Ruhe zu Ende, und während Engai nach wie vor alle vorüber eilenden Passanten – vorrangig die weiblichen - eingehend musterte, wurde Oshoshi allmählich nervös.

Als sein Partner endlich fertig gegessen hatte, winkte er einem Taxi, und die beiden ließen sich zu ihrem nächsten –

und für diesen Tag gleichzeitig letzten – Anlaufpunkt bringen.

Ende des ersten Bandes von
“Return of God – I. Im Anfang”

Die Fortsetzung folgt im zweiten Teil der Roman-Trilogie:
“Return of God – II. Das Große Gesetz”

Return of God – II. Das Große Gesetz

2012.
Die Götter wandeln wieder unter den Menschen, und die Wiederkehr des Zeichens der Liebe am Himmel steht unmittelbar bevor. Die Menschen beginnen allmählich zu verstehen und zu erkennen, aber das Böse hat seine Helfer unterwiesen, die die Menschen verwirren und das Chaos verstärken sollen.
Nicht nur die Agenten der Weißen und Schwarzen außerirdischen Rasse, sondern auch diese selbst haben längst versucht, in die Geschehnisse auf der Erde helfend einzugreifen. Doch das Böse ist überall und manipuliert auch deren Aktionen.
Da erscheint eine weitere außerirdische - Gelbe - Rasse mit dem Auftrag, der Menschheit gegen die dunklen Mächte beizustehen. Allerdings kann sich der Befehlshaber sehr schnell davon überzeugen, dass sie (fast) zu spät kommt...

Return of God

Return of God - II. Das Große Gesetz

1. Auflage 2004 Machtwortverlag, Dessau
eBook: neobooks.com, München 2012
2. Auflage: BoD - Books on Demand, Norderstedt 2019

Die Verbindung von Wissenschaft, Philosophie und Religion oder die Frage nach dem Warum?

Die W-Formel oder das Spiel des Lebens

eBook: 2012, Neobooks.com, München
Hardcover: 2015, BoD, Norderstedt, 448 S.

Warum ist überhaupt etwas, und warum ist nicht Nichts?
War der erste Mensch ein Mann oder eine Frau?
Wieso gibt es unterschiedliche Religionen?
Welche Lehren müssen wir noch aus dem Zweiten Weltkrieg ziehen?

Das Jahr 1999 markiert nicht nur das Ende des 20. Jahrhunderts, sondern weckte u. a. mit einer totalen Sonnenfinsternis das Interesse des Autors an allgegenwärtigen, jedoch nicht alltäglichen Dingen des Lebens. Dieses Buch soll Anregungen zum interkulturellen Dialog liefern.